中公文庫

白頭の人

大谷刑部吉継の生涯

富樫倫太郎

目次

白頭の人　大谷刑部吉継の生涯

第一部　平馬と佐吉

一

元亀《げんき》元年（一五七〇）六月二十八日、織田信長《おだのぶなが》は、近江《おうみ》の姉川《あねがわ》で浅井《あさい》・朝倉《あさくら》の連合軍を破り、両氏に大打撃を与えた。この勝利によって、信長は江北に進出する足掛かりを得た。

最大の宿敵だった武田信玄《たけだしんげん》が没し、事あるたびに信長に逆らってきた足利義昭《あしかがよしあき》を追放し、後顧の憂いのなくなった信長は、天正《てんしょう》元年（一五七三）八月、満を持して江北に出陣した。

浅井氏の援軍として駆けつけた朝倉軍を撃破すると、敗走する朝倉軍を追って敦賀《つるが》に攻め込み、一気に朝倉氏を滅ぼした。

江北に取って返した織田軍は浅井氏の本拠・小谷城《おだにじょう》を包囲、九月一日には浅井氏も滅んだ。

姉川の勝利から浅井氏滅亡まで、常に浅井攻めの最前線にいたのは木下秀吉《きのしたひでよし》である。

信長は秀吉の功績を認め、浅井氏の旧領である江北三郡十二万石の支配を委ねた。このとき、秀吉は木下から羽柴《はしば》に改姓した。三十八歳である。

翌年の春、秀吉は小谷から今浜《いまはま》に居城を移すことを決め、琵琶湖《びわこ》の畔《ほとり》にあった古い城の修築を始めた。小谷城は堅固な山城として天下に知られていたが、険しい山上にあるので交通の便が悪く、冬になると深い雪に覆われ、寒さも厳しい。多くの血が流され、浅井一族の怨念《おんねん》が籠もっているような城に住むのは秀吉としても愉快ではなかったし、夜な夜な幽霊が出るなどという噂もあって、妻の寧々《ねね》も母の奈加《なか》も気味悪がっていた。

本拠地を移すにあたって信長の名前から一字をもらい受け、今浜を長浜《ながはま》と改めたのは、秀吉らしい、芸の細かい媚《こ》びであった。

長浜城は新築ではないから、本丸に手を入れれば、とりあえず住むことができる。

腰の軽い秀吉は、信長の許しを得ると、早速、引っ越しの準備を始めた。何事も派手で賑《にぎ》やかなことが好きなので、どうせなら、この引っ越しを愉快な催しにしてやろう、と考えた。今のところ江北は平穏だが、かつて浅井氏に仕えていた者たちも数多く暮らしている。当然ながら、新たに乗り込んできた支配者を快く思っていないはずであった。そういう者たちを秀吉贔屓《びいき》にしてやろう、と思案した。

（ま、銭がよかろうな）

人の心をつかむには、何よりも金がモノを言うことを熟知しているから、江北の民に銭を握らせて、手っ取り早く人気取りをしようと企んだ。

引っ越しの当日、秀吉は行列の先頭を進んだ。

その直後には大瓶《おおがめ》を載せた輿《こし》を担ぐ男たちが続く。人が入れるほどの大瓶で銭が溢れている。大瓶は五つ用意されている。

秀吉は小脇に銭を盛った笊《ざる》を抱え、

「者ども、秀吉からの祝儀であるぞや、拾え、拾え」

銭を握ると、腕を大きく振って、沿道に集まった者たちに投げ与える。

秀吉の周到なところは、この数日前から小谷の城下で、

「引っ越しの日に殿様が施し物を下されるそうだ」

という噂を流させたことである。

その噂が江北全域に広まり、この朝、小谷から長浜に向かう道々には数千の群衆が集まっていた。噂を聞きつけて、わざわざ他国から旅してきた者も少なくない。

「それっ」

秀吉が銭を撒《ま》くと群衆がどよめき、銭を奪い合う騒ぎが起こる。

「こらこら、そのように争わずともよい。銭ならば、いくらでもある。皆に行き渡るほどにあるから、見苦しく争ってはならぬぞよ」

馬上で反《そ》っくり返り、大笑いしながら、得意満面の表情で、秀吉は銭を撒き続ける。

ただの引っ越しとは思えないほどの大騒ぎになり、人々は秀吉の投げる銭を奪い合って目の色を変えた。あっという間にひとつの大瓶が空になってしまい、長浜城に着くまでにすべての大瓶が空になることを心配しなければならないほどだ。

「筑前殿《ちくぜん》」

秀吉の背後から、市女笠《いちめがさ》を被り、馬の背に横坐りしている寧々が声をかける。笠の前には垂れ衣がついているから、沿道の者たちに寧々の顔は見えない。

大名の正室ともなれば輿に乗るのが普通だが、元はと言えば、寧々は下級武士の家に生まれ、野良仕事や針仕事を日課として育ったから、下々の暮らしにも通じている。輿に乗るのも苦手で、馬の背で揺られる方が気楽だった。今は二十七歳である。二人だけのときには「筑前殿」などと改まった言い方などしないが、人目があるので、わざと格式張った呼び方をした。

しかし、秀吉は無反応だ。任官されたばかりなので、筑前殿と呼ばれても、それが自分のことだと気付かないのかもしれないと思い、

「秀吉殿」

と呼んでみた。

すると、秀吉は、ひょいと振り返り、

「寧々もやってみるか」

銭の盛られた笊を差し出そうとする。

寧々は首を振り、

「いい加減になさいませ」

と、秀吉をたしなめ、このように銭をばらまくのは下品でございますぞ、と小声で付け加える。

「何もわかっておらぬのう。皆、大喜びしているではないか。人というのは、銭をもらうのが何よりも嬉しいのだ。百姓が銭を手に入れるのは容易なことではないからのう」

「それにしても……」

尚も小言を口にしようとしたとき、後方から騎馬の武士がやって来て、母御前さまの具合が悪そうだ、と伝える。六十過ぎの奈加は輿に乗って小谷城を出た。奈加の輿には老女や腰元が付き添い、荷物を入れた長持などと共に行列の後方を進んでいる。

「すまぬが、母上の様子を見てきてくれぬか」

「行列をお止めになってはいかがですか？」

「無理を言うな。この者たちから喜びを奪うことなどできぬわ。それっ、秀吉からの挨拶であるぞ」

秀吉が銭を撒くと、群衆から、わーっという歓声が起こる。

「どうだ、寧々」

鼻孔を大きく広げ、秀吉が、かかかっ、と愉快そうに笑う。

「呆れた殿様ですこと」

寧々は小さな溜息をつくと、奈加の様子を見るために行列の後方に向かう。

二

（く、くるしい……。なぜ、こんな目に遭わなければならぬのか）

輿の中で悶《もだ》え苦しみながら、奈加は己の運命の変転を恨まずにいられなかった。

百姓の娘として生まれ、野良仕事に明け暮れ、貧しいながら特に不満もない暮らしをしていたのに、思いがけず倅《せがれ》が大出世したために、城暮らしをさせられる羽目になった。礼儀作法など何も知らないし、言葉遣いひとつにも気を遣う毎日で、慣れないことばかりで神経がすり減る。

春先の陽気のいい頃であれば、袷《あわせ》を一枚着ているだけで事足りたのに、今では絹の下着やら上着やらを何枚も重ねて着せられる。暑いから薄着にするとか、寒いから厚着にするとか、そういう寒暖に対応したやり方ではなく、儀礼として決まっている枚数を、奈加の意向などにはお構いなしに着せられるのだ。暑苦しい上に、帯をきつく締められるので息をするのも大変だ。

小谷城から長浜城に引っ越すについても、馬に乗るのは苦手だから、

「歩いて行きたい」

と言い張ったが、

「殿様の母御前さまがそのようなことをするものではございませぬ」

奥詰めの老女にぴしゃりと撥《は》ねつけられ、否応なしに輿に乗せられた。

奈加は輿が大嫌いだ。揺れるのである。舟に乗っているのと同じで、酔ってしまうのだ。平坦な道を輿に揺られるのも辛いのに、小谷城から麓《ふもと》まで険しい山道を下ることになる。

（酔うに決まっている）

その不安は的中した。下りは揺れが大きく、すぐに気持ちが悪くなった。麓に下りたときには輿の中で死人のように真っ青になり、息も絶え絶えになっていた。何度も吐いたので、輿の中には嫌な臭いが籠《こ》もり、上等な着物が汚れた。

覗《のぞ》き戸を開けて、ちょっとでいいから停めてほしい、輿から降りて休ませてほしい、と頼んだが、その願いは聞き入れられなかった。輿は前後三人ずつ、都合六人で運ばれ、傍らには侍女や老女が何人も付き添っているが、誰も返事をしない。輿を停めると行列が乱れるので、皆、聞こえない振りをして、奈加の懇願を無視した。

見かねた警護の武士が、奈加が苦しんでいることを秀吉に知らせるために、行列の先頭に向かって馬を走らせた。秀吉の許しがあれば、奈加を輿から降ろすこともできる。

（何と憎らしい者たちだろう）

どうせ、こっちを成り上がりの百姓女と蔑《さげす》んで見下しているに違いない、わたしが苦しむ姿を見て、腹の中で笑っているんだろう……奈加の目に悔し涙が滲《にじ》んでくる。

「た、たすけて……」

あまりの苦しさにめまいがしてくる。

輿の中でもがいているうちに、輿の前方の簾《すだれ》を突き破って地面に転がり落ちた。侍女たちが慌てて駆け寄るが、

「触るな！」

差し伸べられた手を邪険に振り払うと、道端まで這《は》っていき、そこで、げーっ、げーっ、と激しく嘔吐する。力が抜けたのか、吐瀉《としゃ》物の上にうつぶせにばったり倒れる。

この凄絶な光景に呆然《ぼうぜん》とし、侍女たちが立ちすくんでいるところに寧々がやって来た。吐瀉物にまみれて道端に倒れている奈加を見て、さすがに寧々も息を呑んだが、身軽に馬から下りると、てきぱきと指示を出した。奈加の輿を脇に寄せ、立ち往生している輿や長持を先に進ませる。

周囲を見回すと、近くに農家があるので、そこに警護の武士を走らせ、病人を休ませてほしいと頼むように命じる。決して高飛車な物言いをしてはならぬ、と付け加えることも忘れなかった。

（誰もいないところでよかった……）

寧々は、ほっとした。

群衆は秀吉がばらまく銭に引きずられて行列の前方に集まっているので、このあたりには見物人もいない。秀吉の母親が己の吐瀉物にまみれている姿など誰にも見せたくなかった。武士が戻ってきて、汚れたあばらやですが、どうぞ、お休み下さいませ、と農家の主婦が快く承知してくれた、と寧々に伝えた。

「おまえたち、母御前さまをお連れせよ」

「は、はい」

と、うなずきながらも、すぐに動こうとする侍女がいないのは、城の奥勤めという上品な暮らしに慣れているので、吐瀉物にまみれて薄汚れた奈加に手を差し出すことをためらうせいであろう。

（まったく……）

小さな溜息を洩《も》らしながら、寧々は奈加を助け起こそうとする。

そこに四十くらいの、身なりの貧しげな女が、

「大丈夫でございますか？」

と声をかける。

寧々が顔を上げると、

「あの家の者でございます。輿に乗っておられる方の具合が悪いと聞きまして、差し出がましいとは思いましたが、何かお手伝いできることはないものかと……」

「手を貸してもらえますか?」

「はい」

その女と寧々は力を合わせて、左右から奈加を助け起こす。よほど気分が悪いのか、奈加は白目をむき、口から泡を吹いている。自分では歩くこともできないので、二人がかりで奈加を運ぶしかない。

「おばさま、わたしも手伝います」
十四、五歳くらいの、目の大きなかわいらしい娘が駆け寄ってくる。
「香瑠《かる》さん、ここはいいから、急いで湯を沸かして下さい。奥の行李《こうり》に晒《さら》しがしまってあるから、それも出しておいてちょうだいな。できれば、井戸から水を汲《く》んでおいて。できるだけ冷たい水の方がいいから」

「わかりました」

香瑠と呼ばれた娘は小走りに農家に戻っていく。

「あなた……」

寧々が怪訝《けげん》そうに女の顔を見る。

「申し遅れました。東《あずま》と申します」

「あずま？」

尚も寧々が質問しようとしたとき、奈加が苦しそうな呻《うめ》き声を洩らした。

「早く横にして差し上げましょう。そうすれば、少しは楽になろうかと存じます」

「ええ、そうですね」

寧々はうなずき、二人で奈加を農家に運んだ。

三

（ここは、どういう家なのだろう……）

囲炉裏端に坐って、寧々は、そればかり考えている。

何の変哲もない農家で、東という中年女も、香瑠という娘も、貧しげな百姓女の姿をしている。

しかし、二人の物腰や言葉遣いが百姓女のようではない。礼儀作法も身に付けているようだし、言葉の端々から教養も感じられる。浅井氏が滅んだ後、浪人になることを余儀なくされ、武士の身分を捨てて百姓に身を落とした者も少なくないと秀吉から聞かされた覚えがあったので、

（そういう人たちなのだろうか）

と想像する。

何より感心したのは、東のきびきびした動きと的確な指図である。おろおろするばかりで何もできない侍女たちに湯を運ばせたり、井戸水を汲みに行かせたり、着替えを取りに行かせたりした。

本当ならば、寧々が指図すべきところだったが、

（この人に任せておけば安心だ）

という気がしたので、その仕事振りを黙って眺めていることにした。自分が働き者のせいか、他の者が骨惜しみせずに働く姿を見るのが好きなのである。

東の立ち姿は小気味いいほどだった。吐瀉物で汚れた奈加の顔を、お湯を絞った晒しできれいにすると、冷たい水で唇を湿らせて奈加の意識を覚醒させた。香瑠に手伝わせて奈加の帯を緩《ゆる》めるときには、

「帯をきつく締めたせいで息をするのが苦しくなり、それも具合の悪くなった理由かと思います。少し帯を緩めてもよろしいでしょうか」

と、寧々の許しを求めた。

「お願いします」

己の立場をわきまえた謙虚さにも、寧々は好感を抱いた。

その後も、奈加の額や首筋を冷やしたり、薬湯を飲ませたりと、東は甲斐甲斐しく介抱

を続け、そのおかげなのか、半刻（一時間）ほどすると、奈加は顔色がよくなり、自分で起き上がることができるほどになった。

「何か召し上がりますか？」

東が奈加に訊《き》く。

輿に酔って嘔吐を繰り返した後だから、さすがに食欲などないだろうと寧々は思ったが、意外にも奈加は、

「そう言えば、少しお腹が空いたかしら」

と答えた。

「それは、ようございました。お加減がよくなってきた証《あかし》でございましょう」

東は肩越しに振り返ると、あれをお持ちして下さいな、と土間に控えている香瑠に声をかける。はい、と返事をして香瑠が足高膳《あしだかぜん》を運んでくる。あらかじめ用意しておいたらしい。その足高膳を見て、

（やはり、元は武家だったのだ）

と、寧々は確信した。

かなり古びてはいるものの、その足高膳は高級な漆《うるし》塗りで、普通の農家にあるようなものではない。

香瑠は、ふたつの足高膳を東の前に運んだ。

「二年ほど漬け込んだ鮒寿司《ふなずし》でございます。慣れないと臭味が気になるかもしれませんが、とてもおいしいものですよ」

そう説明しながら、東はさりげなく箸《はし》で一切れつまんで口に入れる。

奈加が、ちらりと寧々に視線を向ける。東が毒味して見せたことに気が付き、奈加もまた東がただの百姓女ではないと察したのだ。

東が足高膳を奈加と寧々の前に据えると、二人は思わず顔を顰《しか》める。饐《す》えたような強い臭気のせいだ。

「琵琶湖で獲れた鮒を漬けたもので、古《いにしえ》より都の天子さまにも献上していた品でございます」

東が言うと、

「天子さまが……」

せっかくの厚意を断っては申し訳ないという気持ちで、寧々が恐る恐る箸をのばす。口に入れた途端、

「おいしい」

「本当？」

奈加も半信半疑で食べてみる。

「あら、いやだ。おいしいじゃないの」

寧々と奈加は、たちまち鮒寿司を平らげてしまい、慌てて香瑠がお代わりを運んでくる。東も土間に下り、湖魚の佃煮《つくだに》やら大根の煮物やらを器に盛りつけて運ぶ。

奈加と寧々は、おいしいおいしいと笑いながら、次から次へと料理を口に運ぶ。

ひとしきり賑やかな食事が続いた後、寧々は箸を置き、

「東殿」

と呼びかけ、今日の厚意については改めて礼をするつもりでいるが、わたしが思うに、あなたは生まれながらの百姓ではないようだ、よかったら、あなたの身の上を聞かせてもらえないだろうか、と切り出す。その質問を予期していたのか、東は姿勢を正して畏《かしこ》まると、

「お察しの通り、元は浅井に仕えていた者でございます……」

と身の上話を始めた。

東の夫・大谷吉房《おおたによしふさ》は出納《すいとう》関係の帳簿を管理するのを専門とする文吏《ぶんり》だった。初めは六角《ろっかく》氏に、次いで浅井氏に仕えた。吉房と結婚するまで、東は観音寺城で奥女中をしていた。浅井氏が滅んで吉房は浪人となり、今では、この村で野良仕事をして暮らしているという。

香瑠のことを、寧々も奈加も、てっきり東の娘だと思い込んでいたが、実は、そうではなかった。浅井氏の勘定方で吉房と同僚だった佐久間沢右衛門《さくまさわえもん》の娘で、沢右衛門も浪人して、この村で暮らしている。行儀作法や針仕事を東から教わるために、時々、この家を訪

れるのだという。

事情を知った寧々は、ご主人は武士に戻るつもりはないのですか、と訊いた。秀吉が十二万石の大名になったとき、家臣の数が足りないので、江北全域で浅井の旧臣を召し抱えたのである。東の夫ならば、きっと優秀な者であろうし、そのときに応募していれば、きっと採用されていたはずだ、と思った。

「夫は土いじりなどしたくないと愚痴ばかりこぼしておりますが……」

肉体労働などまったく似合わない吉房は、もちろん、すぐに応募した。吉房が浪人して無収入になったために借金もできたし、末娘が十一歳になって、あまり手もかからなくなったので、東も応募した。

しかし、結果は二人とも不採用だった。

「うちにはお金もありませんし、夫は曲がったことの嫌いな石頭ですから……」

生真面目で曲がったことの嫌いな吉房が賄賂《わいろ》を用意しなかったために不採用になった事情を、東は冗談めかして笑いながら語った。応募者が採用枠を奪い合った結果、担当の役人に賄賂を贈らない者は門前払いされたのだ。

「まあ、そんなことがあったのですか」

「いかにもありそうなことだけれど、それは何とももったいない話だこと」

奈加と寧々が顔を見合わせる。

この二人は、時として実の母娘のように心が通じ合うことがある。このときも、そうだった。

「折り入って相談なのですけどね……」

寧々が東の方に身を乗り出す。

四

「ああ、つまらん、つまらん。まったく嫌になる」

草むらに大の字に寝転がるなり、佐吉《さきち》は不満を洩らし始める。

「寺にいるときは楽しそうに学問に励んでいるじゃないか」

佐吉の横に腰を下ろしながら、平馬《へいま》が言う。

平馬は十六歳、佐吉は十五歳、大原《おおはら》村の観音寺で学んでいる。年齢はひとつ違うが、妙にウマが合い、いつも一緒だ。

佐吉の家は大原村の西隣、山をひとつ越えた向こうの石田《いしだ》村にある。かなり遠い。

平馬の家は大原村の北、小谷山の麓で、道は平坦だが、やはり、かなりの距離がある。

朝早くから昼過ぎまで学問するのが日課だが、家が遠いので二人とも帰宅するのは日暮れどきだ。帰る方向がまるで違うので、寺を出ると村外れの草むらでひとしきり雑談をしてから別れることにしている。

「学問するのは楽しいが、せっかく身に付けた学問を生かすことができないのがつまらないんだ。おれは十五だが、普通の人間が二十年かかってようやく身に付けられるくらいの学問をとっくに身に付けている。こんなに学問のできる者など滅多にいないのに、田舎で燻《くすぶ》っているなんて天下の損失じゃないか。そう思わないか、平馬？」

佐吉が大袈裟に嘆く。

「あ……念のために言うが、おまえを馬鹿にしているわけじゃないからな。寺にいるのは阿呆ばかりだが、おまえとおれだけは違うという意味だ」

「呆れた奴だ」

平馬としては苦笑いするしかない。佐吉が抜群に学問ができるのは本当だが、己の賢さを平気で人に誇り、学問のできない者を蔑むようなことを露骨に口にするので周りの者たちからは嫌われている。佐吉と親しく付き合うのは平馬だけだ。

穏やかで控え目な性格で、目下の者の面倒もよく見るから、佐吉とは対照的に平馬は皆から好かれ、信頼されている。佐吉ほどではないが、学問の進みも早い。

「心配しなくても出世できるさ。和尚《おしょう》さまは、いつもおまえを誉めて下さるじゃないか」

「ふんっ、坊主の世界で出世してどうなる。黴《かび》臭い仏典に埋もれて、死ぬまで仏道三昧《ざんまい》か？　馬鹿馬鹿しい」

「罰《ばち》当たりなことを言うなよ。和尚さまのおかげで学問できているんだぞ。もっと感謝したら、どうだ?」

平馬が舌打ちする。

佐吉の石田氏は、代々、近江の守護大名・京極《きょうごく》氏に仕える家柄だったが、永禄《えいろく》三年(一五六〇)、浅井氏によって京極氏が江北から追われたとき、佐吉の父・藤左衛門《とうざえもん》は浪人して帰農した。

そういう事情は、浅井氏が織田信長に滅ぼされたとき、父親が浪人した平馬と似ている。生活が苦しく、紙や筆も満足に買えないほど貧しいのも同じだ。

だからこそ、毎朝、二人は遠い道程を観音寺に通ってくる。住職である法順《ほうじゅん》のおかげで、ただで学問を教えてもらえるし、寺にある書物も自由に読ませてもらうことができる。反《ほ》故《ご》もくれるし、墨も分けてくれる。

しかも、法順は、佐吉と平馬には特に目をかけてくれて、このまま仏門に入ってはどうかと勧めてくれている。破格の厚意といっていい。この時代、何の後ろ盾もない貧しい若者が出世するには僧侶になるしかないのである。

「ああ、残念だ。あと十年早く生まれていれば、浅井氏に召し抱えられていただろう。そうすれば、むざむざ浅井氏が滅びることもなかったはずだ。織田軍を返り討ちにして、今頃は浅井の旗が京都に翻《ひるがえ》っていたかもしれない」

佐吉が大真面目に溜息をつく。

それを聞いて、思わず平馬が吹き出す。

「何がおかしい?」

佐吉がじろりと平馬を睨《にら》む。

「いや、男子たる者、それくらいの大望を持つべきだと感心しただけだ。おれなんか、戦《いくさ》ばかり続く世の中で生きていくより、和尚さまの勧めに従って、このまま仏門に入る方がよいのではないか、と思案している」

「おまえは、おかしな奴だよ、平馬。思いがけぬ僥倖《ぎょうこう》に恵まれて、父上と母上が筑前さまに召し抱えられたんじゃないか。奥勤めの母上は、北の方さまから、たいそう気に入られているという噂だ。おまえが望めば、筑前さまの小姓にしてもらうことだってできるはずだ。なぜ、そうしない?」

輿に酔って具合の悪くなった奈加を介抱したことが機縁となって、平馬の母・東は奥女中として採用され、父の大谷吉房も勘定方に職を得た。そのおかげで暮らしも楽になり、平馬も筆や紙を自分で用意できるようになっている。

仏門に入ることを真剣に考えているから、父と母は長浜に移ったのに、平馬は大原村に残っている。決心がつけば、長浜に越すのではなく、身ひとつで観音寺に入ろうと思っているからだ。

「武士になれば、戦《いくさ》に出なければならない。自分が死ぬのも嫌だし、人を殺すのも嫌だ。人が死ぬのを見るのは悲しいし……」

「甘っちょろいことを言うな。戦が嫌なら、なぜ、自分の力で戦国の世を終わらせようと考えないんだ？　戦乱から目を背けて仏門に入ったところで、悲惨な世の中が変わるわけじゃないぞ」

「おまえは、すごい奴だなあ、佐吉。時々、本心から、そう思う。そんなに俗世間で出世したいのなら、母者に頼んでみようか？　母者が口添えすれば、何かしら城で仕事を見付けられるはずだ。何なら、おまえの父上と兄上のことも……」

「それは結構だ」

佐吉がぴしゃりと撥《は》ねつける。

「筑前さまに仕える気はないのか？」

「そうではない……」

佐吉が首を振る。

東が平馬の取り立てを寧々や奈加に頼めば、きっと平馬はいい役につけてもらえるに違いない。

しかし、佐吉は他人である。

最初からいい役につけるはずがなく、採用されたとしても雑用係程度の下っ端に違いない。そんなところから、こつこつ這い上がるのは真っ平だし、自分より頭の悪い上役に顎《あご》で使われるのも我慢ならない。自分が仕えるとすれば大将の秀吉以外には考えられず、その他の者に頭を下げるつもりはない。秀吉の側近になれば、自分の力で父と兄を召し抱えてもらうこともできるだろう。

「但《ただ》し……」

佐吉は見るからに高慢そうな顔で胸を反らす。

「筑前さまが阿呆なら、おれは仕えるつもりはない」

「……」

平馬が目を丸くして、ぽかんと口を開ける。

日々の糧にも困るような貧しい暮らしを強いられており、己の才覚以外には何ひとつ頼りになるもののない、ちっぽけな存在に過ぎないのに、長浜城の主を値踏みしようというのである。その図々しさに呆れたが、ここまで大口を叩かれると、その図々しさが一種の愛嬌《あいきょう》にも思え、その底知れぬ自信の大きさに感心してしまうから不思議だった。

「仕官の口添えを頼む気はないが、その代わり別の頼みがある。聞いてくれるか?」

佐吉が真剣な面持ちで平馬を見つめる。

五

数日後、伊吹山《いぶきやま》の麓で鷹狩りをした秀吉は、長浜に帰る途中、観音寺に立ち寄った。何の前触れもない突然の訪問だったので、寺は大騒ぎになった。住職の法順和尚もあたふたしながら秀吉を迎えた。

「気遣いは無用であるぞ。こっちが勝手に押しかけたのだからのう」

わははは、と笑いながら秀吉がずかずかと本坊に上がり込む。気遣い無用と言われても、まさか何のもてなしもしないわけにはいかないが、小僧たちも動転してしまい、何を用意すればいいか見当も付かず、おろおろするばかりだった。

「聞きたいことがあって寄ったが、まずは茶を一杯所望したい。喉が渇いてのう」

「では、早速に……」

法順が小僧を呼ぼうとすると、失礼いたします、と廊下から声が聞こえ、大きな茶碗を盆に載せて佐吉が入ってくる。茶碗には茶がたっぷり入っている。

「どうぞ」

「おお、すまぬ、すまぬ」

秀吉は茶碗を手に取ると、ごくりごくりと喉を鳴らして、あっという間に飲み干してしまう。茶がぬるかったので、一気に飲み干すことができたのだ。

「何と、うまい茶よ。もう一杯、もらえぬか」

「はい、直ちに」

一礼すると、佐吉は空の茶碗を盆に載せて下がる。

「拙僧に聞きたいこととは、いったい、どのようなことでございしましょうか？」

「この寺には、世にも珍しい宝があると聞いた。見せてくれぬか」

「はて、珍しい宝ですと？」

法順が怪訝《けげん》な顔になる。

「それは何のことでございましょうや」

「隠さずともよいではないか。取り上げようというのではない。どんなものなのか見たいだけなのだ。心配するな」

「しかし……」

「失礼いたします」

佐吉が戻ってきた。さっきよりも少し小さな茶碗を秀吉の前に置く。

「すまぬな」

秀吉が茶碗を手に取り、茶を口に含む。すると、

「ん？　これは……」

「どうかなさいましたか？　何かお気に障ることが……」

法順が心配げに訊く。

「そうではない。茶のうまさに驚いたのだ。さっきの茶もうまかったが、この茶もうまい。この寺では何か特別な茶でも使っているのか？」

「田舎寺で飲むような茶でございますれば、さして高価なわけでもなく、どこにでもあるありふれた茶でございますが」

「ふうむ、それにしては、うまいぞ」

秀吉は、ゆっくり茶を飲む。さっきよりも少しばかり茶が熱かったからだ。それでもすぐに飲み干したのは、茶碗に半分くらいしか茶が入っていなかったからである。

「もう一杯、お持ちしますか？」

板敷きに指をつき、上目遣いに佐吉が訊く。

「うむ、頼む」

佐吉をじっと見つめながら、秀吉がうなずく。

「この寺には宝と呼ばれるようなものは本当に何もないのでございますが、誰がそのようなことを言ったのでしょうか？」

法順は困惑を隠しきれないようだ。

秀吉は、ふむふむ、宝物のう……とつぶやきながら、何やら物思いに耽《ふけ》っている。

そこに佐吉が戻ってくる。

今度は小茶碗だ。

佐吉が勧めると、秀吉は小茶碗を手に取り、その中をじっと見下ろす。小茶碗を通して、茶の熱さが掌《てのひら》に伝わってくる。この茶は、かなり熱いのだ。しかも、今まで供された二杯の茶よりも色合いが濃く、どろりとしている。熱くて濃い抹茶なのである。饒舌《じょうぜつ》な秀吉が人が変わったように黙り込んで、その抹茶を一口飲む。目を瞑《つむ》って、茶のうまさをしみじみと味わう。やがて、目を開けると、

「感服した。実に、うまい茶であったぞ」

「畏れ入りまする」

「名を何と申す？」

「佐吉でございます」

「年齢《とし》は？」

「十五になりまする」

「寺の小僧には見えぬが……」

「学問するために寺に通っている者でございます。元々は京極さまに仕えた家柄で……」

法順が佐吉の出自を説明する。

それを聞いて秀吉は大きくうなずき、

「なるほど、浪人してからも、父御《ててご》はしっかり倅を躾《しつ》けたらしい。言葉遣いといい、立ち居振る舞いといい、実にしっかりしておるわ。それに……」

秀吉がにやりと笑う。

「己を宝物に仕立て上げるとは、なかなか、洒落《しゃれ》っ気もあるらしい。どうだ、わしに仕えるか、佐吉？」

「ありがたきお言葉にございまする」

佐吉が平伏する。

「すぐに禄《ろく》を与えるわけにもいかぬ故《ゆえ》、汝《われ》にふさわしい仕事を考えつくまで、城で台所飯でも食っておれ。ところで、佐吉……」

「はい」

「どうやって、この寺にわしを誘《おび》き寄せた？　汝の思惑通りに仕官がかなったのだから、もう種明かししてもよかろう」

秀吉がぐいっと身を乗り出す。観音寺に珍しい宝物があるらしいから、鷹狩りの帰りに見物してきてはどうかと勧めたのは、奈加と寧々なのである。二人は、できれば自分たちも、その宝物を見たいものだとまで言った。母と妻が口を揃えて勧めたから、つい秀吉もその気になった。どうやって長浜城の奥で暮らしている奈加と寧々の耳に、そんなでたらめを吹き込むことができたのか、それが秀吉は不思議だった。

「はい、それは……」

佐吉は口籠もった。本当のことを話せば、秀吉は腹を立てて、さっきの仕官話を取り消すかもしれないと危惧したからだ。しかし、

（今更、嘘をついても仕方がない）

と腹を括って、何もかも正直に話すことにした。

つまり、平馬の口から宝物の作り話を東に話してもらい、その話が東から奈加と寧々に伝わるように仕向けたということである。

「なるほど、汝の考えた奇計の種は東の倅であったか。よくよく考えてみれば、汝は、わしを謀《たばか》ったことになるのう。わしが腹を立てたら、どうするつもりだったのだ？」

「そのときは……」

佐吉は背筋を真っ直ぐに伸ばして、黙ってこの首を差し出す覚悟でございました、ときっぱりと言う。

「ほう、そこまで覚悟した上での謀りであったか」

「それに……」

と、佐吉は更に言葉を続けた。喉の渇き方に配慮して、熱さも濃さも量も変えて茶を出すという工夫に気付かないようなら、自分は筑前さまに仕えるつもりはなかった。そのような気の利かない主に仕えても先々の見込みはないし、運が悪かったと諦めるつもりで

いた。

しかし、筑前さまは、きちんと工夫を見抜き、それを高く評価してくれた。それが何よりも嬉しかった……秀吉から目を逸《そ》らさず、佐吉は言った。

「な、なんという……」

怖れを知らぬ佐吉の物言いに、横にいる法順の方が慌てた。

「こいつめ、わしが汝を見出したのではなく、汝がわしを見出したと言いたいようだな」

本当なら、佐吉の生意気な口の利き方に腹を立てるべきだとわかっているが、秀吉自身、機知に富んだやり取りが好きだし、佐吉の正直な物言いも気に入った。頭の回転の速いのも秀吉好みだ。

「確かに、この寺には宝物があった。城に連れ帰って、母と妻にも見せてやらねばならぬわい。二人とも、さぞや驚くことであろうよ」

わはははっ、と秀吉が愉快そうに笑う。

そんな秀吉を見て、

（ああ、この人は器が大きい……）

相手は十二万石を領する大名なのである。その男が自分の器量を認めてくれたことに感激し、佐吉は涙ぐんだ。このあたり、いくら賢いといっても、まだ十五歳の少年なのだ。

そのとき、廊下の方から人の泣き声が聞こえてきた。必死に声を殺そうとしているが、どうにも抑えようがなくて泣き声が洩れているという感じだ。

「あれは何じゃ？」

秀吉が怪訝な顔をする。

「平馬でございまする。わたしを案じて、廊下に控えているのでございましょう」

佐吉が答える。

「そうであったか。平馬、ここに参れ！」

秀吉が大きな声で呼ぶと、廊下から平馬が転がるように部屋に入ってきて、秀吉の前に平伏《ひれふ》した。

「面《おもて》を上げよ」

「は、はい……」

平馬は、涙でぐしょぐしょに濡れた顔を上げた。

「なぜ、そのように泣いておるのだ？」

「嬉しいからでございまする。佐吉は優れた者ではございますが、己の才を平気で誇るような生意気なところがあるので朋輩から好かれてはおりません。きっと筑前さまのお怒りを買い、首を刎《は》ねられるに違いないと思っておりました。母を騙《だま》して、筑前さまが観音寺に寄るように仕向けたのは、わたしでございますから、佐吉が首を刎ねられるときには、わたしも一緒に罪を受け、この首を差し出すつもりでおりました。それなのに……」

「それなのに、わしが佐吉を召し抱えると決めたので、汝も命が助かった。死なずにすむとわかって安堵して泣いていたのだな？」

「それもありますが、筑前さまが佐吉の美点を認めて下さったことが何よりも嬉しいのです」

「友のために命を捨てようとし、友のために泣くのか。汝らは、よき友なのじゃなあ……」

秀吉がにこりと笑う。

「わしは決めたぞ。佐吉と共に汝も召し抱える」

「え？」

平馬が驚いて両目を大きく見開く。

「し、しかし、わたしは仏門に入るために修行するつもりでおりまして……」

「まだ得度《とくど》したわけではあるまい」

「それは、まだですが……」

「佐吉と二人で冥土に旅立つ覚悟を決めていたのではないか。ならば、佐吉と共に、わしに仕えよ。三途《さんず》の川を渡るよりは、ずっとよかろうが」

「は、はあ、確かに……」

「汝の父も母も、よく仕えてくれておる。あの親から生まれた子であれば、わしも心から頼りにできる。よいな、平馬。明日から佐吉と共に城で台所飯を食うのだぞ」

「……」

平馬は呆然として言葉を失っている。佐吉に肘《ひじ》で脇腹をつつかれて、平馬は大慌てで平伏した。

六

その翌日、佐吉と平馬は長浜城に出向いた。秀吉は不在だったが、奈加と寧々に謁見《えっけん》を許され、城の奥に通された。

「石田佐吉でございまする」

「大谷平馬でございまする」

佐吉と平馬が姿勢を正して挨拶する。

奈加と寧々は好奇心に満ちた目で、じっと二人を見つめる。やがて、

「ふうん、これがふたつの宝物ねえ……」

奈加が小首を傾げる。

「壺とか絵を持って来られても、どこが立派なのか、わたしにはさっぱりわからないし、薄汚い茶碗が何千貫という途方もない大金で売り買いされるのは馬鹿馬鹿しいだけで呆れ

てしまうけれど、この二人が賢そうな顔をしていることはわかる。壺や茶碗を持ち帰るよりは、ましだったんじゃないかしら。あら、東、ごめんなさいね。悪口じゃないのよ。気を悪くしないでちょうだいな」

平馬が東の息子だったと気が付いて、慌てて奈加が詫《わ》びる。

「倅の言葉を鵜《う》呑《の》みにして、観音寺に宝物があるなどと話してしまって……。穴があったら入りたいくらいの恥ずかしさでございます」

東が袖で顔を隠す。

「母御前さまがおっしゃったように、よい宝を手に入れたと思いますよ。いきなり、大名になってしまったから、秀吉殿は自分の家来が少ないんです。役に立つ者を召し抱えることができれば大喜びでしょう。この城では、元服前の少年たちを何人も預かっていますが、どちらかというと腕自慢の者ばかりが集まっているので、これからは、書物を読むことができたり、算盤《そろばん》が得意だったりする者も集めなければならないと、わたしも考えていたところです。その最初が東の息子と、その親しい友というのなら、こんなに心強いことはありませんよ」

寧々が平馬と佐吉を見て、にこっと笑う。

「筑前は、わが倅なれど、決してケチ臭い男ではないから、骨惜しみせず、一心に奉公すれば、きっと出世もかないますぞ」

奈加が諭《さと》すように言うと、

「ありがたきお言葉、この胸にしかと刻んでおきまする」

佐吉がしっかりと応える。

「末永く、よろしうお願いいたしまする」

平馬も凜《りん》とした表情で挨拶する。

それを見て、東が袖を顔に押し当てたのは涙を隠すためだった。浅井が滅んでからというもの、日々の糧にも事欠くほど苦しい生活が続くようになったが、平馬は文句ひとつ言わずに両親を助け、妹たちの面倒を見てくれた。武士の子として育った誇りもあるであろうに、農民たちに混じって野良仕事することも厭《いと》わずに汗水垂らして働き、その合間を縫うように観音寺に通って学問に励んだ。東にとって自慢の息子であり、誰よりも頼りになる息子でもある。

観音寺の法順和尚が、平馬を見込んで仏門に入ることを勧めてくれて、平馬自身、そういう気持ちに傾いていたにもかかわらず、今までそれを許さなかったのは、孝行息子をいつまでも手許に置いておきたいという東のわがままであった。

しかし、平馬も十六になり、そろそろ将来について真剣に考えなければ、と東も思案していたところだった。そんなとき、思いがけず、秀吉に召し抱えられることになった。長浜城で暮らすようになれば、いつでも会うことができるし、秀吉も心の広い大将だし、母御前さまも北の方さまも優しい方たちだから平馬にとってもよかった……そんな安堵の気持ちを感じる一方、武家奉公ともなれば、いずれ戦に出ることになるかもしれないという不安も感じてしまい、喜びと心配が心の中で様々に交錯して東の涙腺を緩めたのである。

「皆にも挨拶した方がよいな。香瑠」

寧々が平馬たちの後方に控えている香瑠に声をかける。奈加の具合が悪くなったとき、東を手伝って奈加を介抱したことが機縁となり、東が城に上がるとき、香瑠も一緒に奉公することになった。まだ十四歳で行儀作法も十分に身に付いていないので、東に教育されながら、寧々の小間使いのような仕事をしている。

「この時間なら台所にいるでしょう。二人を連れて行ってあげなさい。腹が減っているようなら、茶漬けでも食わせてやるがよい」

「承知いたしました」

香瑠が頭を垂れる。

七

平馬と佐吉は、奈加と寧々の御前を辞し、香瑠に案内されて廊下を渡っていく。不意に、香瑠が両手で口許を押さえて、くくくっと笑い出す。

「何がおかしい？」

平馬が訊く。

「だって、平馬さん、こちこちに固くなって、まるでお地蔵さまみたいでしたよ」

「馬鹿なことを言うな」

平馬が苦い顔をする。

「そうですぞ、香瑠殿。城中でふざけるのは、よろしいことではありませぬ」

冷たい目を香瑠に向けながら、佐吉が注意する。

「二人とも真面目なんですね。でも、それでみんなとうまくやっていけるかしら」

「何のことだ？」

「いいんです」

香瑠が肩をすくめる。

台所が近付いてくると、大声で怒鳴り合う声や、下品な馬鹿笑いが聞こえてきた。何の騒ぎだ、という表情で平馬と佐吉が顔を見合わせる。香瑠が肩越しに振り返って、

「みんな、平馬さんと同じくらいの年齢の人たちです。口は悪いけれど、根は悪い人たちじゃありませんから、どうか仲良くして下さいね。その中でも特に……」

「そんなところで何をこそこそ立ち話をしている」

という野太い声が聞こえた。

台所では、十人くらいの少年たちが板敷きのあちらこちらに坐って飯を食っていた。その少年たちが一斉に平馬と佐吉を見る。

「何だか、痩《や》せて、色の白い奴らだなあ」

小柄だが、目つきが鋭く、見るからに気の強そうな少年がからかうように言う。それを聞いて、他の少年たちがどっと笑う。

「市松《いちまつ》さん、いきなり、そんな悪ふざけはやめて下さい」

香瑠が睨むと、

「そう怒るな。香瑠は怖いのう」

市松が、ふふふっと笑う。この少年は、後の福島正則《ふくしままさのり》で、このとき十四歳である。

「ひょっとして、おまえたち、観音寺に宝物があるとか言って、殿を騙した連中か？」

少年たちの真ん中であぐらをかいている大柄な少年が訊く。他の少年たちよりも、一回り体が大きく、頭ひとつ分、座高が高い。

「騙してなどおらぬ。無礼を言うと許さぬぞ」

佐吉も負けていない。

「無礼だと？」

その少年がのっそりと立ち上がる。

（え）

平馬は息を吞んだ。佐吉も驚いている。顔つきは幼いが、背丈は優に六尺（百八十センチ）以上はある。太っているわけではなく、体つきは引き締まっているのだが、肩幅が広く、胸板が厚く、手足が長い。二の腕も丸太のように太い。平馬の背丈は五尺五寸（百六十五センチ）ほど、佐吉は五尺（百五十センチ）そこそこで、どちらかというと華奢《きゃしゃ》な体つきだから、二人の目にはその少年が仁王像のように見える。

「乱暴はやめて下さい、虎之助《とらのすけ》さん」

香瑠が平馬たちと虎之助の間に割って入る。虎之助と呼ばれた少年は、後の加藤清正《かとうきよまさ》で、このとき、十三歳である。

「女の出る幕ではない。引っ込んでいろ」

虎之助は軽く肩に触れただけだったが、人並み外れた怪力の持ち主だから、香瑠は、きゃっと叫んでよろめき、板敷きに膝をついた。

「おれは口先だけの人間を信用しないのだ」

「おれも言わせてもらおう。おれは、女に乱暴するような腰抜けを軽蔑する」

佐吉を押しのけて、虎之助の方に踏み出したのは平馬だ。香瑠が転ばされたのを見て、頭に血が上った。腕力には自信がないし、喧嘩も好きではないが、後には退《ひ》けないと覚悟を決めた。

「ならば、勝負だ。おまえたちが口先だけの男でないという証を見せろ」

うおーっ、と獣のように吠《ほ》えると、虎之助は大きく両手を広げた。

その誘いに吸い込まれるように、平馬は頭から虎之助に突進した。年齢こそ平馬の方が三つ上の十六歳だが、仁王像のように逞《たくま》しい虎之助と組み合うと、子供が力士に挑んでいるようにしか見えない。

虎之助は、平馬の体を受け止めると、帯をつかんで軽々と持ち上げ、えいっと放り投げる。平馬は宙を飛び、背中から土間に叩きつけられる。

「口ほどにもない奴だ」

虎之助は土間に下りると、呻き声を発しながら、何とか体を起こそうともがく平馬の顔を拳《こぶし》で殴りつける。

「平馬！」

佐吉が助太刀しようとするが、市松が羽交い締めにして動けないようにする。その横で、やめて下さい、やめて下さい、と香瑠が泣きながら叫ぶ。

「ほら、降参しろ。おまえの負けだ」

虎之助が平馬の胸の上に馬乗りになる。

これでは平馬も動きようがない。

「素直に降参しないと、もう一発、お見舞いするぞ」

虎之助が左手で平馬の襟をつかみ、右の拳を振り上げたとき、平馬が虎之助の親指にがぶりと嚙《か》みつく。虎之助がうわっ、と叫んで仰《の》け反《ぞ》る。

平馬は親指に食いついたまま離れようとしない。虎之助が平馬を押しのけようとするが、その太い腕をかいくぐって、平馬が虎之助の鼻に頭突きを食らわせる。ぎゃっ、と叫んだ途端、虎之助の鼻から血が噴き出す。

「賑やかじゃのう、何の騒ぎじゃ」

そこに秀吉が現れた。

平馬と虎之助は慌てて立ち上がる。二人とも鼻血で顔が血まみれである。その凄まじさに、さすがに秀吉も一瞬、言葉を失い、顔を引き攣《つ》らせるが、すぐに、わははははっ、と大笑いし、

「元気じゃのう、それでこそ秀吉の倅どもじゃ。しかし、その元気、これからは敵に向けなければならぬと心得よ。東には武田あり、上杉《うえすぎ》あり、西には毛利《もうり》あり、長宗我部《ちょうそかべ》あり、島津《しまづ》あり。敵に不自由はせぬ。仲間同士で争ってはならぬぞ。よいな」

秀吉がじろりと睨むと、平馬も虎之助もしょんぼりとうなずいた。

八

平馬は、ひどい顔だ。鼻血が出ただけでなく、頰は赤く腫《は》れ上がり、唇も切れて、紫に

変色している。

「平馬さんはバカです。大バカです」

手当てをしながら、香瑠が平馬を罵《ののし》る。学問ばかりしていて、喧嘩なんかしたこともないのに、よりによって、力自慢の虎之助さんと喧嘩するなんて、本当にバカです……香瑠は執拗《しつよう》に繰り返す。よほど腹を立てているらしい。

「ううう……」

顔を顰《しか》めながら、平馬が呻く。膏薬《あぶらぐすり》を塗る香瑠の手つきが乱暴なので、傷が痛むのだ。それでも文句を言わず、面と向かって、バカと罵られても怒らないのは、香瑠の目が真っ赤だからだ。今にも涙が溢《あふ》れそうなのである。その涙が自分の身を案じての涙だとわかるので、平馬は何も言えなかった。

「おれも驚いたぞ、平馬」

二人の横で茶漬けを流し込みながら、佐吉が笑う。

「人は見かけによらないものだ。おまえは、案外、血の気が多いんだな。これは誉め言葉だぞ。頭でっかちの、年寄り臭い奴だとばかり思っていたが、想い人のためにあんな化け物と戦おうとするんだから大したものだ。いや、見直したぞ」

「な、なにを言い出す、佐吉」

平馬が慌てる。

「虎之助が香瑠さんを突き飛ばすのを見て、おまえは頭に血が上ったんじゃないか。好きなんだろう、香瑠さんを？」

「……」

平馬は言葉を失って、うろたえる。咄嗟《とっさ》に言葉が出てこない。香瑠の方も、あっけらかんとした佐吉の物言いに驚き、耳朶《みみたぶ》まで真っ赤にしてうつむいてしまう。

「ふんっ、香瑠さんの方も満更《まんざら》でもなさそうだな。もし、おまえたちが一緒になるようなことになれば、おれが縁結びの神ということになるな。よかったじゃないか。こういうのを一石二鳥というのだろう」

「何のことだ？」

「おまえが虎之助と五分に殴り合ったことで、あいつらもおれたちに一目置くようになるだろうし、おまえたち二人も互いの気持ちをわかり合えた。おれが怯《ひる》むことなく市松や虎之助と言い争ったからこそ、ふたつのことがうまくいった。だから、一石二鳥だ」

「何でも自分に都合よく考える奴だなあ。時々、おまえが羨《うらや》ましくなるぞ、佐吉」

平馬が笑う。

「何がおかしいのか、おれにはわからないな」

小首を傾げながら、佐吉が茶漬けをお代わりする。

九

天正三年（一五七五）五月、織田信長は長篠《ながしの》の戦いで武田軍を撃破した。この勝利によって、東方の脅威が減った。武田の押さえには徳川家康《とくがわいえやす》を、上杉の押さえには柴田勝家《しばたかついえ》をあて、信長の目は西に向けられた。いよいよ、西国の雄・毛利との対決に本腰を入れることになったのだ。

毛利討伐の重責を担わされたのは羽柴秀吉で、天正五年（一五七七）の秋、播磨《はりま》に出陣した。秀吉が中国計略の本拠としたのは姫路《ひめじ》であり、この当時、姫路は小寺《こでら》氏の支配下にあった。小寺氏の重臣として織田軍との折衝《せっしょう》に当たり、秀吉に力添えしたのは小寺官兵《かんべ》衛孝高《よしたか》、後の黒田《くろだ》官兵衛である。

平馬は十九歳になり、秀吉の馬廻衆《うままわりしゅう》として各地を転戦するようになっている。与えられた仕事をそつなくこなし、戦においても勇敢で、何よりも秀吉に忠実無比だったから、

「平馬は、よき武者じゃのう」

と、秀吉にかわいがられたが、どちらかといえば地味な存在だった。

平馬が凡庸だったわけではない。常に人並み以上の働きをしてはいたものの、周りにいる者たちが凄すぎるために平馬の働きが霞《かす》んでしまうのだ。戦においては加藤虎之助や福

島市松の勇猛振りが際立っているし、事務処理能力においては石田佐吉の才能がずば抜けている。同じ立場で比べられると、どうしても彼らばかりが目立つことになり、他の者は引き立て役に甘んじなければならなかった。

仏門に入ろうと考えていた頃は、人と争ったり競い合ったりすることを嫌い、どんなときにも謙虚な態度を崩さぬように心懸けていたが、戦場で命のやり取りをするようになって、平馬の心にも負けん気が出てきた。それも当然で、戦場において謙虚さは美徳ではない。誰よりも貪欲《どんよく》でなければ、恩賞を手に入れることもできず、敵を倒して生き残ることもできないのだ。

秀吉が播磨出陣を信長から命じられ、家臣たちが慌ただしく出陣準備を始めたとき、平馬は香瑠を実家に訪ねた。十日に一度は、城を下がって実家に戻ることを知っていたのだ。

「どうなさったんですか、突然？」

そう言いながらも、香瑠は嬉しそうだ。他の少年たちと一緒になって平馬が城の台所飯を食っている頃は、いつでも会いたいときに会うことができたが、元服して一人前の武士になり、秀吉の馬廻衆という立場になってからは、遠征が多くなって、そう簡単に会うことができなくなっている。城にいるときでも、周りに人目があるので、ゆっくり話をすることもできない。

「おれたちのことなんだが……」

平馬は眉間《みけん》に小皺《こじわ》を寄せて、小さな溜息をついた。

「え」

香瑠は不安そうな顔で平馬を見た。

（いい話ではない）

と直感したのだ。

実は、二人の間には縁談が持ち上がっている。父親同士が浅井家で同僚だったこともあって、平馬と香瑠が幼い頃から両家は家族ぐるみの付き合いを続けている。浅井家が滅んでから、どちらも浪人し、同じ村で百姓仕事に励んだという境涯も同じだ。平馬の両親が秀吉に仕えるようになってから、その伝手《つて》で香瑠の父親も勘定方に職を得た。家同士に深い繋《つな》がりがあり、互いに憎からず想い合っているとなれば、あとは婚儀の時期を決めるだけだ。翌年には平馬が二十歳、香瑠が十八歳になって、所帯を持つのにちょうどいい年格好でもあり、いっそ播磨出陣の前に式を挙げては、という話になっている。毛利攻めともなれば長期戦を覚悟しなければならず、一旦、出陣してしまえば、次に長浜に戻って来るのはいつになるかわからないからだ。生きて帰ってこられるという保証すらない。

「嫌になったのですか、それとも、他に誰か……」

香瑠の表情が曇る。

「馬鹿なことを言うな」

平馬が首を振る。

「そんなはずがないではないか。おれの気持ちは何も変わっていない」

「ならば、なぜ……?」

「情けないからだ」

「どういう意味ですか?」

「おまえだって城勤めをしているのだから、きっと耳にしているはずだ。殿が目をかけて下さるのは、母上のおかげなのだと、な。母上が北の方さまや母御前さまのお気に入りだから、そのおかげで、おれは出世している……聞いたことがあるだろう?」

「……」

香瑠は返事をしなかったが、その沈黙が平馬の質問に対する雄弁な答えになっている。

「確かに、東さまは北の方さまや母御前さまに信頼されていますが、だからといって、平馬さんを出世させてくれるように頼んだりするはずがありません。そんな人でないことは、平馬さんだって、わかっているはずですよ」

「うむ。母は、そんな人ではない。しかし、母が何も頼まなくても北の方さまや母御前さまが気を利かせて下さっているかもしれぬ」

「どこの世界にも人の悪口を言ったり、人を羨んだり、やっかんだりする人はいるものです。そんな人たちの陰口を気にしては駄目ですよ。平馬さんのことを悪く言う人がいないとは言いませんが、虎之助さんや佐吉さんは、もっと悪く言われてるんですから」

「あいつらが？　なぜだ」

「だって、あの人たちは平馬さんよりも出世してるじゃありませんか」

「それだけの働きをしているから、出世しているだけのことだ」

「平馬さんだって同じですよ。東さまの息子であろうとなかろうと、平馬さんは立派に殿のお役に立ってらっしゃいます」

「そう言ってもらえて嬉しいが、これといって大きな手柄を立てたことがあるわけでもない。そんな男と所帯を持つのでは、香瑠に申し訳ないし、おれは自分のことが情けなくて仕方ないのだ」

「まあ……」

　香瑠は驚いたように目を大きく見開くと、次の瞬間、体を海老のように曲げて、ほほほっ、と楽しそうに笑い出した。

「何がおかしい？　おれは真面目な話をしているんだ。ふざけるなよ」

　平馬が、むっとする。

「ごめんなさい」

　人差し指で笑い涙を拭いながら、香瑠が背筋を伸ばす。

「平馬さんは勘違いしています。わたしは平馬さんに出世してほしいわけじゃありません。

だって、ずっと昔から平馬さんの嫁にしてほしいと思っていたんですもの。そうなると決めていたんです。だから、手柄なんか、どうでもいいんです。今のままの平馬さんでいいんですよ。陰口を叩かれたって、わたしたちが気にしなければいいだけのことじゃありませんか。情けないとか、申し訳ないとか、そんなことを心配しなくていいんです」

「本心なのか?」

「ええ、もちろんです」

「ならば……ならば、おれの妻になってくれるのか?」

「はい」

香瑠がにこやかに大きくうなずく。


数日後、平馬と香瑠は祝言《しゅうげん》を挙げた。

しかし、新婚生活は長くは続かなかった。ひと月も経たぬうちに秀吉が軍勢を率いて出陣したからである。その中に平馬もいた。

妻となってからも香瑠は城勤めを続けたので、平馬が出陣してしまうと、結婚前と何ら代わり映えのない生活を送るようになり、忙《せわ》しなく雑用に追われているときなど、ふと、

(わたしは本当に大谷平馬の妻なのだろうか……)

と疑わしくなるときがあり、平馬と過ごした短すぎる新婚生活が夢であったかのように

思われた。

十

播磨における秀吉の戦いは、最初のうちこそ順調で、わずかひと月で数多くの豪族たちを屈服させることに成功したほどだ。その勢いを駆って、北方の但馬《たじま》にも侵攻し、たちまち、これを征した。弟の秀長《ひでなが》に但馬の支配を任せると、備前《びぜん》・美作《みまさか》を攻略する足がかりとするべく、秀吉は国境近くの福原城《ふくはらじょう》と上月城《こうづきじょう》を攻めた。小寺官兵衛と竹中半兵衛《たけなかはんべえ》の働きで、福原城はたやすく落とすことに成功した。

ところが、秀吉自身が指揮を執った上月城攻めで躓《つまず》いた。城兵の士気が高く、守りも堅固で、しかも、救援に駆けつけた宇喜多《うきた》軍が手強《てごわ》かった。圧倒的な兵力差にモノを言わせて上月城を攻め落とし、かろうじて面目《めんぼく》を保ったものの、ここでひと月以上も足止めを食い、味方にも多くの損害が出た。この苦戦が毛利攻めの難しさを秀吉に思い知らせたといっていい。

播磨・但馬を平定した秀吉は、翌天正六年（一五七八）春、いよいよ、備前・美作への侵攻作戦を始め、小寺官兵衛と別所長治《べっしょながはる》に先鋒を命じた。別所長治は三木城《みきじょう》を本拠とする東播磨の豪族で、西播磨の有力豪族・小寺氏と共に秀吉の播磨支配を支える二本柱のひとつだった。

しかし、別所長治は秀吉の命令を無視した。織田と手を切り、毛利に味方する方針を明らかにした。秀吉を見限ったのではなく、信長への不信が別所長治を毛利に走らせたのである。秀吉を信頼して織田の傘下に加わったものの、信長の冷酷非情な仕打ちを見聞するうちに不安になったのだ。東播磨の諸豪族たちも別所長治に倣《なら》って織田と手を切ったから、秀吉は、たちまち苦境に追い込まれた。姫路城が、西の毛利軍と東の三木城に挟み撃ちにされる格好になったからだ。都にいる信長と連絡を取ろうにも、毛利水軍が制海権を握っているから船を使うこともできない有様だった。

三月末から秀吉は三木城攻めを始めたが、これを見た毛利軍は、水軍を使って秀吉軍の背後への上陸を試みた。この奇襲攻撃は小寺官兵衛の機敏な働きで何とか水際で防いだが、これ以降、秀吉は水軍の動向に気を遣わざるを得なくなり、三木城攻めに集中することができなくなった。

しかも、吉川元春《きっかわもとはる》・小早川隆景《こばやかわたかかげ》の率いる毛利の大軍が播磨に迫りつつあった。

(どうにもならんわい)

八方塞《ふさ》がりの秀吉は開き直るしかなかった。

西にも東にも敵を抱え、海からの攻撃にまで気を遣わなければならないとなれば、もはや、秀吉の手には負えない。下手に動くと、四方から袋叩きにされそうな状況だ。

秀吉は信長に救援を願った。

信長は、その願いを聞き入れ、直ちに救援軍の編成を嫡男・信忠《のぶただ》に命じた。

救援軍が到着するまで、秀吉は軍事行動を控えることにしたが、何もせずに手をこまねいていたわけではない。

兵法によれば、敵を制するには、ふたつのやり方がある。ひとつは軍事力で敵を圧倒することであり、もうひとつは調略《ちょうりゃく》である。様々な方法で敵を寝返らせ、こっちの味方にしてしまうのだ。

調略は小寺官兵衛が担当した。小寺氏は西播磨を地盤としているだけに、官兵衛はこの周辺の事情に詳しく、毛利に味方している豪族たちが決して一枚岩でないことを見抜いている。後に黒田官兵衛と名乗りを替え、竹中半兵衛と共に戦国時代の名軍師として名を残すことになる官兵衛は天性の調略家であった。秀吉が姫路城に籠もって身動きが取れずにいる間、美作や備前の豪族たちに、せっせと調略の手を伸ばした。

美作の草刈景継《くさかりかげつぐ》への働きかけも、そうした調略の一環である。

草刈氏は、元々は因幡《いなば》の南・智頭《ちづ》郡を所領とする豪族だったが、景継の父・衡継《ひらつぐ》の代に大きく勢力を伸ばし美作に侵攻、その本拠を加茂《かも》郡の矢筈城《やはずじょう》に置いた。更に美作に支配地を広げようとしているときに、西から毛利元就《もとなり》が迫り、草刈氏は屈服した。衡継の代にはおとなしく毛利に従っていたが、景継に代替わりすると、毛利のやり方に不満を抱くようになった。景継が官兵衛の誘いに乗ったのは、そういう事情がある。

秀吉は小躍りして喜んだ。美作の有力豪族・草刈氏を味方にすることができれば、八方塞がりの局面を打開する糸口になるであろうし、逆に、支配地に楔《くさび》を打ち込まれる毛利にとっては大打撃に違いない。秀吉は直ちに草刈景継の寝返りを信長に報じ、草刈氏の所領安堵を認める朱印状の発給を請《こ》うた。

朱印状が届くと、秀吉と官兵衛は、

「誰を使者にすべきか」

を話し合った。

この時代、使者の役割は、単に預かった文書を相手方に届けるだけでなく、その文書の補足説明をしなければならない。細かい作戦を打ち合わせたりすることも珍しくない。ある程度の裁量権を持たされた交渉役なのだ。

特に、調略がうまくいって敵方から寝返らせることに成功した場合、まだ十分に信頼関係もできていないし、相手方に迷いがあったりすることも多いので、相手の心をしっかりつかまなくてはならない。使者の力量がモノを言うのである。

信長の朱印状を届けるのだから軽い役目ではないし、今後の作戦について秀吉の代理として草刈景継と打ち合わせをしなければならないから、よほど気の利いた者を選ぶ必要がある。かといって、草刈氏の身代を考慮すれば、官兵衛が出向くほどの相手でもない。こういう交渉事では、双方の釣り合いが重んじられるのだ。

「小姓の中から選ぶのがよろしいかと存じます」

「そうじゃのう……」

官兵衛の言葉に秀吉がうなずいたのは、それくらいでちょうどいいと考えたからだ。

さて、誰を派遣するかである。

敵地にある矢筈城に赴くわけだから危険を伴う役目だが、それだけに無難にやり遂げれば大きな手柄になる。加藤虎之助や石田佐吉ならば、うまくやり遂げるであろうが、敢《あ》えて、虎之助や佐吉に手柄を立てさせなくても、すでに二人の働きは小姓たちの中でずば抜けている。福島市松に任せることも考えたが、外交交渉を任せることに一抹の不安を感じる。戦場では勇猛果敢だが、血の気が多く単純で、さりとて利口でもないから、外交交渉に付きものの細かいやり取りなどできそうな感じがしないからだ。

「平馬にやらせてみるか」

秀吉がつぶやく。数多くの小姓たちの中で、秀吉は虎之助、市松、佐吉、平馬の四人を買っている。同じ頃に秀吉の小姓になり、虎之助と市松は武将として頭角を現しつつあり、佐吉は官僚として優れた能力を発揮している。

ただ、この三人は人並み優れた長所を持つ反面、欠点も多い。虎之助と市松は短気で粗暴で、政治感覚が鈍い。佐吉は自分が利口すぎるために、他の者が阿呆に見えてしまうらしく、しかも、そういう感情を隠すことができないため、しばしば周囲の者たちと軋轢が生じてしまう。

その点、平馬は何事も無難にこなす。戦場でも勇敢だし、すべての点において道理をわきまえている。周りの者への気配りを忘れず、謙虚な性質なので、虎之助や市松も佐吉とは犬猿の仲だが、平馬とは親しい間柄だ。平馬がそつなく気配りするせいである。秀吉の目には美点がいくつも見えるが、控え目すぎる性格が災いして、他の者たちには平馬の器量が十分に理解されず、四人の中では最も出遅れている。草刈氏との交渉をうまくこなせば、平馬を見る周囲の目も変わるのではないか、と秀吉は考えた。

早速、平馬が呼ばれ、草刈氏への使者役を命じられた。

まず、美作を巡る情勢を官兵衛が詳しく説明した。

次いで、秀吉自身が、草刈氏に何を期待しているか、草刈景継との話し合いでは何を注意すべきか、平馬の裁量でどこまで譲歩していいか、そんなことを細々《こまごま》と注意した。平馬は頬を火照《ほて》らせながら真剣に耳を傾けた。

「その方を見込んで任せるのだ。頼むぞ、平馬」

秀吉に声をかけられると、

「必ずや、この役目を果たしまする。殿の信頼を裏切りませぬ」

平馬は、体の震えを止めることができなかった。武者震いである。

十一

翌朝早く、平馬は山伏姿で姫路城を出発した。供を連れず、自分一人だけだ。草刈氏が織田側に寝返ったといっても、その周囲には毛利方の豪族たちがひしめいている。敵中突破することになるので、なるべく、人目につかない方がいいだろうと判断したのである。この大役を成功させるために、平馬が思案した工夫だった。

国境までは、できるだけ道を急いだ。慎重になったのは美作に入ってからである。大きな道を避け、日中は歩かないようにした。夜が明けてからの一刻（二時間）、夕方、日が沈むまでの一刻、その二刻に距離を稼ぐことを心懸けた。地理に不案内な土地なので、夜間に歩くことは控えた。それほど慎重に振る舞ったのは、美作に足を踏み入れた途端、毛利兵の姿を頻繁に目にするようになったせいである。街道には関所が設けられている。

毛利の大軍が東進しているという噂を平馬も聞いていたものの、毛利軍が企図しているのは上月城の奪還だと聞いていたので、

（こんな美作の北にまで多くの兵を配しているのか……）

と驚いた。

しかし、それは平馬の勘違いだった。毛利軍は美作の北に兵を配しているのではなく矢

笞城の周辺だけを厳重に見張っていたのだ。

平馬にとって不運だったのは、毛利には政治にも軍事にも優れた手腕を持つ小早川隆景という名将がいたことである。備前や美作の豪族たちに織田が調略の手を伸ばしていることを知った隆景は、

「織田に寝返るとすれば、まず、矢笞の草刈であろうよ」

と見抜き、矢笞城の動きを警戒したのだ。

そもそも、毛利氏そのものが権謀術数の本家といっていいくらいに調略を好み、戦で勝ち取った城よりも、調略で奪った城の方が多いといわれるほどだから、配下の豪族たちの動静にも常に目を光らせている。草刈景継が毛利の支配に不満を持っていることなど、とうに知られていた。

つまり、織田の使者が矢笞城にやって来るのを毛利軍は手ぐすね引いて待ち構えていたわけであり、

「城に近付く者はすべて捕らえよ。容赦するな」

と、小早川隆景が厳命していたから、山伏姿に変装したくらいでは、とても毛利軍の目をごまかすことなどできなかったのだ。飛んで火に入る夏の虫とは、まさに平馬のことであった。

十二

姫路城を出てから十日後、平馬は夜に紛れて矢筈城に入り込もうとした。数多くの毛利兵が矢筈城を厳重に見張っていたものの、せっかく秀吉の厚意で大切な役目を与えられたのに、すごすごと引き返すわけにはいかなかった。月や星々が雲に隠されている曇天の暗い夜を選び、思い切って城に近付いた。

矢筈城の周囲は堀に囲まれている。橋を渡って門に近付こうとしたとき、四方から毛利兵が群がり出てきて、抵抗する間もなく平馬は縛り上げられた。

平馬は関所に連れて行かれ、丸裸にされて荷物を調べられた。信長の朱印状が出てきた。毛利の指揮官は驚愕《きょうがく》し、その朱印状を、上月城に向かって進軍している小早川隆景に送って指図を仰ぐことにした。

平馬は土牢に放り込まれた。関所自体が急拵《ごしら》えだから、土牢も急拵えである。土手に横穴を掘り、入り口を柵《さく》で塞いだだけのものだ。高さは二尺（六十センチ）、横が四尺、奥行きが三尺という狭さである。この土牢に、手足を縄で縛られ、丸裸のまま放り込まれた。

日陰にあるので日中でも寒く、夜になると凍《こご》えるほどに気温が下がる。朝と夕方に柵の隙間から握り飯を与えられたが、水をもらえないので地面に湧き出ている泥水を嘗《な》めるしかない。糞便も垂れ流しなので、狭い空間に耐えがたい悪臭が満ちて、息をするのも辛いほどだ。姿勢を変える余裕もないので、三日もすると背中や尻に疥癬《かいせん》ができて、皮膚が爛《ただ》れた。その痒《かゆ》みと痛みが平馬を苦しめる。

だが、本当に恐ろしいのは、穴の内部に何の支えもないので、いつ穴が崩れて生き埋めになってもおかしくないことであった。じっと横になっていると天井部分から細かい土がぼろぼろと顔に落ちてきて、平馬は悲鳴を上げる。そんな平馬を毛利兵は笑った。悪夢に魘《うな》されて夜に悲鳴を上げると、腹を立てた毛利兵は槍の先で平馬の脚や尻を刺す。ひどく出血することもあるが、もちろん、手当てなどしてもらえるはずもない。やがて、傷口から黴菌《ばいきん》が侵入して、傷が腐る。膿《うみ》が出て、嫌な臭いがしたが、すでに土牢には悪臭が満ちていたので、平馬は何も感じなかった。

半月ほど後、矢筈城の前に一千ほどの毛利軍が現れた。小早川隆景が送ってきた軍勢だ。土牢の中で半死半生の平馬には、何が起こったのかわかるはずもない。

こういう事情であった。

織田方への内通を知った小早川隆景は、草刈景継の切腹と、織田方との手切れを草刈氏に要求したのである。これは最後通牒であり、その要求を拒めば、上月城に向かっている毛利軍三万は直ちに方向を転じて矢筈城を囲み、一気に攻め落とすというのである。一千の毛利軍の役目は、草刈氏が隆景の要求を拒んだとき、矢筈城から誰も逃がさないことであり、それは毛利に敵対するのであれば、城兵を皆殺しにするという恫喝《どうかつ》であった。

草刈氏は、この要求に屈した。景継は切腹し、その首は隆景のもとに送られた。信長の朱印状も姫路城に送り返された。平馬の任務は失敗に終わったことになる。

数日後、平馬は土牢から引き出された。上月城の近くにいる隆景のもとに連れて行かれるのだ。信長の朱印状を携えた使者ならば、それなりに身分のある者であろうから、秀吉軍の軍事上の機密を知っているかもしれぬ、わしが直々に尋問しよう……そう隆景が考えたからだ。

平馬は衰弱している。ろくに食べていなかったせいで骸骨《がいこつ》のように痩せ、意識も朦朧《もうろう》としている。ずっと狭い土牢に身を横たえていたので足が萎《な》え、自分の力では歩くこともできない。

「ほれ、立て。歩かぬか」

倒れたまま、ぴくりとも動かない平馬の体を毛利の足軽が蹴る。

「……」

「まさか死んでいるのではあるまいな？」

足軽たちが慌てる。

小早川隆景が直々に尋問しようという捕虜を死なせたとなれば、その責任を問われることになる。

「何をもたもたしておるのか」

足軽頭がやって来る。

「はあ、実は……」

足軽たちが事情を説明する。

「ならば、馬で運ぶがいい。とにかく、急がねばならぬ」

「は」

馬に乗せるために平馬を助け起こそうとした足軽たちが、

「何て汚いんだ。体中が爛れて、気味の悪い虫がたかってるぞ」

「傷が腐って、蛆《うじ》が湧いている。嫌な臭いがする」

と顔を顰める。

足軽たちとて清潔なわけではない。髪には虱《しらみ》がたかり、手足には垢《あか》がこびりついている。そんな連中が不快そうに舌打ちするほど平馬は薄汚れていたのである。

平馬を馬の背に横向きに乗せて毛利軍は出発したが、半刻（一時間）もしないうちに、

「そいつを何とかしてくれ」

という不満の声があちこちから上がった。

平馬の体からは猛烈な悪臭が漂っているだけでなく、疥癬が悪化しているせいで、乾燥した皮膚が体からはがれ落ちて周囲に飛び散る。大量のハエが平馬にたかるので馬までが

嫌がって暴れる。

幸い、近くに川があったので、そこで休息を取ることにし、その間に足軽たちは平馬の体を川の水で洗うように命じられた。新参の足軽数名がその役目を押しつけられた。彼らは岸辺に平馬を坐らせ、木桶で水を汲んで平馬に浴びせた。

「そんなことでは駄目だ。ちゃんと体を洗え。布で体をこすらねば汚れが落ちぬ」

足軽頭が怒鳴る。

しかし、手と足を縄で縛っているので体をこすることができない。

「縄など切ってしまえばよかろう。どうせ身動きもできまい」

「死人みたいもんだからな」

足軽たちが相談して、小刀で縄を切る。

「よくもまあ、こんな体で生きてるものだ。おれだったら、とうに死んでいる。いや、死にたいね」

あはははっ、と足軽たちが声を上げて笑ったとき、いきなり、平馬が立ち上がり、どぶんと川に飛び込んだ。さして大きな川ではないが、川幅が狭い分、流れは速く、しかも、川縁からすぐ深みになっている。足軽たちは慌てて川を覗《のぞ》き込んだが、水面に泡が渦巻いているだけで、どこにも平馬の姿が見えない。大騒ぎになり、毛利軍が川沿いに探したが、結局、平馬を見付けることはできなかった。

十三

（ようやく死ねるらしい……）

水の中で、平馬はぼんやりと考えた。

土牢に押し込められて身動きもできないでいると、気が狂いそうになって、早く殺してくれ、と叫びたくなった。たやすく死ぬことのできる手段があれば、とうに自殺していたであろう。土砂が崩れて生き埋めになる恐怖に耐えながら、故郷を懐かしみ、父や母、妹たちのことを思った。そして、誰よりも香瑠を思い浮かべた。何度となく、舌を嚙《か》み切りたいという衝動に駆られながら、かろうじて踏み止まることができたのは、平馬の帰りを一日千秋の思いで待ちわびているに違いない新妻のおかげである。生きて、もう一度、香瑠に会いたい……その一念があったからこそ、生きた屍《しかばね》のような状態になりながらも逃亡の隙を窺《うかが》い、自力で歩く力も残っていないのに、毛利兵の隙を衝《つ》いて川に飛び込むという無謀な賭けに出たのである。

しかし、泳ぐ力などなかった。何とか手足を動かそうとするものの、体が言うことをきかない。流れに引き込まれて川底に沈んでいく。息が苦しくなり、思わず口を開けると、どっと水が流れ込んだ。

次第に意識が薄らいでいく。恐怖は感じない。土牢の中にいる方がよほど恐ろしかった。あの苦しみからようやく解放されるのだという安堵感すら覚える。死んでしまえば、もう長浜に帰ることもできず、香瑠に会うこともできない……それが残念だったが、ここまで頑張ったのだから、きっと香瑠も許してくれるだろうと思う。

不意に目の前が暗くなり、何もわからなくなった。

結果的に考えれば、水中で意識を失ったことで命拾いしたといっていい。

空気を求めて、苦し紛れに川面に顔を出したりすれば、執拗に捜索を続けていた毛利兵に見付かり、矢で射殺されていたであろう。意識を失ったために、無用な力も抜けて、自然に川の流れに身を委ねることになった。人の体には浮力があるから、流されるうちに体が水面に出て空気を取り入れることもできたし、そのときには、毛利軍からも遠ざかっていた。

かなりの距離を平馬は流された。

やがて、川の流れが緩やかになり、平馬の体は浅瀬に打ち上げられた。平馬を見付けたのは、川魚を獲りに来た播磨の農民である。川に流されるうちに、美作から播磨に戻っていたのだ。その村は小寺氏の支配を受けていた。平馬には運があった。

素性がわかると、平馬の身柄は直ちに姫路城に移された。官兵衛の配慮で輿に載せられ、横になったままで運ばれた。歩くことも馬に乗ることもできなかったからである。

姫路城では秀吉が待ち構えていた。

平馬の到着を知ると、秀吉はどたどたと音を立てて廊下を走り、玄関先に飛び出した。

平馬の身が心配で、じっとしていられなかったのだ。

「よう戻った、平馬！」

そう叫んだ次の瞬間、秀吉は、ぽかんと口を開け、言葉を失った。

やがて、秀吉の目から大粒の涙がぽろぽろこぼれ落ちる。地面に膝をつくと、幼子のように声を上げて泣き出した。すまぬ、許してくれ、わしが悪かった、あのような場所に一人で行かせなければよかった……泣きながら平馬に詫びる。

実は、平馬が出発した後、美作に放ってある間者の報告で、矢筈城が毛利軍に厳しく監視されていることが秀吉にもわかったのだ。織田方への内応を毛利が疑って、矢筈城の周辺に兵を配置しているのであれば、平馬を一人で向かわせるのではなく、一千か二千の兵と共に官兵衛を行かせるべきだった、と後悔した。

信長の朱印状も送り返されてきたし、景継が切腹したことも聞こえてきたから、平馬も殺されてしまったのだろうと思っていた。罪悪感を抱いていたところに、無残な姿で平馬が戻ってきたので、それでなくても感情の器が人並み外れて大きい秀吉は人目も憚《はばか》らずに泣き出してしまったのだ。村から運ばれる前に平馬の体はきれいに洗われていたし、傷の手当ても受けていたが、それでも、平馬がどれほど苛酷な状況に置かれていたかは、その姿を見れば明らかだった。

騒ぎを聞きつけて、佐吉や虎之助、市松たちも外に出てきた。

彼らは、瀕死《ひんし》の状態で輿に横たわっている平馬の姿と、その前で泣き崩れている秀吉の姿を目の当たりにして愕然《がくぜん》とした。てっきり平馬が死んだに違いないと思い込んだ。

昔からの親友である佐吉は、いつも冷静沈着で、人前で取り乱した姿など見せたことはなかったが、このときばかりは動転し、平馬の体に取りすがって泣いた。

ところが、平馬が生きているとわかると、今度は嬉し涙を流した。市松も泣いた。秀吉の横にぺたりと坐り込むと、一緒になって号泣した。虎之助も目を真っ赤にして滂沱《ぼうだ》と涙を流している。市松にしろ、虎之助にしろ、頭の仕組みは、それほど複雑ではない。男らしく振る舞った勇者には寛容で優しいのだ。長浜で暮らしている頃には殴り合いの大喧嘩をしたこともあったが、それを根に持つような女々しい男たちではない。平馬はたった一人で敵地に侵入し、敵に捕らえられながら、瀕死の状態で命からがら敵の手から逃れてきたのだ。その行為を彼らは尊敬した。

「よく生きて戻ってきたな。おれは嬉しいぞ」

声を震わせながら、虎之助が呼びかける。平馬は微《かす》かに口許に笑みを浮かべると、小さくうなずいた。

十四

のんびり療養するうちに傷はだいぶ癒《い》えてきたものの、気力はなかなか回復しなかった。また戦に出よう、今度こそ大きな手柄を立てよう……そんな前向きな気持ちになれないのである。土牢に押し込められていた日々が平馬の心を打ちのめしてしまったのだ。

ある日、秀吉に呼ばれ、

「具合はどうだ、平馬？」

と訊かれた。

「はい……」

と返事をしたきり、次の言葉が出てこない。

「夜になると魘されるそうではないか。佐吉が心配しておったぞ」

「申し訳ございませぬ」

「謝ることはない。あのような辛い目に遭ったのだ。魘されるのもわかる。少しも恥じることなどない」

「殿のお役に立ちたいと思うておるのでございますが……」

「平馬の気持ちは、よくわかっておる。今では、わしも領地が増え、多くの者を召し使うようになった。戦に出るばかりが、わしに仕える道ではないぞ。ひとつ頼みがある」

「どのようなことでございましょうか？　わたしにできることであれば何なりと……」

「もう馬には乗れるか？」

「馬？　はい、もちろんです」

「ならば、長浜に旅してもらいたい」

「長浜にでございますか？」

「母が病で臥《ふ》しているらしいのだ」

「母御前さまが？」

「寧々は、大したことはないと言うが、それならば、わざわざ、手紙で知らせてくるはずもない。母も高齢だし、わしは心配なのだ。詳しいことがわからぬと、かえって気になって仕方がない。わしの名代として、見舞いの品と手紙を届けてくれぬか。万が一、母の具合がひどく悪いようであれば、すぐに知らせよ。たとえ寧々が止めても、それに従ってはならぬ。何としても知らせよ。早馬で使者を発するのだ」

　秀吉は怖い顔でじっと平馬を見つめると、わかったか、と訊く。平馬が、承知いたしました、とうなずくと、秀吉は、ふーっと大きく息を吐き、

「姫路には戻らずともよい」

「それは、どういう……？」

「さっき申したではないか。戦に出るだけが仕事ではないのだ、と。実際、おまえの父や母は長浜でよう働いてくれておる」

「父のように勘定方に勤めよとおっしゃるのですか？」

「そうしろと命じているわけではない。そういう道もあると申しておる。人には得手不得手がある。虎之助や市松などは、戦場で働く以外に、わしに仕える術《すべ》を持たぬ。それがわかっておる故、あの者たちには、わしも算盤を持たせようとか、帳簿をつけさせようとは思わぬ。しかし、平馬は、そうではない。戦に出ても勇猛だが、算盤を扱うことにも長《た》けている。器用だし、賢いから、様々な立場でわしに仕える道を選ぶことができる」

「殿……」

「今は何も言うな。わしも自分なりに思案を重ねた上で話しておる。母を見舞い、その具合を見定めたならば、おまえはそのまま長浜に留まって、これから先、どういう生き方をすればいいか、じっくり考えるがよい。父や母、それに香瑠にも相談することだ。このまま上月城を落とすことに手間取るようであれば、わしも一度、上洛して上様にお会いしなければならぬ。たぶん、六月頃であろうな。できれば、それまでに城を落としたいものだが……。上洛すれば、姫路に戻る前に長浜にも寄って、母を見舞いたいと思うておる。そのときに、平馬の考えを聞かせてくれればよい」

「……」

平馬が口を真一文字に引き結んで返事をしないので、

「気に入らぬのか？」

と、秀吉が訊く。

「そうではございませぬ」

平馬が激しく首を振る。

「殿の思いやりと優しさが身に沁《し》みて……」

最後まで言葉を続けることができなかった。自分の身の振り方を、秀吉が親身になって熟慮してくれたことが嬉しくて涙が溢れてきたせいだ。

「そうか、わかってくれたか。平馬は素直じゃのう。つまらぬ意地を張ったりせず、わしの言葉に素直に従ってくれる。そこが他の者にはない美点であるぞ。だからこそ、わしも平馬を大切にしたいと思うておる。おまえほど一途な忠義者はおらぬからのう」

わははは、と秀吉は豪快に笑うが、その目にも涙が光っている。

十五

翌朝、奈加への見舞い品と秀吉の手紙を携えて、平馬は、数人の供を引き連れて姫路城を発《た》った。馬に乗ることに不自由はないが、まだ本調子でないせいか、長い時間、乗り続けることはできない。ゆるゆるとした旅になったが、かえって、平馬にはよかった。秀吉の申し出をじっくり考える時間を持てたからである。

秀吉と共に遠征せずに長浜に残り、日々の庶務を滞《とどこお》りなくこなすことも立派な仕事に違いない。領地がきちんと治まっているからこそ、秀吉も後顧の憂いなく、戦いに専念できるのだ。

（それがいいのかもしれぬ……）

平馬自身、そう思わぬではない。

ここ数年、秀吉の馬廻として各地を転戦するうちに、どうやら自分は武官よりも文官に向いているのではないか、という思いが強くなっている。

軍略という点で言えば、平馬は小寺官兵衛や竹中半兵衛に遠く及ばない。若輩で経験も知識も不足している自分を秀吉の軍師と比べるのは不遜《ふそん》だと承知しているが、そういう事情を差し引いても、これから先、何年経っても、あの二人にはかなわないという気がするのだ。

戦の強さという点で言えば、加藤虎之助と福島市松の二人が際立っている。一人の武士としての力量も並外れているが、兵を進退させる用兵手腕も卓越している。いずれ秀吉を支える有力な武将になることは間違いない。

秀吉軍には、平馬よりも優れた者たちが綺羅星《きらぼし》の如くひしめいているということだ。どうあがいても、自分は彼らの後塵《こうじん》を拝するしかない、と認めざるを得ない。自分でわかるほどだから、当然、秀吉にもわかっているはずで、だからこそ、長浜で文吏《ぶんり》として仕えぬか、と勧めてくれたのであろう。

しかし、引っ掛かりが何もないわけではない。

佐吉にしても、戦においては、さして目立った働きなどしたことはない。行政家としての事務処理能力がずば抜けているのだ。ならば、佐吉を長浜に常駐させればよさそうなものだが、秀吉は、そうはしない。身近に置いて佐吉を重用している。

つまり、秀吉は、本当に必要な者、自分の役に立つ者を帷幕《いばく》から離そうとはしないのである。戦地を離れ、長浜で書類仕事に勤《いそ》しめというのは確かに秀吉の優しさには違いないが、意地悪く勘繰れば、

（そばに残しておいても役には立たぬ奴……）

と見切りを付けられたともいえるのだ。

自分だけが家族のもとで安穏な暮らしをして、同じ台所飯を食った仲間たちが命懸けで戦うのに背を向けるのか、役に立たぬ者という烙印《らくいん》を押されても黙っていられるのか……そう考えると、何とも言えず、平馬はやりきれない。

十六

十日ほど後、平馬の一行は長浜に到着した。

秀吉の命を受けた公務なので、屋敷には寄らず、真っ直ぐ、城に向かった。平馬が来ることは、すでに先触れの早馬で報じられていたから、すぐに奥に通された。奈加と寧々が並んで上座に坐り、その場には平馬の母・東もいた。

奈加の病気見舞いに遣わされたというのに、

「大変な目に遭ったそうですね。もう具合はいいのですか？」

寧々は身を乗り出して心配し、

「何だか顔つきが変わったようではないか。だいぶ痩せたようだし、こんな体の平馬を使いに寄越すとは、筑前はけしからぬ。わたしから叱ってやろう」

奈加も本心から平馬を案じている様子である。

「殿は、母御前さまの病をたいそう案じておられ、それで、わたしを使いに……」

「筑前殿も疑い深い。病が重ければ、すぐに知らせるに決まっているではありませんか。わたしが隠し事でもすると疑ったのでしょう。もっとも、それだけ親孝行な倅ということかもしれませぬが」

寧々が言うように、奈加は少しも具合など悪そうには見えない。肌の色艶もよく、血色も悪くない。

「何が親孝行なものか。妻の言葉を疑うような者はろくでなしじゃ。いくつになっても頼りないところがあって困る」

寧々と奈加は、ひとしきり、秀吉をこき下ろすと、

「久し振りで顔を合わせた母と息子のことを忘れていた。すまぬことをしたのう。どれ、邪魔者は消えるとしよう。寧々、あっちで茶でも飲みましょう」

「はい。そういたしましょう」

寧々は、東と平馬の方を見て、親子水入らずでゆっくり話すがよい、とにこりと笑った。

二人きりになると、

「向こうで何があったか、おおよそのことは耳にしています。大変な苦労をしたのですね。その顔を見ればわかります。よく無事に戻ってくれました」

目を潤ませながら、東が絞り出すように言う。

「ご心配をおかけしました」

平馬の目にも涙が浮かぶ。

「話したいことは山ほどありますが、まずは屋敷に戻って香瑠に会いなされ」

「香瑠は屋敷に下がっているのですか？」

平馬が出陣した後も、香瑠は仕事を続けていたから、てっきり城で会えるものと期待していた。

「これは、わたしの口から言うべきかどうかわからないのですが……」

「何ですか？」

「香瑠は身籠もっているのです」

「……」

平馬が言葉を失い、ぽかんとした顔になる。

しばしの間があいてから、ごくりと生唾《なまつば》を飲み込むと、

「そのような話、何も聞いておりませぬが」

「不慣れな土地で命懸けで敵と戦っている平馬殿に余計な気苦労をさせたくない、と香瑠に口止めされていたのです」

「気苦労などと……。めでたい話ではありませぬか。父上や母上にとっても初孫なのですし」

「もちろん、めでたい話です。こんなに嬉しいことはない。しかし、身籠もってから、香瑠は、あまり具合がよくないのです。そのせいで、だいぶ前から、香瑠は城に上がっておりませぬ。おまえの行方がわからなくなったことを知って、香瑠の具合はもっと悪くなって……。生きて姫路城に戻ったという知らせを聞くのが、あと何日か遅かったら、香瑠は

どうなっていたか……」

「まさか、そのようなことが……」

平馬が愕然とする。掌で顔を撫《な》で下ろすと、べっとりと汗がついた。ひどく喉が渇く。

「屋敷に帰りなさい。その姿を香瑠に見せるのです。それが何よりの薬になるでしょう」

「しかし、まだ役目が……」

平馬がためらう。

「北の方さまの言葉に嘘はありませぬ。母御前さまは、お元気ですよ。何も隠し事はないのです。そのように殿にお知らせすればよい。さあ、急いで」

「わかりました」

大きくうなずくと、平馬は腰を上げる。香瑠が心配だった。一刻も早く会いたかった。

十七

屋敷に着いても、すぐには香瑠に会えなかった。身の回りの世話をする老女を通じて、

「もう少し待って下さいませ」

と伝えられたからだ。

しかし、平馬は、その言葉を無視して勝手に奥に入る。香瑠の身が心配でたまらなかっ

たからだ。

香瑠は寝所にいた。寝床に上半身を起こし、腰元に手伝わせて化粧をしていた。病で衰えた青白い素顔を平馬に見せたくないという気遣いである。

「香瑠！」

ずかずかと平馬が寝所に入ると、香瑠は驚いたように両目を大きく見開いた。

が、すぐに落ち着きを取り戻すと、腰元を下がらせ、寝具の上で姿勢を正し、よくぞ、ご無事にお戻りなさいました、祝着にございまする、と挨拶した。

「……」

円座に腰を下ろしたまま、平馬は何も言えなかった。白粉《おしろい》を塗り、唇に紅を差してはいるものの、それでも頬骨が浮いて見えるほど痩せている。目許《めもと》も窪《くぼ》んで濃い隈《くま》ができ、肌の色艶も悪いことを、はっきり見て取ることができる。何も知らずに会ったのであれば、

(香瑠は死にかけているのではないか)

と仰天したかもしれなかった。

「まず城に行き、殿に命じられた役目を果たしてきた。それで屋敷に来るのが遅くなった。横になっては、どうだ。遠慮はいらぬぞ」

「大丈夫でございます」

「無理をすれば、腹の子に障ろう」

「母上さまから聞いたのでございますか？」

「口止めされているということだったが、よほど香瑠が心配なのだ。許してやってほしい」

「許すなどと……。平馬殿が長浜に戻ったのですから、もう隠すことなどありませぬ」

「やはり、具合が悪そうだな。ひどい顔だぞ」

「平馬殿だって」

「これでも、ましになったのだ。半月ほど前には一人で厠《かわや》に行くこともできぬほど弱っていた。ずっと寝たきりで、二度と立ち上がることができぬのではないか、このまま死ぬのではないか、と心細くなるほどだった」

「まあ、そんなに……」

香瑠の目に涙が滲《にじ》んでくる。

「だが、おれは頑張ったぞ。敵に捕らえられて土牢に入れられたときも、長浜に戻って香瑠に会うのだから誰が死ぬものか、と歯を食い縛って苦しみに耐えた。死ぬのは簡単だが、決して死ぬことはできぬと心に決めていたから、何とか敵の手を振り切って逃げ出すこともできた。そのおかげで、おれは、ここにいる。こうして、おまえと向き合っていると、死ななくてよかった、生きていてよかった……そう、しみじみと思う。生きるのを諦めていたら、自分の子が生まれてくるのを知ることもなかった」

平馬は、ぐいっと身を乗り出すと、香瑠の痩せて肉の落ちた骨張った手を握った。

「次は、おまえの番だぞ。早く元気になれ。そして、丈夫な子を産んでくれ」

「すぐに姫路にお帰りになるのですか？」

香瑠が心細そうな目で平馬を見つめる。

「いや、戻らぬ。六月頃、上様に会うために殿が都に上られる。その帰り、長浜に立ち寄ることになっているから、それまでは、ここにいる。もしかすると、その後も、長浜に残ることになるかもしれぬ」

「え。それは、どういう……？」

「慌てるな。時間はある。一度に多くを語り合う必要もない。まずは休んで、おれを安心させろ」

「はい」

香瑠は素直にうなずくと、平馬の手を借りて体を横たえた。

「あの……」

「何だ？」

「少しの間、ここにいて下さいますか？」

「もちろんだ。そばにいる」

平馬は、香瑠の手をぎゅっと強く握ると、大きくうなずく。

香瑠は目を瞑《つむ》ると、安心したように大きく息を吐く。やがて、香瑠の口から小さな寝息が洩れ始めたが、平馬は香瑠の手を握ったまま、その場から動こうとしなかった。

十八

平馬はのんびりと過ごした。毎日、城には出仕したが、これといって仕事があるわけではない。母御前は元気なので、何も心配いりませぬ、という秀吉宛の手紙を携えた使者を姫路に送ってしまうと、すっかり手持ち無沙汰になった。

そのおかげで、父や母とゆっくり話す時間ができた。秀吉に従って戦に出るようになってからは、そう簡単に長浜に戻ることもできなかったので、両親とも滅多に会えなかった。長浜で事務方の仕事に就《つ》いてはどうかという秀吉の申し出について両親の意見を聞いてみようと考えたのは、平馬の迷いが深い証拠だった。母の東は一も二もなく、

「長浜に戻るのがよい」

と言い切った。主の秀吉と遠く離れた土地で文吏の道を選ぶことになれば、出世の芽がなくなることは百も承知である。出世を望むのであれば、やはり、戦場で手柄を立てるのが手っ取り早い。

だが、東は平馬の出世など望んではいない。母として、大切な息子が常に生死の瀬戸際

に置かれているという状況が耐えがたいのである。まして敵に捕らえられ、危うく死にかけたとなれば尚更だ。

「香瑠と、生まれてくる赤子のためにも長浜に残るのがよい」

東が、そう言うであろうことは平馬も予想していた。意外だったのは、父・吉房の言葉だった。

初めは六角氏に、次いで浅井氏に、今は秀吉に仕える吉房は、勘定畑一筋に歩んできた根っからの文吏である。一国の財政を扱うという大官ではなく、出納関係の帳簿を管理する下級役人で、城に詰めている間、片時も算盤を離すことがない。愛想がよくて朗《ほが》らかで社交的な東と対照的に、人付き合いが苦手で気難しく、いつも仏頂面をしていて口が重い男である。ひたすら厳格なだけの父親で、子供たちと一緒になって遊んだり、軽口を叩いて笑わせたりしたことは一度もない。平馬にとっても馴染みにくい父親だった。

吉房の性格からして、東のように声高に自分の考えを主張することはないであろうが、恐らく、わが子が自分と同じ文吏の道に進むことを密《ひそ》かに喜ぶのではないか、と平馬は予想していた。

ところが、秀吉の申し出について迷っているのだと平馬が相談すると、口をへの字に曲げて不機嫌そうに話を聞いていた吉房は、じろりと平馬を睨み、

「おまえは悔しくないのか」

と舌打ちした。

大変な苦労をしたことはわかっているし、危うく死にかけたこともわかっているが、殿から与えられたお役目をきちんと果たすことができなかったのも事実だ。にもかかわらず、殿は温情をかけて下さり、おまえに楽な仕事をさせようとしている。

それは大きな間違いだ。戦に出ることなく、城に詰めて算盤を弾いてばかりいるから楽な仕事と思われるのは迷惑至極である。わしは、この仕事を命懸けでこなしている。六角さまが滅びたときも、浅井さまが滅びたときも、敵と斬り合うこともなく、主に殉じて死を選ぶこともなかったから、わしを卑怯だと罵る者もいた。

しかし、わしも自分の戦をしていたのだ。

わしの戦は大切な出納帳を守ることだ。それがなければ、どの村からどれほどの年貢を取り立てればいいかわからなくなってしまう。六角さまの出納帳を守ったことが浅井さまのお役に立ち、浅井さまの出納帳を守ったことが羽柴さまのお役に立っている。敵が出納帳を奪おうとすれば、わしは命懸けで守り抜く覚悟だった。端から、どう見えるかは知らないが、出納帳を守ることが、わしにとっては命懸けの戦なのだ。楽な仕事と侮《あなど》られては迷惑である……それだけのことを一気に捲《まく》し立てると、吉房は口をつぐんだ。

普段、口数も少なく物静かな父親の激しい言葉に平馬は驚き、

（戦国の世に楽な仕事などない。誰もが、その分際に応じて命懸けで戦っているのだ）

ということを思い知らされた。

父の言葉も母の言葉も強く平馬の心に残った。その上で、最後に平馬は香瑠と話すことにした。秀吉の申し出については、すでに何日か前に伝えてあり、自分も真剣に考えるから、おまえもよく考えてほしい、と話してあった。

もっとも、ちょっと意地悪な言い方だったな、と反省している。夫が戦場に戻ることを香瑠が望むはずがなかった。平馬の身を案じるあまり、身重の香瑠は命が危ぶまれるほどに具合を悪くしたのだ。生まれてくる子と自分のそばにいてほしいと願うのは当然であった。それがわかっていながら、敢えて何日か考えてほしいと頼んだのは、つまりは平馬自身が時間を欲したのである。

床についてはいるものの、ずっと寝たきりではなく、自分で体を起こせるくらいには香瑠も元気になり、平馬が部屋に入ったときには薄化粧までしていた。

「だいぶ顔色がよくなったようだな」

腰を下ろしながら、平馬が言うと、

「平馬殿も、すっかり元のようになられましたね」

香瑠がにこっと笑った。

平馬が姫路から長浜に戻ったとき、香瑠はかろうじて命を保っているような状態だったし、平馬にしても、まだ気力が萎え、潑剌《はつらつ》とした生気を失っていた。その二人が今ではにこやかに軽口を叩き合えるまでになったのだから、なるほど、二人ともかなり回復しているのに違いない。

「先達《せんだつ》て相談したことだが、そろそろ、おまえの考えを聞いておきたいと思う。考えてくれたか？」

　平馬が訊くと、香瑠は、はい、とうなずき、

「わたしの考えは、平馬殿と同じでございます」

「おれと同じだと？　それは、どういう意味だ？　おれは、まだ何も決めてはおらぬ。父上や母上の話も聞き、おまえの考えも聞き、それを踏まえて自分の考えを決めるつもりでいるのだから」

「いいえ、そうは思いませせぬ」

　香瑠が首を振る。

「もう平馬殿の心は決まっているものと存じます」

「馬鹿な」

　平馬が顔を顰める。

「そんなことはない」

「ならば、目を瞑って下さいませ」

「おいおい……」

「お願いします」

「わかった、こうか」

　平馬が目を瞑る。

「そのまま、自分が何をしたいのか、静かに考えて下さいませ。他人のことなど気にせず、父上のことも母上のことも、わたしとお腹の赤子のことも気にせず、大谷平馬は何をするべきなのか、正直に己の心に問うてみて下さいませ」

「うむ……」

　平馬は口を閉ざし、香瑠の言うように、自分の心をじっと見つめてみる。しばらくして目を開けると、

「驚いたな」

「わかりましたか?」

「自分でも意外な気がするが、おれは殿のもとに戻りたいと思っているらしい」

「ならば、それが平馬殿の正直な気持ちなのでございましょうね」

「よいのか、それで?」

「もちろん、そばにいてほしいに決まっています。この屋敷で、これから生まれてくる赤子と三人で静かに暮らすことができたらどんなに幸せだろうと思わぬではありません。しかし、今は戦国の世でございます。この国のあちらこちらで戦が続いておりまする。そう

いうものに目を背けて自分だけが平穏に暮らそうとするのは無理というもの。浅井家が滅んだとき、多くの親類や知己を失ったことを忘れてはおりません。あのとき、わたしたちが助かったのは運がよかっただけだと思います。安土《あづち》の上様は、戦国の世を終わらせるために天下を平定するのだと聞きました。殿は、上様の手足となって必死に戦っておられます。平馬殿がそばにいることで殿のお役に立てるのであれば、そうするべきだと思います。上様が天下を平定なされば、そのときこそ、誰もが平穏に暮らしていけるでしょうから」

「長浜に残っても、おれは、きちんと仕事をこなせるだろうが、それは、おれでなければできないという仕事ではない。だが、殿のおそばにいれば、おれでなければできない仕事がありそうな気がする。佐吉ほど賢くもなく、虎之助や市松ほど勇敢でもないが、あいつらとは違うやり方で殿に尽くすことができるのではないかと思うのだ……」

平馬がふーっと溜息をつく。

「たぶん、そんなことは姫路にいるときからわかっていたのだと思う。気が付かない振りをしていたのだな。理由はわかる。あの土牢は恐ろしかった。思い出すだけで膝が震えるほどだ。また土牢に閉じ込められるのではないかという怖れが、おれを臆病にし、もう戦に出るのは嫌だと決意をさせたのだ。しかし、逃げてばかりいたのでは、おれは一生、あの土牢の悪夢から逃れられないだろう。臆病者として生きていかなければならない」

「平馬殿は臆病者などではありません」

「おれも、そう思いたい」

平馬は、ぐいっと顎を引いて表情を引き締めると、

「それを自分で確かめるためにも、もう一度、殿のもとに戻ろうと思う」

十九

五月の末、姫路の秀吉から奈加と寧々に手紙が届いた。上洛して信長に謁見した後、長浜に戻って母御前を見舞いたいというのである。播磨にとんぼ返りしなければならないので長居する余裕はなく、茶を一杯飲むほどの短い時間しかいられないが、一目だけでも母御前と寧々の顔を見たい……そんな内容が認《したた》められていた。わずかの時間とはいえ、久し振りに長浜城の主が戻るのだから、粗相があってはならぬ、精一杯もてなさなければならぬ、と奈加も寧々も心を弾ませて、城の者たちにあれやこれやと細かい指図をした。

「香瑠、おれは都に行く」

「なぜでございますか？　殿は、上様にお目にかかった後、長浜に来られるそうではありませぬか」

「それはわかっているが、都で殿にお目にかかり、改めて殿の馬廻にしていただこうと思

う。殿の馬廻として長浜に戻りたい。子供染《じ》みていると思わぬではないが、どうしても、そうしたいのだ」

「ならば、そうなさいませ」

平馬の決意を知ると、もう香瑠は反対しなかった。

早速、平馬は都に向かう。長浜からは半日の距離である。その二日後、秀吉が都に入った。平馬が目通りを願い出ると、すぐに会ってくれた。

秀吉は珍しく元気がなく、

「おお、平馬か。具合がよさそうではないか」

と力なく笑う。長浜で待っているはずの平馬が、なぜ、都にいるのか、それを不思議に思わないほど上の空という感じである。

「差し出がましいことを申し上げますが、お顔色がすぐれぬようでございまする」

「わかるか……」

秀吉は肩を落とすと、ふーっと溜息をつく。

「上様に会わなければならぬ。どれほど厳しい物言いをされるか、それを想像すると恐ろしい。無事に御前を退出できるものかどうか……」

そんな悲観的な言葉しか出てこないほど、秀吉が置かれている状況は悪い。

三木城の別所長治が離反してからというもの、戦況は悪化する一方なのだ。対毛利の最前線に位置する上月城は小早川隆景と吉川元春の大軍に包囲されており、すぐに救援に駆けつけなければならないほど深刻な状況だが、東の三木城、西の上月城に挟まれて、ちょうど中間地点に位置する姫路の秀吉には、とても両面作戦を展開するだけの力はなく、毛利軍がじわじわと圧力を増すのにじっと耐えるしかない。

だが、何もしないでいるうちに上月城が落ちてしまえば、今度は、秀吉自身が東と西から挟み撃ちにされてしまう。そうなる前に信長に救援を願わなければならない……それが秀吉上洛の理由である。

短気な信長のことだから、女々しく窮状を訴えたりすれば、

「愚か者の役立たずめが！」

と腹立ち紛れに手討ちにされるかもしれない、と秀吉は怖れている。

「まさか殿を手討ちになど……」

「平馬は上様を知らぬのだ。恐ろしき御方よ」

もう一度、ふーっと大きな溜息をつくと、ところで何の用で都に来たのじゃ、母者の使いか、それとも、寧々の使いか、と秀吉は訊《たず》ねた。

「は、実は……」

よくよく考えた結果、自分としては、これまで通り、殿のおそばで働かせていただきたいと思いまする、父や母、それに妻とも相談した上での考えでございます……家族がどん

なことを話したか、平馬自身がどう考えたかを説明すると、

「ほう、香瑠がそのようなことを申したか。さすが平馬が選んだ妻よのう。見事な心懸けじゃ……」

それまで暗く沈んでいた秀吉の目が急に生気を取り戻して、きらきらと輝き始める。

「行くぞ、平馬」

「は？　どこへ……」

「上様にお目にかかる。供をせよ」

秀吉は、戸惑う平馬を引きずるようにして連れ出すと、その足で二条御所に向かう。二条御所は、信長が誠仁《さねひと》親王のために造営した御所で、二条御新造と呼ばれることもある。

去年の春まで、安土から上洛したときには二条御所から西に半町（五十メートル）のところにある妙覚寺を宿舎とすることが多かったが、二条御所が完成してからは、ここを宿舎としている。

秀吉と平馬は大広間に通された。

「上様のおなりでございまする」

小姓が言うと、秀吉と平馬は平伏した。

「猿！　ようやく、現れおったな。何をもたもたしておったのか！」

雷のような怒鳴り声が響き、平馬は思わずびくりと体を震わせる。信長に会うのは初め

てなのだ。

「お許し下さいませ！」

負けじと秀吉も大きな声を出す。

「上月城を囲まれたのは仕方ないとしても、別所の裏切りを見抜くことができぬとは、汝の目は節穴か！　播磨では、国中で裏切り者が続出していると聞いておるぞ」

信長は腰も下ろさず、立ったままで秀吉を面罵《めんば》する。よほど興奮している証である。こういうときの信長は危ない、と秀吉は承知している。下手に逆らったり、生意気な口でも利けば、信長の怒りに油を注ぐ結果となり、それこそ、秀吉の首が飛んでもおかしくない。ひたすら謝り続けるしかない、というのが信長に長く仕えてきた経験から学んだ秀吉の処世術であった。

「猿めの力が及ばぬせいでございまする！」

お許し下さいませ、お許し下さいませ、と秀吉は繰り返す。

「わしを侮って手抜きをしているのではあるまいな」

「とんでもございませぬ。播磨では誰もが命懸けで必死に戦っておりまする」

「調子のいいことを申すと許さぬぞ！」

「例えば、ここにおる大谷平馬……」

秀吉は、矢筈城に使者として赴いた平馬が敵に捕らえられ、どのような艱難《かんなん》を味わったか、事細かに説明する。

「にもかかわらず、平馬は、上様のために尽くしたい、天下平定の捨て石になりたいと申して、長浜より駆けつけたのでございまする」

「ふうむ……」

信長は腰を下ろすと、面《おもて》を上げよ、と平馬に声をかける。

「は」

平馬が恐る恐る顔を上げると、信長が身を乗り出すようにして平馬を凝視する。

「もそっと近くに寄れ」

「は」

平馬が信長ににじり寄る。

「年齢はいくつじゃ？」

「二十歳になりまする」

「髪が薄く、肌もひどく荒れておる。とても二十歳には見えぬが、昔から、そういう顔なのか？」

「いいえ」

「土牢に入れられて、顔が変わったのか？」

「はい」

「さぞ、辛かったであろうな。よくぞ敵の責めに屈することなく逃れたものじゃ。汝は勇者の名にふさわしい。褒美を取らせるぞ。お蘭《らん》」

信長は森蘭丸《もりらんまる》を呼ぶと、腰に差していた小柄《こづか》を渡し、平馬に与えるように命じた。

平馬は感激で震えながら小柄を受け取った。

「猿、汝の魂胆は見え透いておる。三木城を落とすこともできず、上月城を救うこともできないでいるが、決して怠けているわけではない。誰もが平馬と同じように必死に戦っている……そう言いたいわけだな？」

「畏れ入りまする」

「小賢《こざか》しい浅知恵は気に入らぬが、平馬の艱難に免じて許してやろう。これ以上、汝の泣き言を聞くつもりはない。播磨に戻り、さっさと三木城を攻め落としてしまえ」

「しかしながら、上月城のことがありますれば、なかなか、それは難しく……」

「あれは、もうよい」

「は？」

「捨てよ、と申しておる。三木城攻めに専念せよ」

上月城救援にかまけて、織田を裏切った三木城を放置しておけば、播磨全域で反織田勢力が勢いを増すことになりかねない。上月城を見捨てて、三木城を厳重に包囲すれば、姫路から東は織田の勢力圏として維持できる……それが信長の方針であった。

「……」

秀吉は絶句した。上月城では、尼子《あまご》氏再興を約束した信長の言葉を信じて、尼子勝久《かつひさ》と山中幸盛《やまなかゆきもり》が必死に籠城を続けている。それを見捨てろ、というのだから、あまりにも非情な命令といっていい。

「気に入らぬか、猿？」

信長がじろりと秀吉を睨む。

「滅相《めっそう》もない。承知いたしました」

秀吉は慌てて平伏する。

信長との謁見を済ませると、直ちに秀吉は都を発ち、わずかの時間、長浜に立ち寄ると、その日のうちに播磨に向かった。平馬も一緒である。

姫路城に入った秀吉は信長から指示された方針を諸将に説明し、上月城救援のために配置してあった軍勢を姫路城に引き揚げるように命じた。

秀吉の意図を察した小早川隆景が、撤退する秀吉軍を追撃したため、秀吉は苦戦を強いられ、前線の兵を姫路城に収容し終えたのは、ようやく七月になってからである。

その直後、孤立無援となった上月城が落ちた。尼子勝久は自害、山中幸盛は殺害され、名門・尼子氏は滅亡した。

「お呼びでございますか」

秀吉に呼ばれて、平馬が広間に入ると、秀吉は一人で酒を飲んでいた。渋い顔で、さしてうまそうでもない。

「飲め」

秀吉が茶碗を差し出す。

「いただきまする」

平馬が両手で茶碗を受け取ると、秀吉が酒を注いでくれた。

「寧々から手紙が届いた。男の子だそうだ。香瑠も赤子も元気だというぞ」

「あ」

と言うなり、平馬は、ぽかんと口を開けた。

「世の中、悪いことばかりが続くわけではない。わしは上月城を失い、尼子に不義理をしてしまったが、まだ播磨の半分を失ったに過ぎぬ。ここで兵を引いたことによって、東の三木城を攻めることができるのだ。今日の負けは、明日の勝ちを得るための肥やしに過ぎぬ。そう思わぬか、平馬？」

「そう思いまする」

「汝は忠義者よのう。平馬と話していると、わしは力が湧いてくる気がするぞ」

秀吉は小姓に命じて、筆と紙を持って来させると、

「わしが赤子の名付け親になってやろう」

と言い、さらさらと筆を走らせた。

「受け取れ」

「は」

そこには、勝太《かつた》、と墨書されていた。

「戦に勝ったという意味じゃ。今日は負けても、明日は勝つ。平馬の倅が、わしに勝利をもたらしてくれるであろうさ」

いつもの明るさを取り戻して、わははははっ、と秀吉が豪快に笑う。

二十

天正八年（一五八〇）正月、二年間にわたって頑強に抵抗を続けた三木城が落ちた。

秀吉の生涯においても、この二年ほど苦しかった時期はないといっていい。西から迫る毛利という難敵を食い止めるだけでも大変なのに、常に東にも気を遣わなければならなかった。すなわち、安土にいる信長である。

信長は能力第一主義の冷徹な男で、常に結果を要求する。言い訳など通用しないし、過

去の功績にあぐらをかくことも許さない。播磨制圧に手間取っていることを理由に、いつ秀吉が詰め腹を切らされてもおかしくないのである。

しかも、そういう苦しいときに最も頼りになる男、すなわち、軍師である小寺官兵衛がそばにいない。摂津有岡城《せっつありおかじょう》の荒木村重《あらきむらしげ》が信長に謀叛《むほん》して三木城の別所長治と連携したとき、かねてから村重と親しかった官兵衛が、

「わたしが説得してみましょう」

と単身、有岡城に乗り込み、そのまま土牢に放り込まれてしまったのである。官兵衛の捕囚生活は一年以上に及んだ。

ちなみに、村重の謀叛に官兵衛の主である小寺政職《まさもと》も与《くみ》したため、政職も村重と共に信長に討伐された。有岡の土牢から救い出された官兵衛が、それ以降、黒田姓を名乗るのは、そのせいである。

どん底の二年間を耐え抜き、ようやく三木城を落として、秀吉の運は好転した。味方に引き入れた備前の宇喜多氏の働きもあって、わずか数ヶ月で播磨全域を手中に収めた。喜んだ信長は、播磨・但馬の二ヶ国を所領として与え、更なる西征を命じた。

翌年の秋には鳥取城を攻略して因幡を押さえ、毛利氏の勢力圏を伯耆《ほうき》まで後退させた。

快進撃を続ける秀吉は、天正十年（一五八二）三月、満を持して備中《びっちゅう》に出陣した。毛利方の小城や砦《とりで》を次々と落とし、四月下旬、秀吉軍は高松城《たかまつじょう》に迫った。城主・清水宗治《しみずむねはる》は

直接対決を避け、三千の城兵と共に籠城を決めた。

秀吉は三万の軍勢で高松城を厳重に包囲した。すぐに攻撃しなかったのは毛利軍の接近を察知したからである。小早川隆景、吉川元春率いる先鋒三万である。しかも、毛利輝元《てるもと》率いる二万の本隊も本国を出陣している。高松城を失うことは、備中を失うことを意味するから、毛利も総力戦の覚悟で出てきたのだ。


「おう、白頭《はくとう》殿ではないか」

声をかけられて、平馬は足を止めた。顔を顰めたのは、「白頭」と呼ばれたせいだ。

播磨、但馬、備中と、秀吉の行くところ、常に平馬も付き従い、戦に出て手柄も立て、今や秀吉から信頼される近習として重きをなすようになっている。

その働きを喜んだ秀吉が、

「わしの後を継げるほどの男になれ」

という意味を込め、秀吉の一字までくれて、「吉継《よしつぐ》」という名前を付けてくれた。親しい者たちは今でも平馬と呼ぶが、秀吉の使者として出かけるときや、格式張った席では「大谷吉継」と名乗るようになっている。

とはいえ、石田佐吉や加藤虎之助、福島市松の後塵を拝しているのは昔と同じで、いくら平馬が手柄を立てても、彼らは、それ以上に大きな手柄を立てる。どう足搔《あが》いても追いつくことのできない大きな壁のようなものだ。

にもかかわらず、佐吉は「三成《みつなり》」、虎之助は「清正」、市松は「正則」であって、誰も平馬のように秀吉の一字を与えられるほどの厚遇を受けていない。それは平馬に対する秀吉の深い信頼の現れではあったが、それだけが理由ではない。

平馬の病のせいである。

病といっても、痛みや発熱などはなく、具合が悪くなって寝込むことはない。日常生活に不自由を感じることはないが、平馬の肉体には明らかに異変が起きており、そのことに周囲の者も気付き始めている。

まず、染みのような斑点が顔に浮かんできて、豆粒のようなしこりがいくつもできた。しこりを潰すと膿が出て、嫌な臭いがする。しかも、潰した後には新たなしこりができる。

次いで、睫毛《まつげ》や眉毛が抜け始めた。引っ張るといくらでも抜けるので、なるべく触らないようにしたが、それでも自然に抜け落ちてしまい、抜けてしまうと新しい毛は生えてこない。髪の毛も同じように抜ける。平馬ほどの身分であれば、毎朝、月代《さかやき》を剃《そ》り、髷《まげ》を結び直すのが普通だが、毛が生えてこないので月代を剃る必要がなくなった。髷を結ぼうとして髪を引っ張ると束になって髪が抜けるので、滅多に髷を結び直さなくなった。そのうちに髷を結えるだけの髪がなくなった。わずかに残った髪には白髪が増えた。まだ二十四歳の若さなのに、髪の薄い白髪頭になったのである。その頃には、平馬も、

（どうやら、おれは悪い病に蝕《むしば》まれているらしい）

と気が付いた。

しかも、症状は重いようだ、という気がした。いつ罹患《りかん》したのかと考えれば、思い当たるのは、秀吉の使者として矢筈城に向かって敵に捕らえられ、土牢に放り込まれたとき以外には考えられなかった。

医者にも相談したが、

「よくわかりませぬなあ……」

と困惑するばかりで、薬も処方してもらえない。

朝、鏡を見るたびに顔や頭から毛が減っていき、今では見苦しい胡麻塩頭になっている。いっそ、きれいに剃ってしまいたいところだが、出家したわけでもないのに坊主頭になるのも変な話だ。そんな自分の姿を半ば自嘲《じちょう》し、平馬は「白頭」と号した。どうせ陰で笑われるのであれば、自分で自分を笑ってやろうと開き直ったわけで、茶会や連歌の席では白頭と名乗っている。自ら選んだ号ではあるが、白昼、戦陣で大声で呼ばれるのは愉快ではない。苦い顔で周囲をぐるりと見回すと、

「ここじゃ、ここじゃ」

頭の上から声が聞こえた。見上げると、欅《けやき》の老木の上に黒田官兵衛がいた。太い枝に跨《また》がっている。

「黒田さまではございませぬか。そのようなところで何をしておられるのです?」

「好きで登ったわけではない。これくらい高いところでないと、遠くまで見渡すことができぬのだ」

官兵衛が肩をすくめる。秀吉の本隊一万五千は高松城の北にある龍王山《りゅうおうざん》に布陣しているが、標高が三百メートル弱に過ぎず、中腹あたりから高松城周辺を一望するには、木の上にでも登らなければ無理であった。

「白頭殿も登って来られよ。ここは眺めがよい」

「木登りなど得意ではないので」

「何を言うか。わしも苦手じゃ。普通に歩くのも辛いのに、木登りなどできぬわ。ほれ、そっちに回られよ。梯子《はしご》がある。わしは梯子を使うのも苦労したが、白頭殿ならば、そういうこともなかろう」

「はあ……」

官兵衛に言われたように反対側に回ると、梯子が幹に立てかけてある。普通の梯子に比べると、踏み板が大きく、しかも、あまり傾斜がきつくならないように工夫してある。左足の不自由な官兵衛が使うための特別誂《あつら》えに違いない。

(ま、別に急ぐ用事もないし……)

しばらく官兵衛に付き合おうかと考えて、平馬は梯子に足をかけた。

官兵衛は気難しい男だ。自分の感情を隠すのが苦手で、特に無能な者には容赦がない。怖い物知らずの荒武者・福島市松ですら官兵衛の前では無口になってしまう。下手なことを口にすると、徹底的にやり込められてしまうとわかっているからだ。ならば、有能な者を好むのかと言えば、決してそうも言えず、例えば、石田佐吉のような、目から鼻へ抜けるような秀才についても、

「口先だけでわかったようなことばかり言いおって」

と毛嫌いしている。

まさに気難しさの塊のような男だが、稀代の軍略家であるのも事実だから、市松や佐吉も官兵衛の前では借りてきた猫のようにおとなしくなる。官兵衛が有岡城の土牢から救い出されてから秀吉の快進撃が始まったことを考えれば、秀吉軍における官兵衛の重みがわかろうというものだ。

主の秀吉に対しても、ずけずけと物を言う偏屈者の官兵衛だが、平馬にだけは優しい。道で行き会えば、にこやかに挨拶してくれるし、姫路にいるときは、しばしば食事に招いたりもする。それほどの厚遇を受けている者は平馬の他にはいない。

平馬が梯子を登っていくと、

「その枝に坐られよ。よく見えるはずじゃ。どれ、わしの手につかまりなされ」

官兵衛が手を差し伸べてくれる。

その手をつかみ、梯子から枝に乗り移りながら、

（わしら二人は似た者同士よなあ）

と、平馬は思い知らされる。

鏡を見るのが恐ろしくなるほど、平馬の容貌は醜悪になっているが、官兵衛の容貌は、もっと凄まじい。水膨れのような瘡蓋《かさぶた》が顔中に散らばっており、いくつかの瘡蓋からは血が滲んでいる。髪が薄く、見苦しい胡麻塩頭なのは平馬と同様で、禿《は》げたところに瘡蓋がある分だけ、平馬より状態が悪そうに見える。これは有岡城の土牢に一年余りも閉じ込められた後遺症で、関節を痛め、左足が不自由になったのも、そのせいだ。

官兵衛と平馬では症状が微妙に違っていて、例えば、官兵衛の顔や頭には瘡蓋ができているが、平馬の顔にあるのは瘡蓋ではなく、しこりである。髪が薄いのは二人とも同じだが、平馬は眉毛や睫毛まで抜けるが、官兵衛には、それがない。

医学的に言えば、二人の肉体を冒している病原菌の違いが症状の違いになっているのだが、この時代にそんなことなどわかるはずもないから、平馬は、いずれ自分も官兵衛のようになるのだろうと覚悟している。

平馬が病に冒されながらも秀吉のそば近くで仕事を続けることができ、その醜《みにく》い姿をからかわれたりすることがないのは、もちろん、平馬が秀吉に重用されているせいでもあるが、ひとつには、平馬をからかうことが、似たような病を患う官兵衛を嘲《あざけ》ることになるせ

いでもあった。

「よい眺めでございますなあ」

「涼しくて気持ちのよい風が吹いていく。居眠りでもしたくなってしまうのう」

はははっ、と官兵衛が機嫌よさそうに笑う。

が、すぐに表情を引き締めて、

「白頭殿ならば、あの城を、どう攻める？」

「そう言われても、兵法には疎《うと》いので何とも申し上げられませぬが」

平馬が戸惑い顔になる。

「その心懸けは、よろしくない」

官兵衛がぴしゃりと言い、いずれ城持ちに出世して、敵と戦になって城を取るか取られるかという瀬戸際に追い詰められたとき、自分は兵法に疎いから戦いようがないなどとは言えまい、と舌打ちする。

「わたしが城持ちになど……」

平馬が苦笑いすると、

「それよ、それ。白頭殿は控え目すぎるわ。市松や虎之助などは、雑兵首をひとつふたつ取っただけでも大騒ぎして、もっと加増してくれ、もっと土地をくれ、土地が駄目なら金銀をくれと喚《わめ》き立てる。あの欲深さを見ると吐き気がする。まあ、あの二人は殿の血縁だから、殿も気前よく褒美を与えるのであろうが、な。しかし、欲深いのも見苦しいが、控え目すぎると貧乏籤《くじ》ばかり引くことになる。命のやり取りをして必死に戦うのだから、少しくらい高望みしても罰は当たるまいよ。それにのう、白頭殿よ、人というのは、自分がなろうとするものになるものでな。白頭殿が城持ちになりたいと願い続ければ、いつかは城持ちになれようが、今のままでよいと諦めてしまえば、いつまでも今のままなのじゃ」

「黒田さまは、どういう人間になろうとしておられるのですか？」

「わしか……」

官兵衛が口許を歪《ゆが》める。

「有岡の土牢に入る前には人並みに欲もあった。しかし、土牢で一年以上も過ごすうちに、どうでもよくなった。土牢で死ぬのだと観念したからだ。まさか生きて有岡城から出られるとは思っていなかった。冥土に旅立つ覚悟を決めてしまうと、不思議なもので、ぎらぎらした欲が瘡蓋をむくようにはがれ落ちた。冥土には何も持って行くことができぬのだから、土地もいらぬ、金銀もいらぬ、最後の最後には、わが身ひとつが残るだけだと悟った。欲がなくなったので、今は殿に尽くすことだけを考えている。できれば、殿に天下を取らせたい……望みと言えば、それが望みといってよかろうな」

「え」

平馬が枝から滑り落ちそうになる。

「上様は天下の主になるには、あまりにも酷薄すぎる。わしは身を以《もっ》て思い知らされた。そのとき、殿の優しさも知った」

官兵衛が有岡城で囚われの身になったとき、官兵衛の主・小寺政職も荒木村重に与して兵を挙げたため、信長は官兵衛も裏切り、有岡城に立て籠もったと判断した。

官兵衛は嫡男の松寿丸《しょうじゅまる》を人質として差し出していたが、信長は見せしめとして松寿丸の処刑を秀吉に命じた。官兵衛が裏切ることはない、と信じた秀吉は松寿丸を竹中半兵衛に預け、信長には処刑したと報告した。一年後に官兵衛が半死半生の姿で有岡城の土牢から救い出されたとき、信長は愕然とし、

「官兵衛に合わせる顔がない」

と、松寿丸の処刑を命じたことを後悔した。

そのとき、秀吉が、実は松寿丸は生きている、と打ち明けたので信長は大いに喜び安堵した。

しかしながら、それは結果論に過ぎず、もし本当に官兵衛が謀叛に関わっていて、松寿丸の処刑命令を秀吉が無視したことを信長が知ったとすれば、秀吉もただでは済まなかったはずである。信長は自分の命令に逆らう者には容赦しない男なのだ。

それが官兵衛にもわかるだけに、信長の冷酷非情な仕打ちに心が冷えたであろうし、命懸けで松寿丸を守ってくれた秀吉に感謝もした。

「厳しさだけでは天下を治めることはできまい。優しさも必要ではないか、と思う。白頭殿も、そう思われぬか？」

「そ、それは……」

「慌てるな。殿に謀叛を勧めようというのではないし、白頭殿を仲間に引き入れようというのでもない。ただ安土の上様では天下を静謐《せいひつ》にすることなどできぬ、いずれ誰かの恨みを買って背中を刺されるのではないか……そんな気がするという話でな。こんなことは、殿にも言わぬ。他ならぬ白頭殿だから話すのだ。同じ苦しみを背負う者同士だからのう」

「……」

平馬は、ごくりと生唾を飲んだ。たとえ二人きりだとしても、信長を批判するようなことを口にするのは恐ろしい。誰かに聞かれて、信長に讒言《ざんげん》されれば、官兵衛も平馬も命がない。

「攻めるに難く、守るに易しい城に見えます」

慌てて話題を変える。

官兵衛は、ちらりと横目で平馬を見ると、小さく肩をすくめた。

「うむ。城そのものは、さして堅固ではないが、周囲が沼地だ。迂闊《うかつ》に攻めれば、人も馬も足を取られて身動きできなくなる。そこを鉄砲で狙われれば、目も当てられぬことになるな。城を攻めるだけでも厄介なのに、毛利の大軍も迫っている。しかも、上様からは、急いで攻め落とすようにと矢のような催促で、殿も途方に暮れておられるわ。わしも、何か策を考えよ、何とかせぬか、と殿から尻を叩かれている。さて、白頭殿ならば、どうなさる？」

「黒田さまは、どうなさるおつもりなのですか？」

「訊いたのはこっちが先なのに、聞き返すのはよくないのう。しかし、他ならぬ白頭殿の質問故、答えて進ぜよう。あの城を攻めれば負ける。人も馬も沼地に飲み込まれてしまう。遠巻きに包囲して、城が立ち枯れるのを待つのが最上の策であろうが、毛利軍が迫っているから、それもできぬ。そもそも、そんな悠長な策を上様はお許しにならぬ。何としても攻めねばならぬのなら、人も馬も使わねばよい。どうせ沼地では役に立たぬのだからな」

　官兵衛は口を閉ざして高松城を見遣る。

「……」

　平馬は次の言葉を待ったが、官兵衛は、それきり口を開かない。平馬のことなど忘れてしまったかのように、じっと高松城を見つめている。その表情は穏やかで余裕すら感じさせる。その横顔を眺めていると、

（ああ、黒田さまの胸の内には何かしら策があるのだな……）

　と、平馬にはわかる。口を閉ざしたのは、この続きは自分で考えよ、という謎かけに違いない。

（城は攻めるが、人も馬も使わぬというのか。ふうむ、いったい、どうするつもりなのか……？）

二十一

数日後、その答えがわかった。五月八日、秀吉は高松城の周囲に堤防を築くことを命じたのである。のべ五十万人以上を動員した突貫工事によって、十九日には堤防が完成した。そこに足守川《あしもりがわ》の水を引き込み、突如として人工の湖が出現した。高松城は湖の中にぽつんと浮かんだ。

三万の毛利軍が現れたのは二十一日だから、まさに間一髪だったといっていい。工事が三日遅れていたら、まだ湖は存在せず、秀吉は否応なしに毛利軍との決戦を余儀なくされていたであろう。

秀吉は本陣を龍王山から、もっと高松城に近い石井山《いしいやま》に移した。

その石井山の山肌の獣道を平馬がそそくさと急ぎ足で歩いていると、

「白頭殿」

と呼ばれた。

平馬が顔を上げると、官兵衛が欅の枝に跨がって手招きしている。平馬も梯子を登って、官兵衛の横の枝に跨がる。

「いい眺めであろう」

「まったくです。先達て、黒田さまと木の上で話したときには、まさか、こういうことになろうとは……。景色が一変してしまったのですから」

「殿も喜んでおられるわ」

「確かに」

高松城の水攻めは、毛利軍を驚愕させ、籠城する者たちを呆然とさせた。工事に携わった者たちや秀吉軍の兵士たちですら、突如として出現した人工の湖に目を瞠《みは》った。秀吉は、

「この世に神社仏閣や城を造った者は数多くいるだろうが、湖を拵《こしら》えたのは、わしくらいのものであろうな、愉快、愉快」

と自分自身の独創であるかのように大いに自慢したが、平馬は官兵衛の献策だと見抜いている。

それを口にすると、

「漢籍に書いてあったので、一度、どこかで試してみたかった。別にわしが考え出したわけではない」

と素っ気ない。

春秋戦国時代、晋陽《しんよう》の戦いで水攻めが行われたという記録が残っている。

しかし、さほど詳しい記録ではなく、具体的にどんなやり方をしたのかはわからない。高松城周辺の地形を見て水攻めを考案したのは官兵衛の慧眼《けいがん》といっていい。

「これでは毛利は手も足も出ませぬなあ」

湖を挟んで秀吉軍と対峙する毛利軍は岩崎山《いわさきやま》と日差山《ひさしやま》に布陣している。そこには無数の旗が風に靡《なび》いているが、これといって目立つ動きはない。三万という大軍で、後続の二万も五里（約二十キロ）の地点にまで迫っているが、どれほどの大軍が集結しようと、湖が邪魔になって身動きが取れない。秀吉軍と決戦もできず、高松城を救援することもできない。

「毛利も手出しできぬが、こちらからも手出しできぬ。城が飢えるのを待つしかないが、さてさて、そのような手ぬるいやり方を上様が許して下さるかどうか……それを殿は気に病んでおられてなあ」

独力では毛利の大軍に対抗できないので、秀吉は安土の信長に救援要請をした。信長は承知し、五月末に都に入り、六月になったら、すぐに備中に向けて出陣すると約束した。信長が率いるのは明智光秀《あけちみつひで》を中核とする畿内の軍勢である。毛利と決戦するために出陣してくるのに、目の前に広がる湖を見たとき、信長がどういう反応を示すか見当が付かないので秀吉はびくびくしているわけであった。

「どうなさるのですか？」

平馬が訊くと、

「仕方がない。まともに戦えば負けるのだから、こうするしかないのだ」

官兵衛が肩をすくめる。

「殿が心配するのもわからないではないし、わしも昔なら同じように心配したかもしれぬ。しかし、有岡の土牢で地獄を見て、一度は死んだようなものだから、もう怖いものもなくなった。ここだけの話だが、わしは上様も恐ろしくはないのだ」

「また、そのようなことを……」

平馬が慌てて周囲を見回す。目に入るのは、いつも官兵衛が連れ歩いている数人の護衛兵だけだが、離れたところにいるので、枝に跨がっている二人の会話が聞こえるはずはない。

「わしと同じ目に遭ったのは白頭殿だけだが、どうだ、何か恐ろしいものがあるかな？」

「そのようなことを考えたことはありませんが……そう言われると、これといって恐ろしいものはなさそうな気がします。ただ、日々、顔形が変わっていくので、戦が落ち着いて、妻や息子に会うことになったとき、どういう目で見られるのか、それを考えると恐ろしい気がいたします」

平馬が言うと、

「なるほど、妻子の目が恐ろしいか。生きながら地獄を見た人間とは、そういうものだ。

もはや、死ぬことなど恐ろしくないが、愛する者の目に自分がどう映るか、それを想像すると体が震えてしまうのだな」

官兵衛が、ふふふっと小さく笑う。

「世の中が面白いと思うのは、この湖ができるまでは、われらが毛利軍の接近を怖れていたのに、今では毛利の方がわれらを怖れているということだ」

「はい。上様の軍勢がやって来れば、毛利軍を上回ることになりますから」

平馬がうなずく。

「五万というのは大軍だが、向こうには後詰めがない。一度でも敗れれば、毛利は滅亡する。だからこそ、上様が現れぬうちに、さっさと決戦しようと考えたのだな。しかし、湖ができたので、それもかなわぬ夢となった。で、毛利は何を考えたか」

「何を考えたのですか？」

「毛利には安国寺《あんこくじ》恵瓊《えけい》という坊主がいる。その安国寺から殿に書状が届いた。和睦の仲介をしたいという申し出よ」

「和睦？」

「いかにも自分の思いつきのような体裁を取っているが、まさか、そんなはずはない。吉川や小早川と相談尽くで和睦を申し入れてきたに決まっている」

「和睦すれば、どうなるのですか？」

「備中が手に入る。その代わり、備中から西の六ヶ国を安堵してやる……そんな話になるだろう。つまり、戦などしなくても備中が手に入るわけだ。この湖のおかげでな。面白いと思わぬか?」

「面白いというか……戦わずして備中が手に入るとすれば、そんなうまい話はないような気もしますが、上様はお許しになるのですか?」

「まさか、許すはずがない」

　官兵衛が顔を顰める。時として、信長を嫌う本心が表情に出るのを隠しようがない。

「では、断るのですね?」

「それも、まずい。破れかぶれになって毛利が攻めて来るやもしれぬ。湖を越えて来るのは容易ではないだろうが、昔から強い水軍を持つ家だから、何か策を考えぬとも限らぬ。そうなっては困るから、和睦をするについて、あれこれと細かい話し合いを続けている」

「なるほど、引き延ばしですか……」

「和睦すればよいのだ。そうすれば、無駄な殺し合いなどしなくても済む。毛利を屈服させて、九州攻めの先鋒にでもすればよい。何も滅ぼすことはない。だが、上様は、お許しにならぬな」

「都から上様が来られれば、戦が始まるということですか?」

「堤を切って、水を流してしまえば、湖は消える。織田と毛利との血みどろの戦いになる。

何千、いや、何万という者たちが死ぬだろう」

官兵衛は溜息をついた。

しかし、現実には、そうはならなかった。

天正十年（一五八二）六月二日早暁、明智光秀が謀叛し、一万三千の明智軍が京都に乱入、信長・信忠父子を討ち取ったのだ。本能寺《ほんのうじ》の変である。

二十二

黒田官兵衛の家臣に呼ばれて、平馬が秀吉の本陣に入ったのは、六月三日の夕方である。

（ん？）

平馬が怪訝な顔になる。奥の方から、獣が吠えるような凄まじい声が聞こえてきたからだ。叫び声とも怒鳴り声とも違う、何とも異様な声である。

「白頭殿、こちらに参られよ」

官兵衛が奥から手招きする。はい、と返事をして平馬が廊下を奥に向かう。

「早く入りなされ」

官兵衛は平馬を部屋に引っ張り込むと、板戸をぴしゃりと閉める。その途端、平馬の耳に、またもや、あの異様な声が飛び込んでくる。耳が割れてしまいそうなほどの喧《やかま》しさだ。

「黒田さま、これは……？」

「殿じゃ」

「え？」

その囲炉裏が切られた部屋は、秀吉が飯を食ったり、官兵衛と密談するのに使われている。奥にもうひとつある部屋は秀吉の寝所だ。異様な声は寝所から洩れ聞こえてくる。官兵衛が寝所の板戸を引くと、陣羽織を頭から被った秀吉が畳の上に突っ伏して体を震わせているのが見えた。本陣の外にまで聞こえていた異様な声は秀吉の慟哭《どうこく》だったのだ。

官兵衛は秀吉の傍らに腰を下ろすと、

「坐られよ」

と、平馬にも坐るように促す。

「……」

ごくりと生唾を飲み込みながら、平馬が坐る。まだ何の説明もされていないが、尋常でない深刻な事態が起こったことは想像できる。

「手助けがいる。誰でもいいというわけではない。心から信じられる者でなければならぬ。それ故、わしは白頭殿を呼んだ。信じてもよいな？」

「は、はい」

平馬がうなずくと、

「実はな……」

　上様が亡くなられた、中将さま共々、明智の謀叛によって敢え無い最期を遂げられた、と官兵衛は言った。上様とは信長であり、中将さまとは信長の嫡男・信忠のことである。

「げ」

　腰の力が抜け、平馬は体勢を崩して後ろに仰け反る。立ったままでいたら、膝から崩れ落ちていたであろう。それがわかっていたからこそ、官兵衛は平馬を坐らせたのだ。

「間違いということはないのですか？」

「残念ながら、間違いではない」

　官兵衛が首を振りながら、お労《いたわ》しいことよ、とつぶやく。しかし、口ではそう言いながら、官兵衛は大して残念そうでもなく、動転している様子もない。

　何が起こったのかわかってみれば、信長の死を嘆いて、獣のように泣き叫ぶ秀吉の姿こそが当たり前であり、むしろ、冷静に落ち着き払っている官兵衛の姿こそが異様であるように思われ、

（そこまで上様を嫌っておられたのか）

　と、平馬は愕然とした。

「上様の死を知って、殿は追い腹を切ると錯乱された。何とか思い止まっていただいたが、今度は出家して上様の菩提《ぼだい》を弔いたいとおっしゃる。そこまで思い詰めているのであれば、

わしとしても、もはや、お止めすることはできぬ。しかし、殿が出家してしまえば、いったい、誰が上様の仇《かたき》を取るのか？　それだけではない。上様と中将さまのお命を奪ったとなれば、次に明智は織田家に縁のある方々を皆殺しにしようとするであろうし、明智に味方しない武将の家族も容赦せぬであろう。安土を焼き払うついでに、長浜も焼いてしまえ……そんなことを明智が考えても不思議ではない。いや、きっと、そうするであろうな。明智は馬鹿ではない。だからこそ、上様を討ち取ることにも成功したのだ」

「……」

平馬は官兵衛の長い語りにじっと耳を傾けたが、途中から、

（黒田さまは、おれに話しているのではない。殿に語りかけているのだ）

と気が付いた。その証拠に官兵衛が口を閉ざすと、秀吉がむっくりと体を起こした。

「瘡蓋頭《かさぶたあたま》め、べらべらとよくしゃべりおるわ。汝の言いたいことはよくわかったから、さっさと行くがいい。わしのことは心配ない」

あまりにも泣きすぎたせいで秀吉の目は真っ赤に充血し、目の周りが腫れ上がっている。涙と洟水《はなみず》で顔もぐしゃぐしゃに濡れている。見るも無惨な有様であった。ちなみに「瘡蓋頭」というのは、禿げて瘡蓋だらけの官兵衛の見苦しい頭部を揶揄して秀吉がつけたあだ名である。

「白頭殿、わしが戻るまで片時も殿のそばを離れてはならぬぞ。何かおかしなことをしよ

うとしたら、何としてもお止めしてくれ」

「承知しました」

平馬がうなずく。つまり、官兵衛がいないときに秀吉が腹を切ろうとしたり、髻《もとどり》を切ろうなどとしたら何が何でも止めろ、ということであった。

官兵衛は腰を上げて部屋を出て行こうとする。ふと敷居際で平馬を振り返ると、

「明智の謀叛によって上様と中将さまが亡くなられたことは、ここにいるわしら三人しか知らぬ」

「決して口外しませぬ」

平馬は、口を真一文字に引き結んで大きくうなずく。何の対策も立てないうちに、信長父子が死んだという事実だけが広がれば、兵たちは動揺し、下手をすると逃亡兵が続出する怖れがある。それくらいのことは平馬にもわかる。

二人きりになると、秀吉は、ふーっと大きな溜息をついて肩を落とす。

「本当なのでございますか？　どうしても信じられないのですが……」

「わしも同じだ。信じたくない。嘘であってほしいと願わずにはいられぬ。何とか生き延びてくれぬものかと……」

また秀吉の目に涙が溢れてくる。

「官兵衛は何とも思っておらぬのよ。有岡城に囚われたときに受けた仕打ちを考えれば、

上様を恨む気持ちもわからぬではないが……。あいつめ、上様の死を知ったとき、わしに何と言ったと思う？　嘘でもいいから嘆きの言葉のひとつでも口にすれば、少しはかわいげもあるのに、『うまく立ち回れば、天下を取れましょう。千載一遇《せんざいいちぐう》の好機でございますな』と笑いおった。わしは虫酸《むしず》が走って、腹が立って、こんなときに馬鹿なことを言うな、わしは上様のお供をして冥土に旅立ちたいのだ、と腹を切ろうとした。もちろん、本気ではないぞ。腹を切るのが怖いのでもないし、できれば出家したいのも本心だ。しかし、謀叛した明智をこのままにはしておけぬ。外道めが、決して許さぬわ！　腹を切るにしろ、出家するにしろ、それは明智の首を奪ってからのことよ。こんなときに、誰が天下のことなど考えるものか……」

袖で涙を拭うと、そこにある図面を取ってくれ、と平馬に指図する。図面を取って、秀吉の前に広げると、それは京都を中心に描かれた地図である。上様の死を知って、大急ぎで瘡蓋頭が拵えたのだ、と秀吉が説明する。

「明智め、まんまと上様の寝首を掻《か》きおった……」

本能寺の変が起きたとき、京都は軍事的な空白地帯になっていた。安土から上洛するとき、信長は、わずかの手勢しか引き連れず、当夜、本能寺には百人ほどの馬廻がいたに過ぎない。

もちろん、信長が不用心だったわけではない。

いざというときには亀山城《かめやまじょう》から明智光秀が駆けつける手筈になっていた。亀山から都までは五里（約二十キロ）の距離に過ぎず、ここに光秀は一万三千という大軍を擁しており、何事もなければ、その軍勢を信長自身が率いて備中に向かうことになっていた。信長を守るという役目を負った光秀が裏切ったから、信長も為す術もなく討たれてしまったのである。

信長の麾下《きか》には五人の軍団長がいて、光秀もその一人である。となれば、残りの四人が力を合わせて光秀を討伐するのが筋だろうが、それが簡単ではない。秀吉は北陸地方を指差して、

「ここに柴田がいる。すぐには動けまい」

軍団長の中でも筆頭格の柴田勝家は二万の兵を率いて魚津にいるが、越後《えちご》の上杉景勝《かげかつ》という強敵と睨み合っており、迂闊に動くと背後を襲われる危険がある。しかも、都から七十五里（約三百キロ）も離れている。

「滝川《たきがわ》も駄目だろう」

秀吉が上野《こうずけ》を指差す。上野の厩橋《まやばし》には滝川一益《かずます》がいるが、新たに得た領地なので周辺の豪族たちが心服しておらず、下手に動くと危ないのは柴田勝家と同じだ。兵の数も一万ほどに過ぎないし、都から百里（約四百キロ）以上も離れているから、明智討伐どころか自分の身を守るのに精一杯であろう。

平馬に話すというより、自分自身に問いかけながら、頭の中を整理しているという感じで秀吉がぶつぶつとつぶやく。

「丹羽《にわ》はどうか……」

柴田勝家と並ぶ古参の軍団長・丹羽長秀《ながひで》は大坂にいる。信長の三男・信孝《のぶたか》と共に四国征伐を命じられており、船が揃うのを待って渡海することになっていた。都まで、わずか十三里（約五十二キロ）、兵力は一万四千だから明智軍とほぼ互角である。

しかし、渡海準備に時間がかかってしまい、一万四千の兵を各地に分宿させていた。そこに信長・信忠父子の死が伝わったことで、恐慌をきたした兵たちが散り散りに逃亡してしまい、長秀の手許には三千ほどの兵しかいない。

もっとも、それは後になってわかったことで、このときの秀吉は長秀が一万四千の兵力を握っているという前提で考えている。

「五郎左衛門《ごろうざえもん》の気性を考えると、すぐに都に攻め上って明智に決戦を挑むということはあるまい」

丹羽長秀は慎重な性格で、じっくりと作戦を練り、敵を上回る兵力を集めた上で決戦の時機を窺うというやり方を好むことを秀吉は知っているし、それが明智光秀を利することもわかっている。

「わしは毛利と和睦する」

　秀吉は地図から顔を上げて、平馬に言った。

「毛利方の安国寺恵瓊という坊主から和睦の申し入れがあったが、上様の指図を仰がぬうちに勝手に話を進めることもできぬと思い、高松城の扱いとか、和睦した後の領地の境をどこにするかとか、あれやこれやと細かい話し合いを続けて時間稼ぎをしている。向こうは下手に出ているから、あまり無茶な要求をしなければ、すぐにでも和睦ができる。そうすれば、都に戻ることができる」

「明智を討伐なさるのですね？」

「それは、どうかな……」

　秀吉が小首を傾《かし》げる。

「普通に考えれば、大坂の丹羽五郎左衛門が明智を討つであろうが、兵の数が同じくらいだし、万が一、大和《やまと》の筒井順慶《つついじゅんけい》や丹後《たんご》の長岡兵部大輔《ながおかひょうぶたいふ》（細川藤孝《ほそかわふじたか》）らが明智に味方すれば、大坂の兵だけでは太刀打ちできまい。毛利の押さえとして宇喜多勢一万を残していっても、わしの手許には二万の兵が残る。摂津の池田《いけだ》や中川《なかがわ》、高山《たかやま》らが、まさか明智に与するとは思えぬから、都に着く頃には三万くらいになる。五郎左衛門の兵が加われば、ざっと四万。それだけあれば明智を討伐できよう」

「弔い合戦ですね。上様と中将さまも、さぞや、お喜びになられると存じます」

「そう思うか？」

「はい」

「わしはな、平馬。人ではなかったのだ。上様のおかげで人間になったのだ」

「それは、どういう……？」

「昔、わしは利助《りすけ》と名乗っていた。尾張《おわり》の貧しい農家に生まれて、母が苦労して育ててくれたが、義理の父親に嫌われて家を飛び出した。わしは針を売って歩いた。もちろん、それだけでは食えぬから、口にできないような悪さもした。あの頃のわしは人ではなかったのだ。どこに行っても人間扱いされず、まるで虫けらのように見下され、邪険にされた。縁があって織田家に仕えたが、最初は下人に過ぎなかった。そんなわしに上様は言葉をかけてくれ、見下すこともなく、わしの言葉に耳を傾けてくれた。そのおかげで今のわしがある。上様がいなければ、わしは虫けらのまま生きていたに違いない。世間からは鬼のように怖れられていた上様だが、わしは一度も上様を恐ろしいと思ったことはない。あんなに優しい御方はおらぬわ……」

　秀吉の唇が震えてきて、また目に涙が溢れてくる。信長のことを思い出すと、どうにも涙が止まらなくなってしまうらしかった。

「殿のお気持ちは、きっと上様にも通じていたと思います。上様にお仕えして殿が幸せだったように、殿のような家臣を持つことができて上様も幸せだったと思います」

「おまえは、いい奴じゃのう。おまえを家臣にできて、わしは幸せ者じゃ。瘡蓋頭と話しているときには、心から上様の死を嘆き悲しむことができなかった気がする。しかし、今は、そうではない。平馬、泣かせてくれるか？」

「はい。わたしは、どんなときでも殿のおそばにおります。泣いて下さいませ」

「すまぬのう……」

秀吉の目から涙が滂沱と流れ、口からは嗚咽《おえつ》が洩れた。畳に突っ伏して、両手で頭を抱える。

「殿……」

平馬が秀吉の肩に手を置くと、秀吉が幼子のように平馬にしがみついてきた。

「殿のお気持ち、この平馬にはわかりまする」

平馬も秀吉と一緒になって泣いた。

二十三

六月四日、黒田官兵衛と安国寺恵瓊が交渉し、和睦が成立した。

秀吉は領土に関しては毛利に大きく譲歩したが、頑として譲らなかったのは高松城主・清水宗治の切腹である。宗治が切腹すれば、籠城している者はすべて助命するという条件を恵瓊が高松城に伝え、宗治が承知したので短時間で和睦が成立した。

宗治は小舟で城を出て、秀吉が遣わした検使の前で切腹した。

それを湖岸から見届けた秀吉は、直ちに陣払いを命じた。

世に言う「中国大返し」の始まりである。

その道中、平馬は佐吉と馬首を並べて進んだ。出世するに従って、お互いに忙しくなり、ゆっくり話す機会も滅多にないから、どうせなら一緒に姫路に帰ろうではないか、と佐吉が誘ったのである。普段であれば、担当する仕事が違っているから、そう勝手なこともできないのだが、このときは、

「とにかく、少しでも早く姫路に帰るのだ。他のことはどうでもいい」

と、秀吉が命じたので、そんなわがままも許されたわけである。

「どうなんだ、体の具合は？」

佐吉が気遣わしげに訊く。

「ひどい顔だろう」

「え。い、いや、前よりは顔色もよくなったのではないかと思ってな……」

「無理するなよ」

平馬が苦笑いをする。

「自分がどんな顔をしているか、よくわかっているさ。暗いところで、いきなり、こんな顔に出会《でくわ》したら、おれだって腰を抜かしそうだ」

「軽口を叩けるようならば心配なさそうだな」

「大真面目に言ってるんだ。しかし、自分でも不思議だが、見た目はひどくなっていくのに体は何ともない。どこかが痛いとか、調子が悪いとか、そういうことは全然ないんだ」

「それは、いいことじゃないのか？」

「わからないな。医者にも匙《さじ》を投げられているんだから、どうしたって心配になる。今は大丈夫でも、そのうち体も動かなくなるのではないか、とな」

「自分にできることが何もないのが心苦しいが……。慰めにもならないかもしれないが、おれは、おまえが羨ましい」

「羨ましい？　何のことだ」

「殿や黒田さまに深く信頼されて大切な仕事を任されているじゃないか」

「何を言う。おれなんかより、おまえの方がずっと重んじられているだろう。現に毛利と和睦するに当たっても黒田さまを支えて大いに働いたと聞いているぞ」

「まあ、な」

佐吉は浮かない顔でうなずく。

「大雑把な和睦の条件を黒田さまや蜂須賀《はちすか》さまが安国寺と話し合った。細かい部分をきちんと取り決めて文書にするのが、おれの仕事だった」

「ほら見ろ、おまえが和睦の文書を拵えるという大切な仕事をしているとき、おれは荷物をまとめる指図をしていたんだぞ」

「正直に答えてくれるか？」

佐吉が馬を寄せる。

「何だ？」

「おまえ、一昨日には上様と中将さまが明智に討たれたことを知っていただろう？」

佐吉が声を潜めて訊く。

「え」

平馬の顔色が変わる。

「やっぱりか……」

「おれは何も言ってないぞ」

「その顔を見ればわかる。昔から嘘をつくのが下手だからな」

「……」

「おれが知らされたのは、昨日、和睦が成った後だぞ。市松や虎之助たちと一緒に黒田さまに呼び出され、すぐさま陣を払って姫路に引き揚げなければならぬが、なぜかというと……そこで初めて聞かされたわけだ。蜂須賀さまや宇喜多さまですら、おれたちの少し前に知らされたというから、兵たちが騒がぬように、まずは上に立つ者から順繰りに知らせるのだなと思った。そこで、ふと、なぜ、平馬は呼ばれないのだろう、と考えたわけだ」

そんな大事なことを、おれにまで隠すことはないじゃないか、おれを信じていないのか、と佐吉は口を尖《とが》らせた。

「すまない」

と、平馬は素直に詫びる。

「おまえを信じなかったわけじゃない。決して他言しないと黒田さまと約束したから黙っていただけのことだ……」

一昨日、官兵衛に呼ばれて秀吉の本陣に行ったときのことを、かいつまんで佐吉に説明する。

「ふうん、そんなことがあったのか……」

何やら考え深げにうなずくと、佐吉は平馬をじっと見て、

「おまえは不思議な奴だな」

と言う。武将としての勇猛さは虎之助や市松に及ばず、官僚としての力量と事務処理能力はおれに及ばない。にもかかわらず、殿や黒田さまにとって大谷平馬はなくてはならぬ男になっている。

「そうなのかな、自分ではよくわからないが……」

平馬が小首を傾げる。

「どうやら、自分のすごさをわかっていないらしいな。そこが平馬のいいところだが」

ははは っ、と佐吉が笑う。

二十四

五日の夜明け前に高松を発した秀吉軍二万は姫路までの二十五里（約百キロ）を一昼夜で駆け抜け、六日には姫路城に入った。恐るべき強行軍と言っていい。

軍備を整えると、秀吉は九日に姫路を出発した。尼崎《あまがさき》に入ったのは十一日で、ここで信長配下の武将たちに参会を呼びかけた。これに応じて、大坂にいた丹羽長秀と織田信孝が直ちに駆けつけ、池田恒興《つねおき》、高山長房《ながふさ》、中川清秀《きよひで》らも加わったので、秀吉軍は四万という大軍に膨れ上がった。

明智光秀は、これほど素早く秀吉が攻め上るとは想像していなかったため、秀吉軍の動きを察知するのが遅れ、その対策が後手後手に回った。本能寺を急襲して信長を討ち取り、その勢いで嫡男・信忠をも討ち取るまでは大成功だったが、その後は誤算が続いた。

最大の誤算は、味方に馳《は》せ参じてくれると信じ切っていた丹後の細川藤孝・忠興《ただおき》父子に協力を断られたことと、大和の筒井順慶が風見鶏を決め込んだことである。

筒井順慶は、光秀と手を組むつもりで出陣準備を進め、洞《ほら》ヶ峠《とうげ》で待ち合わせることを承知した。

だが、秀吉軍の急速な接近を知って考えを変えた。必ずしも光秀が有利ではないと判断し、しばらく様子を見ることにしたのだ。

しかも、それを光秀には告げなかったので、光秀は兵を率いて洞ヶ峠で順慶を待っていた。いつまで経っても順慶が現れないので、使者を出した。

順慶は使者に会わず、光秀からの書状も受け取らず、使者を追い返した。順慶の変心を知った光秀は十一日に都に戻った。すでに秀吉軍が尼ヶ崎に到着し、兵力を膨らませながら都に迫っていることを知り、仰天した。

慌てた光秀は、数千の兵を山崎《やまざき》に送った。山崎は山城《やましろ》と摂津の境にある平野で、交通の要衝《ようしょう》である。

淀川《よどがわ》を挟んで男山《おとこやま》と天王山《てんのうざん》が向かい合っており、摂津から山城に入るには天王山の麓から淀川岸までの隘路《あいろ》を通過する必要がある。兵力で秀吉に劣っている光秀とすれば、敵軍を隘路で食い止める以外に勝算はない。秀吉軍を見下ろして攻撃できるように天王山に兵を配置し、山崎にある淀城と勝龍寺城《しょうりゅうじじょう》の補強工事を行うことにした。

ところが、ここでも誤算が生じた。光秀軍が天王山に迫ると、すでに天王山には中川清秀の旗が翻っていた。明智方に天王山を押さえられてしまえば平野に出るのが難しくなると見抜いた秀吉が先手を打ったのだ。やむを得ず、光秀は勝龍寺城に入った。

十三日になって、四万の秀吉軍が一斉に動き出した。隘路から平野に出ると、兵力を三つに分け、大きく広がるように前進を始めたのである。

　これを見て、光秀は全兵力の一万六千を率いて勝龍寺城を出た。秀吉軍の動きを放置すれば、勝龍寺城を包囲されるのは目に見えている。双方にこれほど大きな兵力差があれば籠城策を採るのが普通だが、後詰めの兵が存在せず、どこからも援軍の来る当てのない光秀は籠城などできなかった。平野で決戦する以外の選択肢はないのだ。

　明智軍は円明寺川《えんみょうじがわ》に沿って横に長く布陣した。せめてもの光秀の工夫であり、この川の岸辺には沼地が多いので、秀吉軍が数を恃《たの》んで強引に攻めかかってくれば、沼地に足を取られて進退が不自由になったところを鉄砲で狙い撃ちしようと考えた。敵が攻めかかってくるのをじっくり待ち受けて自軍に有利な状況に持ち込もうというわけで、これは悪い作戦ではない。

　秀吉は光秀の作戦を見抜いた。下手に攻めかかると危ないと考え、明智軍への攻撃を許さなかった。円明寺川を挟んで双方が睨み合ううちに夕方になり、西日が差してきた。これは光秀にはありがたかった。夜になれば、夜襲という手がある。大軍を相手にするときの常套《じょうとう》手段だ。

(早く日が暮れぬものか)

　光秀は、じりじりしながら西の空を眺めた。

　しかし、運に見放されてしまうと、次々と不運に見舞われるものなのか、またもや信じがたい誤算が光秀軍に生じた。光秀軍の最右翼は、松田政近《まつだまさちか》と並河掃部《なみかわかもん》の二千で、この部隊は川向こうで天王山の麓に布陣していた。機を見て天王山を攻め上って敵軍を追い払い、反対側の麓に置かれている秀吉の本陣を急襲するためである。

このとき天王山に布陣していたのは秀吉の弟・秀長と黒田官兵衛だったが、官兵衛は山頂から明智軍の布陣を見下ろすうちに光秀の作戦を見抜き、秀長とも相談して、麓の松田・並河隊に数百挺《ちょう》の鉄砲を一斉に撃ちかけた。これに松田・並河隊が応戦したことで戦端が開かれた。山崎の戦いである。

秀吉軍を沼地に誘い込むという光秀の目論見は崩れ、両軍が真正面から激突した。こうなると数の多い方が有利に決まっている。一刻（二時間）も経たないうちに明智軍は総崩れになり、光秀は勝龍寺城に逃げ帰った。

その夜、光秀は、近江に帰って再起を図るつもりで、わずか数騎を引き連れて城を脱した。

しかし、近江に辿り着くことはできず、小栗栖《おぐりす》の山道で土民の手にかかって殺された。

山崎の戦いに勝利したことで、秀吉は、一躍、織田の家中で最大の発言権を持つことになった。ここから秀吉の運命は大きく変わることになる。

それはまた秀吉に従う者たちの運命をも否応なしに変えていく。

平馬も、その一人であった。

二十五

山崎の合戦の十四日後、柴田勝家の呼びかけで尾張の清洲城《きよすじょう》に織田家の重臣たちが集まった。この会議の目的は信長・信忠父子亡き後の後継者を決めることと、信長及び明智光秀の遺領を重臣たちで分配することであった。

これを世に清洲会議という。

織田家の五人の軍団長のうち、明智光秀を除く四人が集まった。柴田勝家、丹羽長秀、羽柴秀吉、滝川一益である。その四人の他に会議への参加を許されたのは池田恒興と堀秀《ほりひで》政《まさ》の二人で、池田恒興は信長の乳母兄弟という特別な立場にあり、しかも、秀吉の明智討伐に協力したという功績がある。堀秀政は信長の近習で、本能寺の変が起こったとき、たまたま使者として秀吉のもとに派遣されていた。その後は秀吉と行動を共にし、山崎の合戦でも抜群の働き振りを示した。

この六人が清洲城の広間に会して話し合いを行ったが、実際に発言したのは柴田勝家、丹羽長秀、羽柴秀吉、池田恒興の四人だけである。滝川一益は神流川《かんながわ》で北条氏直《ほうじょううじなお》に大敗し、上野や信濃《しなの》の領地を捨てて命からがら逃げ帰ったという負い目があり、会議で発言できる立場ではないし、堀秀政も実績が不足している。

清洲会議を主導した柴田勝家は信長の三男・信孝を推《お》すつもりでいた。勝家と信孝は昔から親密な間柄だったし、信孝には山崎の合戦に参加したという実績もある。

問題は信孝が三男だということであった。

嫡子の信忠は死んだが、二男の信雄《のぶかつ》は健在なのである。この二人は二十五歳という同い年で、しかも、ややこしいことに、実際には信孝の方が早く生まれている。

ところが母の身分が低かったために、信忠と同腹の信雄が二男と定められた。つまり、信孝の側から見れば、母の出自に差があったせいで家督の優先順位を奪われたことになるわけで、このことを信孝は深く恨みに思い、信孝と信雄は犬猿の仲である。

考えてみれば、織田家の後継者を決める会議に、この二人が参加していないのは極めて不自然だが、それには理由がある。双方共に、

(あいつが家督を継ぐことだけは認めぬ)

と覚悟を決めており、それぞれが領国で軍兵を募っていたのである。まさに一触即発の状況で、二人を清洲城に招けば、すぐにでも合戦が起こりかねないほど不穏な情勢であった。信孝にしろ、信雄にしろ、どちらが後継者になっても、平穏に治まらないのは明白だったが、それを承知で、勝家は信孝を推した。他の者たち、特に秀吉は絶対に納得しないだろうと見越してのことだ。

信孝と信雄が不仲であるように、勝家と秀吉も不仲である。この不仲は根が深く、秀吉

が木下藤吉郎《とうきちろう》と名乗っていた頃から勝家は秀吉を嫌っていた。

そんな因縁があるから、秀吉は信雄を推すだろうと勝家は思っていた。その結果、会議は物別れに終わり、織田の諸将は信孝・勝家派と信雄・秀吉派に分裂し、最後には合戦で雌雄《しゆう》を決することになると予想した。勝家が清洲会議を招集した狙いは、初めから、そこにあったと言っていい。

（わが生涯の痛恨事）

と、勝家が悔やむのは、亡主の弔い合戦である明智討伐の功績を秀吉に奪われたことである。

明智光秀を討ったことで、秀吉は一夜にして織田家中で最大の発言権を持つに至った。そのことを誰よりも強く肌身で感じているのは、長年、織田家の筆頭家老を務めてきた勝家自身である。その劣勢を撥ね返す、乾坤一擲《けんこんいってき》の大博打《ばくち》がこの清洲会議なのだ。勝家が考え抜いて練り上げた周到な罠なのである。秀吉が信雄を推せば、その時点で手切れとなり、正々堂々、秀吉と決戦することができるし、秀吉が信孝を後継者に推すことに同意すれば、今すぐには無理だとしても、徐々に勢力を削《そ》いでいき、信孝の天下が定まった頃に叩き潰してしまえばいい。どっちに転んでも勝家の思惑通りだ。

三七《さんしち》さまが然るべからんと存じ候

勝家は信孝を後継者に推すべきだと発言してから、その場にいる五人の顔をゆっくりと眺める。

(さあ、それには同意できかねる。三介《さんすけ》さまこそ名代にふさわしいと言うがいい)

秀吉は難しげな顔で黙り込んでいたが、やがて、顔を上げると、

御筋目《おんすじめ》を立てられ候はば、御嫡男が御もっともかと存じ候。御嫡男あらざれば、御嫡孫が御もっともかと存じ候

と静かに口を開く。

すなわち、筋目を重んじるならば、嫡流を立てるべきである。信長の嫡男は信忠であり、信忠には三法師《さんぼうし》という嫡男がいるのだから、織田家を相続するのは信長の嫡孫である三法師こそがふさわしい、という主張である。

「何、三法師さまを……?」

勝家は、こいつ、何を血迷ったか、という顔でぽかんと口を開ける。

秀吉の理屈は正しい。嫡流が家督を継ぐことができれば何もややこしいことはなく、こんな会議を開く必要もない。

だが、三法師は、わずか三歳の幼児である。信長と信忠が討たれたことで家中が動揺し、まだ四方に多くの敵を抱えているという状況で織田家をひとつにまとめていくには、人望があり、政治手腕を持った人物が後継者にならなければならないはずだ。とすれば、候補者は、信孝と信雄の二人以外にはいない……そこまで考えて、勝家は、

（あ）

と声を上げそうになり、怒りで顔がどす黒く染まった。秀吉の腹を見透かしたのである。織田家を維持存続させるには信孝か信雄を立てる以外にないのは自明であるにもかかわらず、敢えて三歳の三法師を後継者に据えようとするのは、織田家を維持存続させる必要はない、と秀吉が考えているからに違いない。

それすなわち、秀吉が織田の天下を簒奪《さんだつ》しようと悪巧みしているということであろう。

勝家は唾を飛ばしながら、織田家を守っていくには信孝か信雄を立てるしかなく、信孝の方が器量が優れ、実績も大きいから、信孝を後継者にするべきではないか、と訴える。秀吉を説得しようというのではなく、丹羽長秀と池田恒興を説得しようとしたのである。

二人が納得すれば、秀吉を数で負かすことができる。せめて、どちらか一人でも納得してくれれば、手切れという事態に持ち込むことができる。

ところが、

「筑前の申すこと、至極、もっともと存ずる」

丹羽長秀が言い、

「さよう。もっともかと存ずる」

池田恒興もうなずいた。

(やられた)

勝家は己の油断を悔いた。丹羽長秀も池田恒興も古くからの親しい同僚だから、道理を説けば、きっと自分に味方してくれるだろうと高を括っていたのである。その見通しが甘すぎたと今になって思い知らされた。山崎の合戦から、この清洲会議までの十四日間、勝家がやったことといえば、いかにして秀吉と決裂するかという策を練ることと、後継者に推すつもりでいる信孝と密に連絡を取り合うことだけであった。秀吉が何かをするだろうとは考えもしなかった。

恐らく、秀吉は地道に多数派工作を続けていたのに違いない。秀吉がやらなくても黒田官兵衛あたりがやっただろう。その結果、丹羽長秀も池田恒興も秀吉に抱き込まれてしまったのだ。

一瞬、勝家は、

(わし一人だけでも不同意を訴えて席を立とうか)

と考えたが、丹羽長秀が、

「三法師さまは幼いとはいえ、われら家臣一同、それに織田の一門衆が心をひとつにして守り立てていけば何の心配があろうか。むしろ、三七さまや三介さまのどちらかを名代に立てることで、織田家のまとまりが乱れる方が心配だ」

と言い、池田恒興も、

「現にお二人は国元で兵を集めていると聞く。いったい、このようなときに何をするつもりなのか」

と腹立たしそうに言う。

勝家は言葉に窮《きゅう》した。自分こそが道理を説いたつもりでいたのに、逆に道理を説かれる立場に追いやられている。反論の言葉を見付けられないまま、勝家の背筋を冷たい汗が伝い落ち、ついには、

「よかろう。三法師さまを守り立てていきたい」

と口にせざるを得なかった。

次いで信長の遺領と明智光秀の領地の分配が話し合われた。山崎の合戦で活躍した諸将たちに手厚いのは無論のこと、信孝には美濃《みの》を、信雄には尾張を与えることにした。敗残の将である滝川一益ですら五万石加増された。将来に禍根《かこん》を残したくないと秀吉が配慮して、自身の取り分を控え目にしたおかげである。秀吉が難色を示したのは、

「長浜を寄越せ」

と、勝家が言い張ったときである。

（隠し事のできぬ奴よ）

秀吉は哀れみすら感じつつ、勝家を見つめた。

勝家の腹はあまりにも見え透いている。勝家の地盤は越中・能登《のと》・越前という北陸諸国である。信孝が領することになる美濃と越前は隣国同士である。いつでも二人が示し合わせて近江に兵を進め、安土城にいる三法師を擁することができる。

そのとき、長浜が秀吉の領地のままでは目障りでもあり、進軍の邪魔にもなる。逆に長浜を支配下に置けば、安土にも都にも半日で到達できる。しかも、琵琶湖の制海権をも手中に収めることができる。

信孝を後継者に据えることに失敗した勝家は、近い将来、秀吉と干戈《かんか》を交えることになることを見据え、少しでも有利な状況を手に入れようとしているのだ。そういう勝家の目論見が秀吉には手に取るようにわかる。

（長浜か……）

戦略的な要衝であることは確かだが、長浜を勝家に譲ることで秀吉の立場が致命的に苦しくなるわけではない。むしろ、気持ちの問題であった。

長浜で、いや、その頃は今浜という名前だったが、その土地で秀吉は初めて大名になった。八年前のことである。母や妻を岐阜《ぎふ》から呼び寄せて自分の城に住まわせることができた。今では母も妻も、兄弟や親戚に至るまで長浜の水に馴染んでいる。

それだけではない。長浜で多くの家臣を召し抱えた。彼らの家族も長浜にいる。勝家に長浜を譲ることになれば、それらの者たちを他の土地へ、恐らくは姫路へ移動させることになる。わずか八年しか長浜で暮らしていない秀吉ですら胸が痛むのだから、先祖代々、長浜で暮らし、先祖の墓が長浜にある者たちの悲しみはいかばかりであろうか……そんな想像をすると秀吉の口からは自然に溜息が洩れる。

二十六

「平馬、大丈夫か?」

佐吉が声をかける。馬首を並べて進んでいる平馬が、心ここにあらずという感じでぼんやりしており、今にも馬から転がり落ちるのではないか、と心配したのだ。

「あ、ああ……」

平馬がハッとしたように顔を上げる。

「疲れてるのか? あまり顔色もよくないようだが……」

「いや、そうじゃないよ」

「気持ちはわかる。おれだって淋しいさ」

うんうん、と佐吉がうなずく。

清洲会議の翌日、すなわち、六月二十八日に秀吉軍は尾張の清洲から長浜に向かって出発した。長浜を柴田勝家に譲り渡すことになったので、姫路に引っ越す支度をするためだ。すでに長浜には早馬で使者が発せられているから、平馬たちが帰り着く頃には、長浜城でも城下の屋敷でも引っ越し準備で大騒ぎになっているはずだ。

じめじめした感傷を嫌い、何事も機械的に処理することを好む佐吉ですら、父祖伝来の土地を離れることに平静ではいられず、昨夜、それを知らされたときには、近江生まれの同僚たちと共に袖を涙で濡らした。自分ですらそうなのだから、感情の豊かな平馬なら、ゆうべは眠れなかったのでないか、と佐吉は忖度《そんたく》した。寝不足で顔色が悪いのかと思った。

「まあ、それもないことはないが……」

「おいおい、それ以外に何があるというんだ？」

「顔だ」

平馬が溜息をつく。

「顔？」

「子供たちが、この顔を見て、怖がりはせぬか……。いや、そもそも、おれのことなど忘れているのではないか……それが気になるのだ」

「勝太はいくつになった？」

「四つだ。とくは三つ」

長男の勝太が四歳、年子で生まれた長女のとくが三歳である。絶え間なく戦が続いたせいで、平馬が長浜に帰るのは、ほぼ一年ぶりになる。すでにその頃から髪の毛や睫毛、眉毛が抜け始めていた。皮膚には染みのような斑点がいくつも浮かび、豆粒のようなしこりもできていた。見苦しくはあるが、醜怪《しゅうかい》というほどではなかった。子供たちにしても、平馬の容貌などまったく気にする様子はなく、一緒になって遊んでやると大喜びしたものだ。

だが、子供の成長は早い。三歳のときにわからなかったことが四歳になればわかるかもしれない。平馬の容貌も、この一年で更に醜くなっているから、去年は感じなかった恐怖を今年は感じるかもしれない……そんなことを考えると、平馬は暗い気持ちになってしまい、せっかく故郷に帰ることができるというのに少しも胸が弾まないのである。

「そうか……。病と闘うだけでも大変なのに、そんな心配もしなければならないのか。おまえの苦しさに比べたら、長浜から姫路に移らなければならないと嘆いている自分が阿呆に思えるよ」

佐吉が溜息をつく。

「それとこれとは話が違うさ」

「香瑠殿とは手紙のやり取りをしてきたんだろう。何か気になることでも書いてあったのか？」

「いや、香瑠の手紙には泣き言や辛いことは何も書いてないんだ。いつも楽しそうなことばかり書き連ねてある。心配事がないはずもないのに、余計な気苦労をかけまいと気を遣っているんだな」

「ならば、大丈夫だ。そんなしょぼくれた顔をするな。しっかり者の妻が待っているのならば、何も案ずることなどあるまいよ。子供は親を見て育つという。きっと香瑠殿のような優しさを持った子供たちに育っているさ」

「そうだといいが……」

平馬の表情は曇ったままだ。

長浜に着くと、平馬は屋敷に帰る前に城に登った。秀吉の母・奈加と秀吉の正室・寧々に挨拶するためだ。昔ながらの平馬の習慣である。母の東は城で奥務めをしているから、当然、東とも顔を合わせることになる。

奈加と寧々も平馬をかわいがり、いつもにこやかに応対してくれるのだが、この日は、平伏していた平馬が顔を上げた途端、その場の空気が凍りつき、誰もが息を呑んだ。奈加も寧々も陽気で賑やかな性質だから、長浜城の奥は常に笑いが絶えない。それだけに、この沈黙がいっそう重苦しく感じられた。

「よくぞ無事に戻りました」

沈黙を破ったのは寧々だ。

「明智との戦は、なかなか大変だったと筑前殿からも聞いております。見事な働きをしてくれたと平馬を誉めておりましたぞ」

「わたしなど何ほどのこともしておりませぬ」

「上様が明智に討たれたと聞いたときには、この世の終わりかと思った。平馬のような忠義者が筑前を支えてくれたおかげで、筑前も上様の仇討ちができたのじゃ。わたしからも礼を申すぞ」

　奈加が優しい言葉をかける。

　寧々と奈加が過分なほどに平馬の働きを誉めそやすのは、座敷の隅で声を殺して泣いている東を気遣ってのことだ。

　東は平馬の顔を見るなり、袖で口許を押さえ、ぽろぽろと大粒の涙を流し始めたのである。大切な息子が無事に戦場から帰還したのだから嬉しくないはずがない。ほっと安堵し、幸福感が胸を満たす。それで終われば、めでたしめでたしだが、平馬の姿を見れば、よほど病が悪化していることは一目瞭然である。平馬が恐ろしい病に取り憑かれているという事実が、東の幸福感を霧消させ、代わって、深い悲しみが心の中に広がっていく。そういう東の複雑な感情がひしひしと伝わってくるし、平馬を少年時代から知っていることもあって、

（紅顔のかわいらしい少年だった平馬がこのような無残な姿になってしまうとは……）

寧々も奈加も暗然とした気持ちになる。

挨拶を済ませると、平馬は御前を辞した。廊下を渡っていくと、背後から足音が聞こえ、

「平馬！」

と呼ばれた。振り返ると、東である。どんなときにも決して冷静さと落ち着きを失わない東が人目も憚《はばか》らず、両手で裾を持ち、息を切らせて駆けてくる。

「どうなさったのですか」

「平馬……」

何か言おうと口を開きかけるが、東の口から言葉は出てこない。言葉ではなく、涙が滂《ぼう》沱《だ》と溢れる。平馬、と言うなり東は、その場に坐り込んでしまい、まるで幼女のように声を上げて泣き出した。

「母上……」

平馬は腰を屈《かが》めて東の肩に手をかける。平馬の目からも涙が溢れている。平馬と東は廊下の真ん中で抱き合ったまま泣き続ける。その様子を廊下の端から寧々がそっと見つめている。寧々の目も真っ赤だ。

その夜……。

秀吉と寧々は久し振りに夫婦水入らずで酒を飲んだ。これは二人の習慣で、遠征先から城に帰ると、秀吉は遠征先で起こったことを話し、寧々は秀吉の留守中に城で起こったことを話すのである。

この夜は、もっぱら秀吉が話し、寧々は聞き役であった。本能寺における信長の横死から始まって、山崎で明智光秀を破ったこと、清洲城での柴田勝家との駆け引きなどを事細かに語った。

「上様がお亡くなりになったと知れば、さぞや秀吉殿は動転するだろうと案じておりました」

酒を注ぎながら寧々が言う。

「この世の終わりだと思った。頭がおかしくなってしまい、追い腹を切ろうとして官兵衛に止められた。死ぬのが駄目なら、出家しようと思った」

「まあ、そんなことがあったのですか」

寧々が息を呑《の》む。

「一旦は官兵衛に諭されて思い止まったものの、何をしでかすか自分でもわからぬ有様だった。平馬のおかげで救われた」

「平馬が何をしたのでございますか?」

「何もせぬ。わしが泣いている間、じっとそばにいてくれただけだ。どんなときでも殿のおそばにおりまする……と言ってな。わしは安心して思い切り泣いた。涙が出なくなるまで泣いたら、すっきりした。それから明智を討つ算段をしたのだ」

「平馬は、よき者でございまするなあ」

「うむ、よき者よ」

「しかし、病んでおりまする……」

もう平馬を戦に連れて行くのを止めてはどうか、家に戻して養生させるべきではないか、と寧々は口にする。

「瘡蓋頭も病んでいるのを存じておろう」

「黒田殿の病は有岡城の土牢に囚われたせいだと聞きましたが……。二人は同じ病なのですか?」

「わしも、そう思っていた。しかし、違うらしい。官兵衛が言うには、平馬の病は、もっと重いそうだ。わしなどにはよくわからぬが、官兵衛にはわかるようだな。今の平馬もひどい姿だが、これから、もっと悪くなるらしい」

「そんな……」

「平馬が養生したいと言えば、いつでも好きにさせてやるつもりだ。しかし、わしと一緒に戦に出たいと言えば、連れて行ってやろうと思う。悔いが残らぬように過ごさせてやりたいのだ。寧々、酒がない」

秀吉が土器《かわらけ》を差し出す。

慌てて寧々が酒を注ぐ。

「平馬のようなよい男が病とは……ひどい話よなあ。誰よりも本人が辛かろうが、周りにいる者も辛い」

重苦しい溜息をつきながら秀吉が酒を飲む。その酒は、いかにも苦そうであった。


同じ頃……。

平馬は香瑠と差し向かいで酒を飲んでいた。香瑠の顔がほんのりと赤く染まっているのは、平馬に勧められて酒を飲んだせいだ。ほんの少し嘗めた程度に過ぎないが、普段、酒など飲まないので、すぐに顔に出てしまう。

「よかった。本当によかった」

平馬は何度もつぶやく。

城から屋敷に帰り、いよいよ子供たちと対面することになったとき、平馬の心臓は早鐘のように速く打っていた。勝太やとくが自分の顔を見て怖れるようなら、屋敷を出て行こうと覚悟していた。

いや、怖れるだけでなく、そもそも、父親の顔を覚えていないのではないかという危惧もあった。一年も会わずにいて、三歳と四歳の兄妹が父親の顔を覚えていられるであろうか。顔が変わっていなければ覚えているかもしれないが、この一年で平馬の容貌は大きく変わっているのだ。

平馬が座敷で待っていると、勝太は乳母に手を引かれ、とくは香瑠に抱かれて現れた。勝太は平馬を見て、驚いたように大きく両目を見開いたが、すぐに何事もなかったように、

「父上、よくぞご無事でお戻り下さいました」

と畳に手をついてきちんと挨拶した。

もちろん、こんな言葉を四歳の幼児が自然に口にできるはずがなく、香瑠が何度も練習させたのだと平馬にも察せられた。とくも勝太を真似て、

「おかえりなちゃいませ」

と舌足らずに挨拶し、平馬をじっと見て、おもむろに、にこっと笑った。平馬は目頭が熱くなり、

「二人とも、こっちにおいで」

手招きすると、すぐにとくは駆け寄ってきて平馬の膝の上に坐り、最初は、もじもじしていた勝太もとくが甘えているのを見て、平馬のそばに寄ってきた。しばらく子供たちと遊んだが、それは平馬にとって至福のひとときであった。

「香瑠」

平馬は土器を置き、姿勢を正して感謝の言葉を述べる。子供たちがきちんと挨拶したの

も、平馬を怖れる様子がなかったのも、すべて香瑠のおかげだとわかっていたからである。

「何をおっしゃるのですか」

香瑠は恥ずかしそうにうつむく。

「しかし、心配がなくなったわけではない」

「どんな心配ですか?」

「今日はいいとしても、病が更に進んだらどうなるか……。わしの姿がもっと醜くなったら、子供たちはどう思うか、おまえがどう感じるか……それを想像すると恐ろしいのだ」

「平馬殿」

今度は香瑠が背筋をピンと伸ばして平馬に向き合う。

「そのような情けないことを申されますな。わたしたちは見かけで結ばれているわけではありません。心と心で結ばれているのです。たとえ見かけがどのように変わろうとも平馬殿の心が昔と変わっていないのであれば、香瑠は何も怖れませぬ。香瑠の心も変わりませぬ。どうか香瑠を信じて下さいませ、子供たちを信じて下さいませ」

「何と嬉しい言葉よ……。できることなら、この幸せな気持ちのまま、この場で死にたいくらいだ」

「いいえ、死んでもらっては困ります。わたしにとっては大切な旦那さま、子供たちにとっては大好きな父上なのでございますから」

「うむ、そうだな。死ぬことはできぬな」

「はい」

二人は顔を見合わせて笑う。香瑠の目には涙が溜まっていて、今にも溢れそうだったが、それは決して悲しみの涙ではなかった。

二十七

姫路城の廊下を歩いていると、

「白頭殿」

と後ろから声をかけられた。声を聞いただけで、それが誰なのか平馬にはわかる。茶会や連歌の席でもないのに平馬を白頭殿と呼ぶのは黒田官兵衛だけである。足を止めて振返ると、官兵衛が座敷から顔を出して、こちらに来られよ、と手招きしている。

座敷は、ざっと三十畳ほどの広さがある。官兵衛以外には誰もいない。座敷の真ん中に火鉢がぽつんとひとつ置いてある。

「いやあ、不思議なものよなあ。一人で籠もっていても、いい考えが浮かばぬので、誰か話し相手になってくれぬものかと念じていたところでな。座敷の中をうろうろ歩き回るのにも飽きて、ふと廊下を覗いたら白頭殿がいた。奇遇じゃのう」

ははは、と官兵衛が愉快そうに笑う。

「ここで何をしておられるのですか？」

「絵を描いていた」

「ほう、絵を？」

平馬が意外そうに小首を傾げる。官兵衛に絵心があるとは初耳である。

「そこに坐られよ。香煎《ちらし》でも淹《い》れて進ぜよう」

官兵衛は平馬を火鉢のそばに案内した。香煎というのは、熱い湯に山椒《さんしょう》や塩を溶かして味付けした飲み物である。

「絵を描いているとおっしゃいましたが……」

火鉢の周りには絵の具も紙もない。

「わしが描こうとしているのは普通の絵ではない。いかにして殿に天下を取らさしめるか、そこに至るまでの絵を描こうというのだ。ここでな」

官兵衛は人差し指で自分の頭を軽く叩く。

「ああ、なるほど」

ようやく平馬も合点する。秀吉に天下を取らせるための策を座敷に籠もって思案していたという意味なのである。座敷の中を歩き回ったり、廊下を覗いたりして、あまり落ち着きがないのは、その思案が行き詰まっているせいに違いない。

「こういうことは一人で考えても、なかなか、よい知恵が浮かばぬものでな。殿が、もう少しやる気を出してくれればよいのだが……。このままでは、みすみす柴田に天下をさらわれてしまいかねぬわ」

「殿がどうかなされたのですか？」

「上様が本能寺で明智に討たれた次の日、備中の本陣でのことを覚えているか？」

「殿が激しく嘆き悲しまれたことですか？」

「うむ。殿は腰を抜かすほどに動転し、追い腹を切って上様のお供をする、出家して上様の菩提を弔う、と幼子のように泣き叫んで手が付けられなかった。それを白頭殿に宥《なだ》めてもらった」

「そうでございました」

「正直に言うと……」

官兵衛が声を潜める。

「あれは殿の芝居だと思っていた」

「芝居？」

「そうではないか。上様だけでなく、ご嫡男の中将さまも討たれたのだ。織田家の屋台骨はがたがたになる。殿が天下人になる千載一遇の好機が巡ってきたのだ。しかしながら、上様が亡くなったのだから、あからさまに喜ぶこともできぬし、とりあえずは嘆き悲しまねばならぬ。殿は何事も大袈裟だから、派手な芝居をしているのだと思った。実際、毛利と和睦して都に取って返し、山崎で明智を木っ端微塵《こっぱみじん》にする手腕はほれぼれするほど見事だった。戦がうまいだけではない。丹羽殿や池田殿を味方にして柴田を押さえ込み、三七さま（信孝）や三介さま（信雄）ではなく、三法師さまに織田の家督を継がせることを認めさせた駆け引きの妙……あれは凡人の為せる業《わざ》ではない。わしの目に狂いはなかった、この御方こそ、天下人にふさわしい、わしは涙が出るほど嬉しかったし、やはり、上様の死を知って嘆いたのは芝居だったと思った。ところが……」

そうではなかったらしい、殿は上様の死を本心から悲しんでいるようなのだ、と官兵衛は溜息をつく。

信長の葬儀が大徳寺《だいとくじ》で行われたのは十月十五日である。信長の四男で秀吉の養子になっている秀勝《ひでかつ》が喪主を務めたが、実際に葬儀を取り仕切ったのが秀吉であることは誰の目にも明らかだった。

だからこそ、秀吉に反発する信孝、信雄、柴田勝家、滝川一益らは参列しなかった。

官兵衛が言うには、その葬儀以来、秀吉は天下取りの話題に興味を示さなくなったという。そう言われると、平馬も思い当たることがないではない。確かに、このところ秀吉は元気がないように見える。それを不自然に感じなかったのは、本能寺の変が起こってから、それこそ秀吉は馬車馬の如く休みなく働き続けており、ようやく、信長の葬儀を無事に終えて緊張感も緩み、一度に疲れが出たのではないか、と忖度していたからである。

「決して贔屓目ではなく、殿には天下人になるだけの器量が備わっている。だからこそ、わしは知恵を絞って、天下を取るための策を捻《ひね》り出そうとしているのだ。しかし、殿にやる気がないのではどうにもならぬ。腑《ふ》抜《ぬ》けたようになっているから、柴田からの和睦を安易に受け入れたりするのだ」

官兵衛が顔を顰める。

この和睦は直接的には長浜城を預かる柴田勝豊《かつとよ》が申し入れてきた。信長の葬儀から半月後である。勝豊は勝家の甥《おい》で、養子にもなっている。この申し入れを仲介したのは、秀吉の古くからの知己である前田利家《まえだとしいえ》だった。織田家に仕える者同士がいつまでもいがみ合うのはよくないから、過去の遺恨を水に流し、これからは手を携えて三法師さまを守り立てていこうではないか、という内容である。

秀吉は、あっさりと和睦を承知し、利家と酒を酌《く》み交わしながら夜を徹して昔語りをし、信長の思い出を語りながら、しばしば涙を流したという。

「それは悪いことなのでしょうか？」

平馬が聞き返したのは、和睦の内容そのものには何ら不審な点が感じられなかったからである。至極もっともな内容だと思っていた。

「本気で言っているのかな？」

官兵衛がじろりと平馬を睨む。平馬ほどではないが、官兵衛の顔もかなり崩れており、怪物じみた醜悪な容貌になっている。その官兵衛に血走った目で睨まれると、さすがに迫力がある。

「そのような殊勝な気持ちがあるのなら、清洲城の話し合いで柴田が三七さまを推すはずがないではないか。これは時間稼ぎに過ぎぬよ……」

清洲会議を境として、秀吉と強く対立するようになったのは三七信孝、柴田勝家、滝川一益の三人である。特に、家督を継ぐことを邪魔された信孝の怒りと憎しみは凄まじく、秀吉への復讐を誓い、岐阜城に籠もって着々と軍備を調《ととの》えている。

ちなみに三法師は信孝と共に岐阜城におり、安土城の修繕普請が終わり次第、安土城に移す約束になっているが、信孝は三法師を手放すことを拒み続けている。政治に関しても軍事に関しても凡庸な青年だが、異常ほど気位だけは高い。

北伊勢を本拠とする滝川一益は、本能寺の変の後、関東で北条軍に大敗して逃げ帰ったこともあって、その勢いは衰えており、単独で秀吉に対抗する力はない。信孝と一益が頼りとするのは柴田勝家の軍事力だが、北陸を本拠とする勝家は、冬になると雪に邪魔されて兵を動かすことができなくなる。信孝と一益は、勝家が動くことのできない冬季に攻められることを怖れ、秀吉に和睦を持ちかけたに決まっている、と官兵衛は言う。

「春になれば、和睦を踏みにじって、柴田さまが越前から攻め上ってくるということですか？」

「無論、そういうことになる。わしが柴田であれば、きっと、そうする。白頭殿が柴田の立場にいたら、どうする？　律儀なお人柄故、あくまでも和睦を守ろうとするかな」

「いけませぬか？」

「悪いとは言わぬ。白頭殿ならば、本当にそうするかもしれぬが、柴田はそうではない。白頭殿と違って腹黒い」

「なぜ、そう言えるのですか？」

「毛利や北条、徳川、長宗我部などに盛んに密使を送っているからだ」

「え。そうなのですか？」

「殿が腑抜けになったからといって、わしまで腑抜けているわけではない。柴田の動きには油断なく目を光らせている。春になるまで殿を騙しておき、雪がなくなったらすぐさま越前から軍勢を率いて攻め上る。三七さまや滝川も呼応して兵を挙げるであろうな。それだけならまだしも、毛利や徳川までが柴田に与《くみ》して兵を動かせば、殿も終わりだ」

ふふふっ、と官兵衛が愉快そうに笑う。

「もちろん、そうはならぬ。徳川がどう動くかは、まだわからぬが、少なくとも毛利はどちらにも味方せぬはずだ。北条は柴田に与するかもしれぬが、その代わり、こちらは上杉を味方にする。上杉に背後を脅かされたのでは、柴田も迂闊なことはできまいからのう」

「そこまで……」

平馬は驚愕した。自分の与《あずか》り知らぬところで、官兵衛は、諸大名を操って、壮大な計画を練り上げていたのだ。軍師というものの空恐ろしさを垣間見たような気がする。いつか官兵衛自身が天下を取るのではないかと思うほどだ。そんな男を己の手足の如く使いこなしているのだから、改めて平馬は秀吉の偉大さを思い知らされる。

「三七さまと滝川は阿呆よ。戦というものを何もわかっておらぬわ。白頭殿には、いつも愚痴を聞いてもらっているから、ひとつ為になることを教えて進ぜよう。戦の極意よ。十万の敵に勝つには、どうすればよいと思われる?」

「それは相手の力量や、どういう場所で戦をするかによって……」

「いやいや、そう難しく考えることはない。敵が十万ならば、こちらは二十万の兵を集めればよいだけのこと。それが三十万であれば、もっと容易に勝てるであろうし、そもそも、戦にはならぬであろう。敵兵どもが怖れて逃げ出してしまうだろうからな。肝心なのは、実際に二十万の兵を集めることではなく、こちらが二十万だと敵に信じ込ませることなのだ。たとえ五万の軍勢に過ぎなくても、敵が二十万だと信じれば、五万の軍勢が二十万になる」

「まるで魔術のようでございますなあ」

「三七さまと滝川、それに柴田も引っ掛かったぞ」

「どういう意味ですか？」

「大徳寺で営んだ上様の葬儀には、織田家の諸将も数多く参列してくれた。上様の葬儀だからというだけでなく、殿が惜しみなく金銀をばらまいたせいでもある……」

信長の葬儀には、諸将が兵を率いて都に集まったが、それには理由がある。

秀吉は、彼らにいちいち丁寧な手紙を書き、路銀として多額の金銀を送った。だから、多くの者が集まった。秀吉に忠誠を尽くしたわけではない。

しかし、葬儀に参列しなかった者の目には、彼らが秀吉に味方して馳せ参じたと映った。

実際には、その段階で秀吉の指図に従う兵は、せいぜい三万ほどに過ぎず、柴田勝家が三法師を擁して信孝や滝川一益らと共に都に攻め上れば、諸将は秀吉を見捨てて逃げ去り、孤軍となった秀吉は命からがら姫路に逃げ帰るしかなかったであろう。あの愚か者たちは千載一遇の好機を逃した、それというのも三万の秀吉軍を十万の大軍と錯覚したせいなのだ、と官兵衛は笑う。

「それ故、雪が降ってきて、柴田が越前に閉じ込められたら、三七さまと滝川を順繰りに攻め潰せばよい。敵が怖れていることをやれば、戦というのは必ず勝つことができるものだ。ただ……」

殿が腑抜けたままでは何もできぬ、天下人になる機会を逃すことになる、と官兵衛は溜息をつく。

「白頭殿、わしの愚痴に付き合ってくれたついでに、殿の愚痴も聞いてきてくれぬか。できれば、殿のやる気を引き出してほしい」

「なぜ、わたしなのですか？　そんな難しい役目を果たせるとは思えませぬ。黒田さまが説得なさるべきかと存じます」

「わしでは駄目なのだ」

「なぜですか？」

「殿は、わしを心から信じてはおらぬからだ。わしを腹黒い悪人だと思っていて、殿を天下人にしようというのも、要は、自分のためになるからであろうと疑っている。それ故、わしが何を言っても耳を貸して下さらぬ。だが、白頭殿は、そうではない。無類の忠義者として、誰よりも信頼されている。白頭殿の言葉には耳を傾けるであろう。頼まれてくれるな？」

「……」

官兵衛にじっと見つめられているうちに、廊下で呼び止められたのは偶然ではなかったのだな、と悟った。平馬がやって来るのを官兵衛は待っていたのに違いなかった。座敷に招き入れて、秀吉を取り巻く政治情勢や、官兵衛が練り上げた軍略を事細かに説明したのも、最初から秀吉の説得役にするつもりだったからであろう。だからといって、別に腹は立たない。むしろ、軍師というのは、これほど芸が細かいものなのかと感心した。

二十八

座敷を出ると、その足で平馬は秀吉のもとに向かい、目通りを願った。

「平馬か。急ぎの用があるそうだな？」

「はい、それが……」

平馬が口籠もる。官兵衛に尻を叩かれて、慌てて秀吉に会いに来たものの、いったい、どうやって話をすればいいのかわからない。天下人になることをためらうな、官兵衛の策に従って信孝と滝川一益を討伐してしまえ、その後で柴田勝家を討て……そういう説得をしなければならないわけだが、そんな偉そうなことを秀吉に言えるはずがない。

「さては……」

平馬の困惑した表情を見て、秀吉が察する。

「瘡蓋頭に頼まれてきたのだな？」

「黒田さまは、殿が上様の天下を引き継ぐべきだとお考えになっておられます。そのための策も練り上げていて……」

「よせよせ」

秀吉が右手を振って、平馬の発言を制する。

「瘡蓋頭は自分が強欲だから、わしも同じように強欲だと思い込んでいる。心の底では上様が亡くなられたことをわしが喜んでいると思っているのだな。清洲城での話し合いで、わしが三法師さまを推したのも、幼い三法師さまであれば、わしが好きなように操り、織田の天下を容易に簒奪できるからだと信じている。馬鹿な奴だ。利口な男だし、戦もうまい。悪巧みをさせれば天下一品といっていいほどだが、ひとつだけ足りないものがある」

「それは何でございますか?」

「誠の心よ」

「誠の心?」

「あいつは物事を損得勘定でしか考えることのできぬ男だ。上様の死まで、その物差しで測ろうとする。それ故、明智を討ったことも、三法師さまを推したことも、すべては織田の天下をわしが奪うためにしたことだと考える。明智を討ったのは上様の無念を晴らしたかっただけで、三法師さまを推したのは、嫡流が家督を継ぐのが正しいと思ったからに過ぎぬ……それだけのことなのに、瘡蓋頭は深読みばかりして先走りおる。わしがそんな悪巧みをしていれば、五郎左衛門や勝三郎《しょうさぶろう》とて馬鹿ではない。悪巧みを見抜き、わしではなく権六《ごんろく》に味方したであろうよ」

五郎左衛門と勝三郎は、清洲会議で秀吉に味方した丹羽長秀と池田恒興で、権六は柴田勝家である。

「何とか上様の名を辱《はずかし》めぬほどの葬儀を営むこともできたし、あとは三法師さまを安土城にお移しすれば、わしの役目は終わる。できれば頭を丸めて出家したいところだが、さすがにそれは無理そうだから、三法師さまをお守りしながら、静かに上様の菩提を弔いたい。それがわしの本心よ。それ故、三七さまとも滝川とも柴田とも戦などするつもりはない。平馬の口から瘡蓋頭に伝えてくれ。もう余計な悪巧みなどするな、とな」

「……」

平馬は、ぽかんとした顔で秀吉を見つめる。

(殿は本気だ……)

官兵衛が思っているように腑抜けたわけではなく、自分が為すべきことをやり終えたという達成感に浸っているだけなのだとわかった。それが秀吉の本心だとすれば、平馬がとやかく口出しすることなど何もない。秀吉の意思を官兵衛に伝えればいいだけのことだ。そう思うものの、平馬は腰を上げることができない。何かが間違っている、これは正しいことではない、という気がする。

「何をしている、もう行くがよい」

「差し出がましいことを申し上げますが、殿のお考えは正しくないと存じます。三法師さまをお守りしながら上様の菩提を弔いたいと殿はおっしゃいましたが、それを上様はお喜びになるでしょうか」

「何だと？」

「上様は、まだ天下を平定し終えたわけではありませんでした。志半ばにして非業の死を遂げられたのです。さぞ無念であられたと思います」

「うむ、そうであろうな」

「三法師さまをお世継ぎになされたのは、織田の嫡流を守るという意味では正しきご判断であったと存じますが、幼い三法師さまでは上様の志を継ぐことはできませぬ」

「では、三七さまか三介さまが家督を継ぐべきだというのか？」

「そうは申しませぬ」

平馬が首を振る。

「織田家の版図《はんと》を広げ、もう少しで戦国の世を終わらせるというところまで漕《こ》ぎ着けたのは上様が稀代の英雄だったからでございましょう。英雄の志を継ぐことができるのは英雄だけでございます。畏れながら三七さまや三介さまには荷が重すぎるかと存じます。どちらが家督を継いでも、とても毛利や島津、長宗我部、上杉、北条などには歯が立たぬのではないでしょうか。それどころか敵に攻め込まれて領地を奪われるやもしれませぬ」

「そうはならぬ。東には柴田がおるし、西にはわしがおる」

「柴田さま、それに三七さまや滝川さまは殿を恨み憎んでいると聞いております。来年、雪が解けたら一斉に殿を攻めるだろうと黒田さまは憂えておられます。しかも、そのときには毛利や長宗我部が柴田さまたちに与しているやもしれませぬ。冥土におられる上様がどれほどお嘆きになることでしょうか」

「上様が？」

「柴田さまたちは上様の志を継いで戦国の世を終わらせようとしているのではありません。私利私欲で策動しているに過ぎませぬ。まず殿を討ち、次いで三介さまを討ち、織田家を我が物にしようとしているのです。織田家の力が弱まり、周りにいる敵を喜ばせるだけなのに、欲に目がくらんでいるために、そんなこともわからないのです。殿には上様の無念さがわかるのではありませんか？」

「……」

秀吉は目を瞑って、頭を垂れている。顔を上げたとき、その頰には涙が伝っていた。

「三法師さまをお守りしながら、上様の菩提を弔うことが上様への変わらぬ忠義を示す道だと思っていた。しかし、それを上様は喜ばれぬか……。自分を買い被っているわけではないが、なるほど、上様の志を継いで天下を平定することができるのは、わししかおらぬ。だが、それは、共に上様に仕えた同僚や、上様のご子息たちと干戈を交えることを意味する。世の者たちは、わしを人でなしと罵るであろう。織田の天下を奪った極悪人と唾を吐きかけるであろう……」

秀吉が、ふーっと深い溜息をつく。

「上様も、そうであったわ。本願寺と戦ったときも、長島《ながしま》の一向一揆を討伐したときも、叡山《えいざん》を焼き討ちしたときも、仏敵と罵られ、上様の血を引く者は未来永劫、地獄で苦しむことになると坊主どもに脅された。ああ、わしは今になって上様の苦しみがわかった気がする。天下平定を志すというのは、身を引き裂かれるような苦しみに耐えることなのかもしれぬなあ」

「わたしには想像もできぬことですが、さぞ、お辛いことであろうとお察しいたします」

平馬が平伏する。顔が火照っている。出過ぎた真似をしたという思いもあったが、秀吉の琴線に触れることができたという喜びの方が大きかった。

二十九

十二月九日、秀吉は五万の兵を率いて近江に進攻し、長浜城の柴田勝豊を降伏させた。次いで岐阜城の信孝を包囲した。腰砕けとなった信孝は三法師を安土城に移すことに同意し、母と妻子を差し出して和を請うた。十二月二十日のことである。わずか十日ほどで、秀吉は近江を手中に収め、信孝を屈服させた。電光石火の早業といっていい。

年が明けると、秀吉は北伊勢に兵を進め、峰城《みねじょう》、桑名城《くわなじょう》、亀山城といった滝川方の重要拠点を攻めた。城を次々に落とされて滝川一益は敗走を重ねた。

この動きを知って驚き慌てたのは柴田勝家で、信孝に続いて一益までが秀吉に降伏すれば、もはや、秀吉に対抗する術はないと憂え、雪深い山や峠を越えて近江に兵を出した。

秀吉は、それを待っていた。直ちに兵を北伊勢から引き揚げ、近江に向かわせた。

翌年の四月十六日、柴田勝家に呼応して、一度は秀吉に降伏した信孝が岐阜城で挙兵した。秀吉は、信孝を討つために大垣城《おおがきじょう》に入った。それを知った勝家の甥・佐久間盛政《もりまさ》は、秀吉の本隊が遠い大垣城にいるうちに少しでも自軍の優勢を築こうと、余呉《よご》湖の東にある秀吉方の拠点を攻めた。

すなわち、大岩山《おおいわやま》の中川清秀、岩崎山の高山長房を攻撃したのである。中川清秀は戦死し、高山長房は砦《とりで》を捨てて逃げた。

その勢いを駆って、佐久間盛政は余呉湖の南にある賤《しず》ヶ岳《たけ》砦も攻めようとした。守将の桑山重晴《くわやましげはる》は退却を決意したが、海津《かいづ》口を守っていた丹羽長秀が援軍を率いて駆けつけ、桑山重晴を叱咤して、砦に留まらせた。丹羽長秀の来援を知った盛政は、兵たちも疲れているし、日も暮れてきたので攻撃を自重し、翌朝、賤ヶ岳砦を攻めようと決めた。

実は、出陣するに当たって、

「戦の勝ち負けにかかわらず、必ず、今日のうちに兵を戻すように」

と、勝家は盛政に命じていた。

ところが、盛政は大岩山と岩崎山の砦を落としたことで増長し、勝家の命令を無視した。

勝家のもとに帰らず、大岩山砦で宿営することにした。

この一連の敗北を秀吉は大垣城で聞いた。

ちょうど飯を食っていたが、気落ちするどころか、

「この戦、勝ったぞ！」

と大笑いし、直ちに全軍を率いて賤ヶ岳に向かった。大垣城から十三里（約五十二キロ）の夜道をわずか五時間で踏破したという。中国大返しに匹敵する速攻である。秀吉の到着を知った佐久間盛政は狼狽し、大慌てで勝家の本陣に向けて退却を始めたが、賤ヶ岳の麓で秀吉軍の先鋒に追いつかれた。

そこに賤ヶ岳砦から丹羽長秀も出撃したので、盛政軍は挟み撃ちにされ、総崩れとなった。敗走する盛政軍を追撃する秀吉軍は、そのまま柴田勝家の本陣に雪崩《なだ》れ込み、柴田軍をも敗走させた。

これを賤ヶ岳の戦いと呼び、秀吉こそが信長の後継者であることを天下に知らしめた合戦として知られている。

この戦いで抜群の戦功を挙げた武者たちを俗に「賤ヶ岳七本槍《やり》」というが、実際には、もっと多くの武者たちが一番槍の巧名を挙げ、彼らは「先懸衆《さきがけ》」と呼ばれた。この先懸衆の中に大谷平馬、石田佐吉の名前もある。文官として知られている佐吉だが、この戦いでは槍を手にして敵陣に突撃し、決して文弱でないことを世に知らしめた。

平馬の武功も大いに賞賛されたが、平馬の本当の功績は、姫路城で秀吉に天下取りを決意させたことにある。もっとも、これは秀吉と官兵衛、それに平馬の三人しか知らない。

三十

賤ヶ岳の戦いで柴田勝家を破り、信長の後継者という地位を手に入れた秀吉だが、その前に大きく立ちはだかったのが徳川家康である。

信長は「三河《みかわ》の弟」と呼ぶほど家康を信頼し、その信頼に家康も応えて、信長が本能寺で横死するまで忠実な同盟者であり続けた。

家康と秀吉が事を構えるに至ったのは、信長の二男・信雄が秀吉を恨み、家康に援助を請うたことに端を発している。

最初、信雄は三男・信孝と織田の家督を巡って争い、信孝が柴田勝家と結んだので、それに対抗して秀吉と結んだ。勝家が越前・北庄《きたのしょう》で滅び、その後、信孝も自刃したので、信雄は自分が信長の後を継ぐことができると喜んだ。

ところが、秀吉は、あくまでも幼い三法師を立てつつ、実際には自分の手でかつての信長のように様々な政策を推し進めた。信雄には伊勢・伊賀・尾張の三ヶ国を与え、表面上は恭《うやうや》しく接したものの、何の実権も与えなかった。不満を募らせた信雄は、秀吉の横暴を訴え、家康に助けを求めたのである。

その結果、天正十二年（一五八四）三月、秀吉軍と信雄・家康連合軍が尾張で対峙した。世に言う「小牧《こまき》・長久手《ながくて》の戦い」である。

決戦が行われないまま、両軍の睨み合いは四ヶ月にも及び、最後には呆気《あっけ》ない幕切れを迎える。信雄が腰砕けになり、秀吉と和睦したのである。事前に家康に何の相談もしなかったことからも、信雄がどういう人間かわかろうというものだ。信雄を援助するために兵を出した家康は、秀吉と戦い続ける理由がなくなったので兵を退いた。

この戦いは、全体としてみれば、兵力差で圧倒した秀吉軍が優勢だったと言えるが、唯一の汚点は長久手の戦いで敗北を喫したことである。局地戦に過ぎず、秀吉自身が敗れたわけではないが、秀吉の甥・三好秀次《みよしひでつぐ》を総大将とする軍勢が家康に木っ端微塵に粉砕されたのだから、秀吉にとっては恥辱であり、家康にすれば大金星であった。

不本意な結果に終わったとはいえ、とりあえず、東方の脅威から脱した秀吉は西に目を向け、翌天正十三年（一五八五）三月には紀州征伐を、六月には四国征伐を開始した。天下平定を目指す征服事業を続けながら政権構想も固め、七月十一日、前関白・近衛前久《このえさきひさ》の猶子《ゆうし》となり、関白に叙せられた。羽柴秀吉から藤原秀吉になったのである。朝廷の権威を前面に押し出すことで、天下平定を早める狙いだったという。ちなみに翌年十二月には太政大臣に進み、姓も豊臣に改めて、豊臣秀吉となる。

秀吉の出世に伴って、秀吉に仕える者たちも猛烈な勢いで出世の階段を駆け上がることになった。秀吉が関白になったとき、近臣十二人が諸大夫に任じられ、平馬は刑部少輔《ぎょうぶのしょうゆう》に、佐吉は治部少輔《じぶのしょうゆう》に、福島市松は左衛門尉《さえもんのじょう》に、加藤虎之助は主計頭《かずえのかみ》に任じられた。後世、平馬が大谷刑部と呼ばれるのは、これに由来している。佐吉が石田三成と名乗り始めるのも、この頃からである。

佐吉も虎之助も市松も得意の絶頂にあったといっていいが、平馬だけは少しも浮かれていない。出世が嬉しくなかったわけではない。他に大きな悩みを抱えているせいで、素直に喜びに浸ることができなかったのだ。悩みとは、言うまでもなく、平馬に取り憑いて離れない恐るべき病である。

三十一

「すまぬが、もう一度、鏡を見せてくれ」

平馬が木下勝頼《かつより》に命ずる。勝頼は温厚な中年男で、常に平馬に付き従って、細々とした雑用をこなしている。勝頼の手を借りなければ平馬の日常生活に支障をきたすほどだ。

「新三郎《しんざぶろう》」

勝頼が下役の鳥越《とりごえ》新三郎に声をかける。新三郎は二十歳そこそこの若者だ。

部屋には、もう一人、馬原影十郎《まはらかげじゅうろう》という三十歳くらいの武士が控えているが、影十郎は剣術の達人で、平馬の護衛役である。

この三人が、平馬の側近である。

まだ二十七歳の若さとはいえ、今の平馬は、従五位下・刑部少輔という堂々たる身分を持つ大名となり、下働きの者まで加えれば、数百の家臣や奉公人の主なのだ。

「鏡にございまする」

「うむ」

平馬が鏡を手に取り、そっと覗き込む。そのまま石になったかのように身じろぎもしないが、やがて、鏡を持つ手が小さく震え始め、

「ああっ……」

という呻き声を発する。鏡が手から落ち、平馬は両手で顔を覆った。よく見ると、平馬の右手の小指と人差し指、それに左手の小指の先が黒ずんでいる。病で神経が冒され、毛細血管に十分に血液が通わなくなったために指先が壊死《えし》してしまったのだ。雪山で遭難して、手足が凍傷にかかると、患部が真っ黒になるのと同じ理屈である。

黒ずんでいるのは指先だけでない。鼻の頭も黒くなり、しかも、形が歪んでいる。壊死した肉片が欠落したせいだ。鼻や手足の指のような、肉体の突出部分が壊死して欠落するというのは、この病の特徴なのである。眉毛が完全になくなっており、頭部にも毛がない。

顔全体に豆粒のようなしこりができており、中には、かなり大きなしこりもあって、そのせいで顔が変形して見えるほどだ。十年前には紅顔の美少年と言われたのに、今や、そんな面影はどこにもない。平馬自身、鏡に映るのが自分の本当の姿だとは信じたくない気持ちなのだ。だから、滅多に鏡を見ないようにしている。

「やはり、素顔で会うことはできぬ。頭巾《ずきん》を被り、覆面を付けよう」

平馬が絞り出すように言う。あまりにも容貌が醜く崩れたので、外出するときには頭巾と覆面を着用している。人目にさらすのは、目許だけだ。

「差し出がましいことを申し上げるようですが、一度、顔を隠してお会いになれば、これから先もずっと、そうしなければならぬことになります」

「このような醜い顔を誰が見たいものか」

平馬が自嘲気味に口許を歪める。

「わたしも、それに新三郎も影十郎も、そのようなことを少しも気にしておりません。殿のおそば近くでお仕えできることを心から喜んでおります。見た目がどうであろうと、殿は殿でございまする」

「その方らには感謝している」

平馬がうなずく。

この時代、平馬の患うような病は伝染すると信じられている。伝染力の弱い感染症であることが判明するのは、この物語の三百五十年後である。

それ故、木下勝頼、鳥越新三郎、馬原影十郎の三人は、いつか自分も平馬と同じ病に冒されるだろうと覚悟を決めている。もっとも、強制されたわけではなく、自ら望んで、その役目を買って出た。それだけの忠誠心を勝ち取るだけの魅力が平馬に備わっていたのであろう。

「だが、子供たちは……」

平馬が重苦しい溜息をつく。

この頃、秀吉は大坂城を本拠としていたから、その家臣たちも城下に屋敷を構えている。香瑠と子供たちも大坂で暮らしている。

平馬が、この屋敷に帰ってくるのは三ヶ月振りのことになる。その間に紀州征伐で手柄を立て、四国征伐の準備を手伝い、都で叙任された。忙しかったのは確かだが、もっと多忙な秀吉は、その間に何度も大坂城に帰っているから、平馬も、その気になれば帰宅できないわけではなかった。

だが、帰ろうとするたびに、心に迷いが生じ、逡巡した。香瑠の躾が行き届いているおかげで、これまで子供たちが平馬を恐れる素振りを見せたことはない。

だが、勝太は七歳、とくは六歳になった。幼いとはいえ、何もわからないという年齢でもない。平馬を見て、恐怖心を抱くかもしれなかった。

たとえ、どれほど醜くかろうと、その姿が変わらないのであれば、モノには慣れということがあるから、見慣れてしまえば何も感じなくなるかもしれない。

しかし、平馬の肉体は、時間の経過と共に少しずつ病に侵食されて崩れていく。三ヶ月前の醜い姿と、今の醜い姿は同じではない。今の方が三ヶ月前より、ずっと醜くなっている。肉体が変貌していくので見慣れるということがない。当の平馬自身が己の肉体に怖れを抱いているほどなのだ。子供ならば、尚更、恐ろしいであろう。

「子供たちには会いたい。会いたくてたまらない。勝太ととくは、わしの宝物だ。しかし、会うのが恐ろしい。いっそ、このまま会わぬ方がよいのではないかとさえ思う。そうすれば、今よりましだった頃の姿を覚えていてくれるだろうからな」

三年前、清洲会議を終えて長浜に戻る道々、自分の顔を見て、子供たちがどういう反応を示すかわからないという不安を佐吉に打ち明けたことがある。今にして思えば、そのときの不安など笑い話に思えてしまうほどだ。今の容貌に比べれば、三年前の容貌など、さして嘆くに値しない、ごく普通の顔に思えてしまうくらいなのである。それほど今はひどい、ということである。

都で叙任され、久し振りに大坂の屋敷に戻って来た。叙任については事前に内示を受けていたので、手紙で香瑠に知らせてある。すぐに返事が来て、お祝いの言葉と共に、子供たちも大いに喜び、お父上の帰りを待ちわびていると記されていた。

その日になり、間もなく香瑠が子供たちを連れて部屋に入ってくるという間際になって、平馬は急に落ち着かなくなり、やはり、このままでは会えぬ、顔を隠した方がいい、と慌て始めたのである。

「いらっしゃいました」

新三郎が声を発する。

「あ……」

まだ素顔をさらしたままだ。このままではまずい、どうしたものか……平馬が腰を浮かしかける。勝頼と目が合う。勝頼は、じっと平馬を見つめ、

「ご心配なさいますな」

と大きくうなずく。その背後で馬原影十郎もうなずく。それを見て、平馬は腰を落とし、大きく息を吐く。覚悟を決めたのだ。

最初に部屋に入ってきたのは祐玄《ゆうげん》である。

祐玄は香瑠の叔父で、幼い頃に仏門に入り、京都の建仁寺《けんにんじ》で修行を続けている。大坂にたびたび下って来るのは、平馬が頼んだからである。決して口には出さず、いつも明るく気丈に振る舞っているが、香瑠は、秀吉と共に諸国を転戦し、しかも、恐ろしい病を患っている平馬の身を案じて辛い思いをしているはずであった。そういう香瑠の心細さが察せられるので、留守がちの自分に代わって香瑠の力になってもらえないか、と平馬が懇願し

たのだ。年齢は三十七で、平馬よりも十歳年上である。祐玄に続いて勝太と香瑠が、その後ろから乳母に手を引かれたとくが入ってくる。彼らが平馬の前に坐る。

「このたびは、従五位下・刑部少輔への叙任、まことにめでたきことと存じまする」

表情を強張らせながらも、勝太は澱《よど》むことなくはきはきと挨拶する。何度も練習したおかげに違いない。表情が硬く、心持ち青ざめて見えるのは、緊張しているせいなのか、それとも、平馬の崩れた顔に驚いているせいなのか平馬にはわからない。

「さあ、とく、お父上に申し上げなさい」

香瑠がとくを促す。勝太だけでなく、とくにもお祝いの言葉を練習させたのであろう。

「恥ずかしがることはないのですよ」

「それは楽しみだ。父に聞かせてくれ」

平馬が優しく言葉をかける。

が……。

とくの口から出てきたのは平馬への祝いの言葉ではなく泣き声だ。しくしく泣きながら、とくは乳母の胸にしがみつく。

「こわい」

「……」

その言葉を聞いて、平馬は全身から力が抜けるほどの衝撃を受けた。

「とく！」

香瑠が鋭い声を発する。

「よせ」

平馬が止める。

「とくを叱ってはならぬ。決して叱ってはならぬぞ。とくが悪いのではないのだから……」

もう下がりなさい、と平馬が言うと、申し訳ございませぬ、と目許を潤ませながら香瑠が詫び、子供たちに退出を促す。部屋を出るときも、まだとくは泣いていた。

「子供たちのことは心配なさいますな。香瑠の様子も見て参りましょう」

祐玄が立ち上がる。

「すまぬが、しばらく一人にしてくれぬか」

「殿……」

「頼む」

「承知しました」

勝頼が新三郎と影十郎に小さくうなずくと、二人も腰を上げて部屋から出て行く。勝頼は何か言いたげな様子だったが、肩を落としてうなだれている平馬を慰める言葉を見付けることができず、そのまま黙って部屋を出る。一人になると、平馬は両手で顔を覆った。

「なぜだ……なぜ、わしがこのような目に遭わねばならぬのか……」

やはり、素顔など見せるのではなかった。覆面で顔を隠せばよかった。勝頼が言ったように、そんなことをすれば、これから先、覆面なしには子供たちに会えぬようになるかもしれないが、この醜い顔を見て、子供たちに怖れられたり嫌われたりするよりは、ずっとましではないか……平馬は激しく後悔した。

(果たして、そうだろうか。そもそも、わしの姿がこのままのはずがない。今でさえ、ひどい姿だが、もっと醜くなるかもしれぬ。指先が腐り始めているが、そのうち指が落ちてしまうかもしれぬ。手がなくなるかもしれぬ。やがて、鼻もなくなるかもしれぬ。耳もなくなるかもしれぬ。目も見えなくなるかもしれぬ……)

顔を隠すだけでは足りず、手や足も隠すことになるかもしれない。顔や手足の腐った部分からは今でも嫌な臭いが出ているが、その臭いが強くなれば、いくら顔や姿を隠してもどうにもならなくなってしまい、最後には対面することすら控えなければならなくなるかもしれない……おまえは、そんな姿になってまで生きていたいのか、と平馬は自問する。

考えるまでもない。悩むこともない。子供たちが怯《おび》えて泣くような姿で生き恥をさらすくらいなら、姿を隠しても会えなくなるくらいなら、この世にいても仕方がない、さっさと命を絶つ方がいい……平馬は懐から小柄を取り出す。小柄を抜くのも苦労するほど、手の状態も悪い。紀州征伐で戦に出たときには、刀も槍もまともに持つことができないので、両手で槍を握り、その手を柄《え》に紐で縛り付けて戦った。そんな格好で何人もの敵兵を倒した。ようやく小柄を抜くと、柄の部分を両手で挟むように持ち、自分の喉に向けた。喉を突き刺して自害するつもりなのだ。

目を瞑って、大きく深呼吸する。そこに、

「殿、何をなさるのですか！」

勝頼が飛び込んできて、平馬の手から小柄を奪い取る。

「もうよいのだ。おまえは下がっておれ」

自分でも驚くほど、平馬の心は静まり返っている。もう覚悟を決めたので、慌てたり動揺したりしないのである。

「わたしが余計なことを申し上げたせいで、あのようなことに……」

勝頼が噎《むせ》び泣く。

「おまえのせいではない。悪いのは、この病だ。わしの体にしがみついて離れようとせぬ。それ故、こうするしかない。小柄を返して、下がっておれ」

「いいえ、下がりませぬ」

そこに祐玄が入ってきた。

「平馬は死を覚悟している。その覚悟が変わらぬ限り、ここで止めても、きっと死ぬだろう」

　祐玄が平馬の前に坐る。

「それがわかっているのなら止めても無駄ですぞ」

「死にたいと願う者を無理に生かしておくことなどできぬこと。生きたいと願うようにならねば、どうにもならぬ。それ故、わしは止めぬが、ひとつだけ頼みがある」

「何でしょう？」

「死ぬのなら、明日にしてもらいたい。わしに一日くれ。いや、わしのためではないな。とくのためだと思ってほしい」

「なぜ、とくのためなのです？」

「さっき、とくは平馬の顔が恐ろしくて泣いた。本当に恐ろしかったのだろうから仕方がない。だが、その直後におまえが自害すれば、今は何もわからなくても、大きくなったとき、自分のせいで父を死なせたと悔やむであろう。それを承知で死のうというのだから、わしなどが止めても聞く耳を持たぬとわかっている。せめて一日先延ばししてくれ。とくのためだと思ってな。今日死ぬのも明日死ぬのも大した違いではあるまい」

「何のためにですか？」

「京に上る。急げば、暗くならぬうちに着くことができよう」

三十二

大坂から都に向かったのは平馬と祐玄、それに木下勝頼、鳥越新三郎、馬原影十郎の五人だ。祐玄は平馬を東山《ひがしやま》の清水《きよみず》坂に連れて行った。清水坂は清水寺に続く参道である。

五条大橋を渡り、右手に六波羅蜜《ろくはらみつ》寺を眺めながら道なりに馬を進めると、やがて、道は緩やかな登り傾斜になる。最初に目に入るのは密集して並び建つ掘っ立て小屋である。強い風が吹けば飛ばされてしまいそうな粗末な造りで、入り口には筵《むしろ》を垂らしてあるだけだ。

「少し歩きましょうか」

祐玄が平馬に声をかける。勝頼と新三郎に馬を預け、ゆっくり清水坂を登り始める。

「この者たちは坂者と呼ばれております」

古来、清水坂には参詣人に物貰いをする乞食が数多く住みついており、坂者と呼ばれている。寺社に詣でる者たちは功徳のひとつとして施しをすることを心懸けるから、寺社の周辺には乞食が多いものだが、その中でも、清水坂に集う乞食の多さは群を抜いている。

「なぜ、清水坂ばかりに坂者が多いか、おわかりになりますかな？」

「参詣人が多く、物貰いしやすいからでしょう」

平馬が答える。

「それは違います」

祐玄が首を振る。

「では、なぜですか？」

「清水寺を過ぎて、そのまま坂を登っていけば鳥辺野《とりべの》に辿り着くのです……」

鳥辺野は平安の昔から都人の葬送地である。死者が葬られる鳥辺野の地は冥界への入り口であり、そこを通って浄土に往生できると信じられている。

「つまり？」

平馬が怪訝な顔になる。

「もう少し歩きましょう」

祐玄が平馬を促す。

清水坂の両端には坂者が群れ、声高に施しを願い、参詣人が施しをせずに通り過ぎようとすると悪態を吐《つ》いたりする。

「地獄に墜《お》ちるぞよ」

「呪ってやろうぞ」

などと口汚く罵られると、誰もがいくばくかの施しをせざるを得ない羽目になる。

平馬が不思議に思うのは、下品な坂者たちが、平馬には施しをねだらないことであった。

平馬がそばに来ると、ぴたりと口を閉ざし、さりげなく目を逸らしてしまうのだ。これは、どういうことなのかと祐玄に訊こうと思うが、祐玄は真っ直ぐ前方を見つめ、平馬の問いを拒むかのように口をかたく引き結び、険しい表情をしている。

(何のために、ここに連れてきたのか?)

それもまた謎であった。大坂の屋敷を出てから、今に至るまで、なぜ、清水坂に来たのか、何の説明もないのである。

(病が癒えるように、千手観音さまの御利益にすがれというわけでもなかろうが……)

千手観音は清水寺の本尊で、あらゆる人間を救済してくれる慈悲深い観音として知られている。

と、突然、祐玄が立ち止まる。何も言わず、じっと前方を見遣っている。

平馬がその視線を辿る。

(あ)

思わず声を上げそうになる。

白い布で顔を隠し、柿色の衣を身にまとった者が、ざっと百人、いや、二百人ほども道端にずらりと居並んで物乞いをしている。施しを願って参詣人たちに手を差し伸べているが、両手の指がすべて揃っている者は稀《まれ》で、大抵は何本かの指が失われており、中には、まるっきり指がなくなっている者もいる。

(こ、これは……)

膝ががくがく震える。顔から血の気が引いていくのが自分でもわかる。まるで鏡を突きつけられたように錯覚しそうになる。顔を隠して、道端で物乞いしている者たちは平馬と同じ病に罹《かか》っているに違いない。いや、平馬と同じなのではない。まだ指が腐って欠けていない分、平馬の方が症状が軽い。彼らの姿は、将来の平馬の姿なのだ。

(だからなのか……)

坂者たちが平馬に施しを求めなかったのは、顔を隠した平馬の姿を見て、平馬が恐ろしい病に冒されていると察したせいなのであろう。平馬は坂者たちから哀れまれたのだ。

「なぜ、こんなところに連れて来たのです?」

平馬の声が震えている。

「物乞いが都大路で行き倒れれば、その場で朽ち果てて犬やカラスに食われるしかありませぬ。それ故、病んだ物乞いは、この清水坂に集まってくるのです。ここで死ねば、仲間たちが鳥辺野に運んで葬ってくれるからです。そうすれば、あの世に旅立つことができる。前世の罪をこの世で償えば、来世で極楽往生もかないましょう」

「どうせ死ぬのなら、ここで死ねというのか?」

「馬鹿なことをおっしゃいますな」

祐玄が静かに首を振る。

「怖れさせるために案内したのではありませぬ。ましてや死を勧めるはずがない。よくご覧なさいませ、あの者たちのひどい姿を。刑部殿よりも、よほど病が重いに違いない。それほど長く生きられぬ者ばかりでしょう。しかし、今は生きております。もうすぐ死ぬとわかっていても自ら命を絶とうとする者などおりませぬ。家族に捨てられ、坂者にまで蔑まれながらも必死に生きている。それを見苦しいと思われますか？　わたしは、そうは思いませぬ。人の命は、この世にたったひとつしかない尊いものなのですから、そう簡単に捨てていいはずがない。自ら命を縮めたりしなくても、人はいつか必ず死ぬと決まっているのですから、その日が来るまでは、どれほど苦しかろうと現世にしがみつかなければならぬのです。なぜなら、人がこの世に生まれてきたことには、きっと何か意味がある。その意味がわからないうちは死んではならぬと思うのです」

「……」

平馬が口を開こうとするが言葉が出てこない。

「あの者たちは狭く薄汚い小屋で肩を寄せ合って生きております。他に行くところもなく、頼るべき親も兄弟も子もいない。明日、食べるものさえない。それでも生きている。必死に生きている。あなたは何のために死のうとするのですか？」

「わ、わしは……」

平馬は、その場に膝をつくと両手で顔を覆う。

（家もある。財産もある。官位も得た。香瑠はわしを気遣ってくれる。祐玄殿も親身になってくれる。勝頼や新三郎、影十郎は、わしの病が伝染《うつ》るかもしれぬのに喜んで仕えてくれている。佐吉も、病に罹る前と何の変わりもなく友として親しく交わってくれる。それなのに、わしは死のうとするのか。その者たちが悲しむとわかっているのに、わしの死を悲しむ者たちがいるというのに……)

こんなに恵まれているのに、自分がどれほど幸せなのかを悟ることもなく、自分勝手な理屈で死のうとするとは、おれは何と傲慢《ごうまん》な男なのだ……平馬の目から涙がぽたりぽたりと滴《したた》り落ちる。いつまでも涙は止まらなかった。

三十三

清水寺の宿坊で一夜を明かし、翌朝、平馬たちは大坂に帰った。屋敷に戻る前に、平馬は大坂城に登ることにした。祐玄を先に屋敷に帰らせたのは香瑠を少しでも安心させるためだ。

平馬は秀吉に謁見を求めた。

今や秀吉は従一位・関白という身分である。

しかも、天下統一という大事業を推し進める武将でもある。朝早くから夜遅くまで、それこそ休む暇もないほど忙しい。謁見を願い出ても、順番待ちをしなければならず、その数が途方もなく多い。

木下勝頼が、

「出直されてはいかがですか」

と勧めたのは、長時間、姿勢を正すことが平馬には苦痛だと知っているからだ。病のせいで、足腰も弱くなっている。

「よいのだ」

平馬が首を振る。辛いのは確かだが、今日のうちに何としても秀吉に会いたかった。だから、いつまででも待つつもりでいる。

ところが、さして待つこともなく、秀吉の茶坊主がすり寄ってきて、

「刑部殿、こちらに参られませ」

他の待ち人に聞かれぬように、そっと耳打ちする。

茶坊主は平馬を庭に案内する。数寄を凝らした見事な庭である。地面に散らした白砂や、転々と置かれている巨石、石に生《む》している苔《こけ》、植えられている樹木の一本に至るまで、すべての造形美が計算し尽くされている。大坂城を本拠とするようになってから、この種の風雅に秀吉は惜しみなく金銀を費やして楽しむようになっている。庭の奥にこぢんまりとした茶室がある。

「どうぞ、あちらへ」

茶坊主が丁寧にお辞儀をする。畳石を踏んで、平馬は一人で奥に入っていく。蹲踞《つくばい》で左右の手を洗い、口をすすいでから躙口《にじりぐち》に近付く。戸が手掛かり分だけ開いている。もう亭主が茶室に入っているということだ。平馬が静かに戸を引くと、

「おう、平馬。早う入れ。堅苦しい儀礼はいらぬぞ。面倒な儀礼のないのが茶室のよいところよ」

わはははっ、という秀吉の笑い声が聞こえる。

はい、と返事をして平馬が茶室に入る。

「客が多くて目が回る。しかも、大広間で、それこそ堅苦しい儀礼に縛られて会わねばならぬので肩が凝る。茶室に来ると、ほっとするわ。膝を崩しても、ごろりと横になっても誰も文句を言わぬからのう」

まあ、正式な茶会ともなれば、そうもいかぬが、今はそうではないからな、と秀吉は横になって肘枕をする。

「おまえも楽にしてよいぞ、平馬」

「いいえ、わたしは、このままで結構です」

まさか秀吉と一緒になってごろ寝するわけにはいかない。きちんと正座した。

「難しい話か」

「見ていただきたいものがございます」

「ほう、何かな？」

「これでございまする」

頭巾と覆面を外して、秀吉に素顔をさらす。

「……」

秀吉は両目を大きく見開き、ぽかんと口を開けて平馬を凝視する。右掌で顔をつるりと撫で下ろすと、

「驚いたな、しばらく見ぬうちに随分と変わったものよ。病が進んでいるようだな」

と溜息をつく。

「昨日、都の清水坂に行って来ました。あそこには、同じ病に苦しむ者が数多く屯《たむろ》しております。彼らの姿を目の当たりにして、この先、自分がどうなるのか思い知らされました。手の指も足の指もなくなり、鼻もなくなって、目も見えなくなるのでしょう。体中が崩れて、自分の力では歩くこともできなくなるかもしれませぬ」

「うむ、そうであろうな」

秀吉が物憂げな顔でうなずく。

「少しでも殿下のお役に立てるのならば、この命のある限り、必死にお仕えしたいと願っておりますが、ご覧のように、人目にさらすことを憚らねばならぬほど醜くなり、嫌な臭いまでして、しかも、この病は他人に伝染《うつ》ると言われております。殿下のおそばにいても、

お役に立つどころか、皆に嫌な思いをさせるだけかもしれませぬ。せっかく、刑部少輔に任じていただきましたが、殿下が疎《うと》ましく思われるのであれば、禄も官位も返上して長浜に帰り、仏門に入って余生を送りたいと存じます」

「体が辛いのか？我慢して無理をして務めを果たしているのか？」

「いいえ、別に痛むところはないのです。ただ、体が崩れていくというだけで……。そのうち痛みが出るのかもしれませぬが」

「ならば、わしに仕えよ」

秀吉がきっぱりと言う。

「本当によいのですか？　殿下が無理をなさっておいでなら……」

「馬鹿め。なぜ、わしが無理などしなければならぬのだ？　おまえがどういう病に取り憑かれているか、とうに知っておったわ。今になって疎むくらいなら、こんなところで二人きりで会うものか。何年も前に暇を出しておる。情けないことを言うな、平馬」

「この病のことをご存じだったのですか？」

「清水坂にいる病人たちのことも知っている。わしが昔、何をしていたか知るまい」

「義理の父上と反りが合わずに家を飛び出し、針を売り歩いて食いつないだと伺ったことがございますが」

「利助と名乗っていたことも話したか？」

「はい、そう覚えております」

「そうか。誰にも決して言うまいと心に決めていたが、平馬には話したのだったか」

「上様が本能寺で非業の死を遂げられたことを知り、殿下は動転しておられたのです」

「かもしれぬな。しかし、平馬だからこそ口が滑ったのであろうな。利助と名乗っていた頃の話を知っているのは、平馬の他には寧々しかおらぬ」

　秀吉が小さな溜息をつく。

（そうかもしれぬ……）

　と、平馬も思う。

　酒席などで、秀吉は興が乗ると、

「寧々と祝言を挙げたときは、板敷きに莫蓙《ござ》を敷いて坐ったものだ。屋根からは雨漏りがしていた」

　などと貧乏だった頃の昔話を面白おかしく語って客を笑わせたりするが、それは木下藤吉郎として織田家に仕えてからの話であり、それ以前、つまり、利助と名乗っていた頃にどんな暮らしをしていたか、秀吉は決して語ろうとしない。思い出すのも嫌なくらい辛くて惨めな暮らしだったのであろう。

　そんな秘事を打ち明けたのだから、秀吉はよほど深く平馬を信頼しているのだ。

「しかし、詳しいことを話した覚えはない」

「苦労して針を売り歩いたと聞かされただけでございます」

「針など大して売れるものではないし、売れても高が知れている。とても食っていけるものではない。十五で家を飛び出し、十八で織田家に仕えたが、その三年、よくぞ野垂れ死にすることもなく生き延びたものだと我ながら不思議な気がする。独りぼっちでさまよい歩き、時には何日も食えず、飢えが辛くて畑から大根や芋を盗んで食ったこともある。腹をこわして動けなくなり、もう駄目だ、山犬に食われてしまうのだろうと観念したこともある。道に倒れていても誰も見向きもせず、村に入り込んで休もうとすれば、盗人《ぬすっと》扱いされて石を投げられ、棒で叩かれた。いっそ死にたい、誰か殺してくれと願ったこともある。だが、この世にいるのは鬼だけではない。中には優しくしてくれる者もいた。病に罹って身動きできずにいるわしに水を飲ませてくれた者がいる。食い物を恵んでくれた者がいる。薬を分けてくれた者もいる。高熱で魘《うな》されているわしの額に水で濡らした手拭いを置いてくれた者がいる。そういう者たちは、決まって白布で顔を隠し、柿色の衣を着て、杖をついて旅をしていた」

「殿下……」

平馬は思わず声を発する。遠くを見つめているような秀吉の目は涙で潤んでいる。

「その者たちのおかげで、わしは生き抜くことができた。助けてもらったのは一度や二度ではない。いつも情け深く慈悲をかけてくれるのは柿色の衣を着た者たちだった。聞けば、重い病に罹っているというのに、家族から見捨てられ、村からも追い出されて、遍路をしているのだという。神仏にすがる以外に助かりようがないので、自分の足で歩けるうちは霊場を巡り、動けなくなったら都に上って、清水坂で物乞いをすると聞いた。清水坂で死ねば、仲間が鳥辺野に葬ってくれるので、そこから極楽に旅立てるのだ、と」

秀吉が袖で涙を拭い、洟を啜《すす》る。

「わしはな、平馬。あの者たちの背中に何度も手を合わせた。世間から忌み嫌われている者たちだが、わしにとっては命の恩人よ。彼らに助けてもらわなければ、織田家に仕える前に行き倒れて死んでいた。そんなわしが、おまえが病に罹ったからといって見捨てるはずがないではないか。その病を疎むはずがないではないか。しかも、おまえが病に罹ったのは、わしに忠義を尽くしてくれたせいだというのに」

「……」

平馬は、はらはらと涙を流し、体を震わせる。

「勘違いしてはならぬぞ。わしはおまえを哀れんでいるのではない。おまえが必要なのだ。そばにいてもらわねば困るのだ。なるほど、戦ならば、官兵衛に任せておけば間違いはない。あれは大した軍師よ。だが、心から信じることができぬ奴でもある。わしが隙を見せれば、ここぞとばかりに寝首を掻こうとするに違いない。それを責めるつもりはない。戦国の世を生き抜くには、そういう虎狼《ころう》の如きあさましさが必要なこともあるからだ。戦以外のことであれば、佐吉に任せれば安心できる。あれほど賢い男は滅多におらぬが、佐吉にとっては、わしが主でなくても構わぬのだ。わしのことが好きなのではなく、仕事が好きなのだからな。官兵衛のようにわしの寝首を掻くとは思えぬが、わしの身に何かあれば、己の才を生かせる場を求めて、さっさと他家に鞍替《くらが》えするであろうな。ならば、血の繋がった虎之助や市松ならば何でも任せられるかといえば、そんなことはない。戦国の世においては、血の繋がりが争いの種になることも多い。上様が亡くなってから、兄弟同士で醜い争いを演じたことを平馬も覚えておろう。何の疑いもなく、わしが信じられるのは平馬だけなのだ。今までも心から忠義を尽くしてくれたし、これからも尽くしてくれるに違いない。そういう者が一人だけでもそばにいてくれなければ困るのだ」

「……」

平馬は何も言うことができない。抑えようもなく、滂沱と涙が溢れて止まらないからだ。

「病が重くなり、どうにも耐え難くなったら無理に引き留めはせぬ。勝太に家督を譲って隠居し、病を養うがよい。それまでは、わしに仕えてくれ。秀吉の頼みじゃ」

目を真っ赤にして、秀吉が言う。

（こんなに殿下も優しいではないか。それなのに、おれは家族も殿下も置き去りにして、あの世に逝こうとした。何と愚かな男なのだ。どうしようもない馬鹿者ではないか……）

狭い茶室の中に、いつまでも平馬の啜り泣く声が響く。

三十四

秀吉の厚情に触れて、平馬は、我が身が朽ちるまで秀吉に尽くそうと心に誓った。

だが、その胸の昂《たか》ぶりも城を下がって屋敷に向かう頃には鎮まり、また重苦しい憂鬱が襲ってくる。

（屋敷を出なければなるまいな……）

とくに泣かれたことだけが理由ではない。この恐ろしい病を万が一にも子供たちに伝染してはならないと思うからだ。家族と離れて暮らしながら秀吉に奉公する道を選ばなければならないと己に言い聞かせた。

もちろん、淋しさを感じないわけがない。

香瑠と子供たちは平馬の宝物である。遠い戦場で戦っているときも、家族を思わぬ日は一日もなかった。家族と会うことを励みとして生き抜いてきたのだ。その家族と離れるなどと考えるだけで身を引き裂かれるほどに辛い。

しかし、妻や子を危険にさらすわけにはいかないし、怯えた視線を子供たちから向けられるよりは、孤独に耐える方がましだという気もする。

屋敷に戻ると、祐玄が玄関先まで迎えに出て来た。

何のためにに登城するのか、その理由を平馬から聞かされていたので、祐玄も気を揉《も》んでいたらしい。

「どうだった？」

「これまでと変わりなく奉公してよいそうです」

「おお、それは……」

祐玄は明るい表情になり、それはよかった、それはよかった、と繰り返す。

「殿下は心の広いお方です。そんなことはわかっているつもりでいましたが、いや、何もわかっていなかった。わたしなどが想像していたより、ずっと心が広いのです。しかも、優しさに満ちている。その優しさに甘えることにしました」

「わしの目には関白殿下も立派だが、殿下に忠義を尽くす平馬も立派に見えるぞ。だが、優しいのは殿下だけではない。すぐ身近にもいるではないか」

「香瑠ですか」

「もしや、おまえが都から戻らぬのではないかと、ずっと心配していたらしい。無理もなかろう。昨日は、何も言わず、わしに任せろと香瑠に言い聞かせたが、生きる決意をし、殿下に仕え続けると決めたからには、おまえが自分の言葉で香瑠に話さなければなるまい。わしなどが口を出すべきではない」

「わたしもそう考えていました。香瑠に話さなければならぬことがあるのです」

玄関に入ろうとして、ふと平馬は足を止めて振り返り、

「あのことですが……」

「何も言ってはおらぬ」

祐玄が首を振る。はっきり口に出さなくても、平馬が自害しようとしたことだと察している。

「わしも勝頼も、もう忘れた。おまえも忘れることだ。一時の気の迷いに過ぎぬ。しかし、それを香瑠が知れば、さすがに平静ではいられまい」

「はい」

平馬が安堵の吐息を洩らす。妻や子供たちがいる同じ屋敷で自害を試みたことが遠い昔のことのような気がする。しかし、それは昔のことではなく、ほんの昨日のことだ。それを思い返して、平馬は身震いする。いかに錯乱していたとはいえ、あとに残される者のことも考えずに自ら命を縮めようとするなどとは、あまりにも常軌を逸しており、とても自分のしたこととは思えない。

（香瑠が知れば、どれほど嘆き悲しんで力を落とすことか……）

そんな想像をするだけで居たたまれない気持ちになる。もう忘れた、という祐玄の言葉がありがたかった。廊下を渡っていきながら、

（いや、そうではない。他の者はどうであれ、自ら命を絶とうとしたことを、おれだけは

決して忘れてはならない。心の弱さに負けてしまったのだ。これから先、自分の弱さに負けぬためにも、昨日のことは戒めとして覚えておかなければならぬ……）

　そうだ、死ぬ気で殿下に忠義を尽くし、香瑠や子供たちを見守っていくためにも、自分の弱さに負けてはならないのだ、と平馬は己に言い聞かせる。

　座敷に入ると、香瑠が憔悴《しょうすい》した様子で坐り込んでいる。それでなくても小柄なのに、いつも以上に小さく見える。床が軋《きし》む音に気が付いて、ハッと顔を上げる。頰が痩《こ》け、目に涙を溜めている。その顔色の悪さを見て、ゆうべは眠っていないのだろうと平馬は察した。香瑠に向かい合って腰を下ろすと、

「心配をかけたな。すまなかった」

　平馬が深く頭を下げる。

「突然、都に上られたので、もう戻って下さらぬのではないかと案じておりました」

「おれは……」

　と言いかけて、平馬は慌てて口を閉ざした。香瑠には隠し事ができない。何でも正直に話してしまうと気が付いたのだ。

「何でしょう？」

「いや、いいのだ。何でもない」

「平馬殿……」

香瑠が姿勢を正し、平馬を真っ直ぐに見つめる。

「その頭巾を取って下さいませ。顔を隠している覆面も」

「それは困る」

「お願いでございます」

「……」

あまり真剣に見つめるので、とうとう平馬の方が根負けし、覆面と頭巾を外した。

「これでいいか」

「さあ、話して下さいませ。昔から平馬殿は嘘をつくことのできぬ人でした。お顔をじっと見つめていれば、それが本当なのか嘘なのか、すぐにわかったものです。だから、覆面を取って下さい、とお願いしたのです」

「昔とは違う。こんな顔になったのだから」

「重い病に罹ったのは、平馬殿のせいではありませぬ。なぜ、そのように恥じるのですか。わたしには、それがわかりません。人の姿は変わっていくものです。わたしだって、昔とは違います。年を取れば、腰が曲がり、皺《しわ》も増え、髪も真っ白になってしまうでしょう」

「それとこれとは違う」

平馬が首を振る。

「何も違いませせぬ。いくら姿が変わろうと、人としての中身までは変わらぬと存じます。

齢《よわい》を重ねて老婆になっても香瑠が香瑠であるように、病で見た目が変わっても平馬殿は平馬殿であるはずです」

「おまえの気持ちは嬉しい。だが、子供たちに辛い思いをさせたくはない。わしも、このような姿をさらすのは辛い。それに、もしや、病が伝染るようなことになったらと考えると……」

「病が伝染るのであれば、とうに伝染っておりましょう。そのようなことを心配なさいますな。平馬殿の気持ちを重くしているのは、とくのことでございましょう？」

「とくが悪いのではない。まさか叱ってはおらぬであろうな？」

「叱ってはおりません。ゆうべ、平馬殿が出かけた後、勝太ととくの三人で話をしただけです」

「何を話したのだ？」

「平馬殿のことです」

「わしの？」

「三人がそれぞれ平馬殿との思い出を語ったのです。最初にわたしが話しました。子供の頃、一緒に遊んだり手習いをしたこと、城勤めをしていた頃のこと、結婚して暮らし始めた頃のこと、勝太やとくが生まれてからのこと……いくらでも思い出が溢れてきました。それから勝太が、平馬殿と相撲をしたり、魚釣りをしたこと、馬に乗せてもらったことを話しました。とくは、一緒に貝合わせをしたり、絵双紙《えぞうし》を読んでもらったり、水遊びをしたり、肩車をしてもらいながら夕陽を眺めたことを話したのですが、話している途中で勝太ととくが泣き出してしまいました」

「そうか、泣いたか……」

平馬が溜息をつく。思い出の中にいる優しい父親があまりにも醜くなってしまったことが悲しかったのだろうと思った。

「誤解なさいますな。勝太ととくは、父上に会いたい、会いたいと言って泣いたのです」

「え。二人がか？」

「はい。昨日、とくが泣き出したことにしても、考えてみれば、何の心構えもなかったのですから、まるで別人のように思われて驚いたのでしょう。まだ六つなのですから、驚くなと言う方が無理でした。しかし、時間が経って落ち着けば、いくら姿形が変わろうと、やはり、優しい父上に変わりはないと気が付いたのです。だから、父上に会いたいと言って二人は泣いたのですよ。ここに呼んでも構いませぬか？　向こうの部屋に二人を待たせているのです」

「頭巾や覆面をしないで会えというのか」

「そんなものは必要ありますまい」

香瑠が腰を上げようとするのを、待ってくれ、と平馬は止め、

「隠しておくつもりだったが、やはり、正直に話しておこうと思う。わしは、昨日……」

昨日、死ぬつもりだったのだ、と平馬は言い、祐玄に止められて京都の清水坂に出かけて、自分と同じ病を患う病人たちを数多く目にしたこと、祐玄に諭されて、自害しようとした愚かさを悟ったこと、大坂に戻って秀吉に会ったことを香瑠に話した。

「殿下は、わしが仕えることを許して下された。城から屋敷に戻る道々、わしは一人で大坂に残り、おまえたち三人は長浜に帰そうかと考えた」

「なぜ、そのように先走ったことを……」

香瑠の表情が曇る。

「子供たちに、これ以上、嫌われたくないと思ったからだ。このまま二度と会わぬようにすれば、あの子たちの胸には優しかった父の姿だけが残るだろうと考えたからだ。だから、わしは……」

平馬が苦悩に満ちた声を絞り出したとき、

「父上！」

廊下から勝太が走り込んできた。

「おお」

平馬が顔を上げると、いきなり、勝太が胸に飛び込んでくる。

「父上さま！」

今度は、とくが駆け込んでくるが、敷居に足を引っ掛けて転んでしまう。表情が歪んで今にも泣き出しそうになるが、勝太が平馬に抱きついているのを見ると、ぐっと痛みを堪えて立ち上がり、勝太に負けじと平馬に抱きつく。思いがけず子供たちに抱きつかれて平馬が戸惑っていると、

「申し訳ございませぬ。母上さまが呼びに来るまで、おとなしく待っていなければなりませぬよと申し上げたのですが、すぐにでも父上に会いたいのだとおっしゃいまして……」

乳母が弁解しながら部屋に入ってくる。

「なぜ、黙って都に上ってしまわれたのですか。勝太は悲しくて泣いてしまいましたぞ」

勝太が平馬を見上げる。

「すまぬ、すまぬ。どうしても行かなければならぬ急ぎの用があってのう」

「とくも泣きました。兄上よりも、とくの方がたくさん泣きました」

とくが口を尖らせて訴える。

「何を言うか。昨日は、父上が怖いと言って泣いたではないか」

「昨日は怖いと思いましたが、今は少しも怖くありませぬ。とくの大好きな父上でございまする」

とくが勝太を押し退《の》けて平馬の胸にすがりつこうとする。

「押すな、バカ」

「とくは、バカではありませぬ。バカと言う方がバカなのです。以前、父上が、そうおっしゃいました。ねえ、父上？」

「いやいや、勝太もとくもよい子だ。バカなどではないぞ。とてもよい子たちじゃ」

平馬は涙が溢れそうになるのを必死に我慢しながら笑顔を見せる。

「兄上、押さないでよ」

「おまえが押してるんだ」

勝太ととくが言い争いを始めると、

「二人ともいい加減になさい。見苦しい争いをするのなら、父上から離れなさい」

香瑠に叱られて、子供たちがしょんぼりして平馬から離れると、

「母がこういたします」

香瑠が平馬の胸に頭を寄せる。それを見て、

「ずるいぞ、母上」

「そうよ、ずるい、ずるい」

勝太ととくがまたもや平馬にすがりつこうとする。

三人に押されて、

「おいおい、これでは父が潰されてしまうぞ」

平馬が笑いながら、床にひっくり返る。香瑠と子供たちの肌の温かさを感じながら、

（この温もりを忘れまい。妻と子供たちがいる限り、わしは決して不幸ではないのだ）

平馬の目から涙が溢れ、頬を伝い落ちる。

第二部　白　頭

一

不思議な若者が登場する。

いくつもの奇妙な因縁に引き寄せられ、平馬の人生に深く関わり、平馬がこの世を去るまで深い絆で結ばれることになる若者である。

天正十四年（一五八六）の六月に二人は初めて出会ったが、そのときまで平馬は、その若者の名前すら知らなかった。初めて会ったときの印象は、

（気持ちのいい若者だな）

という程度に過ぎない。

にこにこして愛想がよかったからである。

佐吉の屋敷で会った。

六月の初め、

「急いで屋敷に来てもらいたい」

という手紙が佐吉から届けられたとき、その用件について、

(ああ、あのことだろう)

と、平馬は察しがついた。

関白に任じられた秀吉は自分の意思を行政化して執行するために奉行職を設置した。いわゆる五奉行の制であり、前田玄以《げんい》、浅野長政《あさのながまさ》、増田長盛《ましたながもり》、石田佐吉、長束正家《なつかまさいえ》の五人が選ばれた。設置当初、職掌《しょくしょう》が曖昧で何かと混乱が起こり、その混乱を解決しながら行政を円滑に進めなければならず、佐吉も目の回るような忙しさだった。そこに秀吉から、

「堺奉行を兼ねよ」

と命じられた。

信長の頃から堺の行政を担っていた松井友閑《まついゆうかん》が病を得て辞職をしたことに伴う応急処置だったが、

「とても無理でございます。手が回りませぬ」

と、佐吉は悲鳴を上げた。

「ならば、平馬に手伝わせよう。気心の知れた者同士だから、うまくやれるであろう」

秀吉は平馬を佐吉の補佐役に任じた。

そうなれば佐吉としても受けざるを得なかった。

この時期には、平馬が不治の業病に冒されていることは知れ渡っており、同じ役に就くことを嫌がる者が少なくない。同じ役に就けば、何かと顔を合わせることも多く、そばにいれば病が伝染るのではないかと危惧するせいであった。城中では普通に挨拶しても、城を出てしまえば平馬と距離を置き、交際を控えるという者ばかりで、何のわだかまりもなく平馬に接するのは秀吉と黒田官兵衛、あとは幼馴染みの佐吉、福島市松、加藤虎之助くらいのものだ。

口には出さずとも、平馬が居心地の悪さを感じていることを佐吉も察している。久し振りに平馬が陽の当たる役に就く後押しをしたかった。佐吉の忙しさは秀吉も承知しているから、いつまでも堺奉行を兼務させるはずもない。短期間で任を解かれれば、補佐役の平馬が奉行に昇格する……そんな流れになることを期待した。

もっとも、これは佐吉らしい独善的な見方に過ぎず、秀吉には秀吉なりの考えがある。

いきなり堺奉行という要職に任じても、まごつくことなく仕事を円滑にこなせるのは佐吉しかいないと白羽の矢を立てたものの、後になって心配になってきた。

というのも、確かに佐吉は有能で、どんな仕事も手際よくこなすが、自分が賢すぎるために周りの者が阿呆に見えてしまい、しかも、相手を見下す感情を隠すことができないという欠点がある。気配りに欠け、時として強引すぎるやり方で自分の主張を押し通し、理詰めで相手を屈服させることを好むので恨みを買いやすく、誤解されやすい。秀吉という後ろ盾がいるから誰も表立っては口にしないが、佐吉は多くの者から憎まれている。いつものように高飛車なやり方で仕事を始めたら、温厚な松井友閑のやり方に慣れた者たちが面食らうかもしれぬ……そう考えて、言うなれば、緩衝《かんしょう》材としての役割を期待して平馬を補佐役につけることにしたのだ。

佐吉からの手紙を受け取った平馬が、

（あのことだろう）

と察したのは、つまり、これから堺を治めていくにあたっての職掌分担に関する打ち合わせをしたいのだろうと思ったわけである。

しかし、そうではなかった。

平馬が佐吉の屋敷に赴くと、佐吉は旅支度をしていた。佐吉ほどの地位にある者が公務で旅をするとなれば多くの供を従えることになるから、屋敷中が旅の支度でばたばたしている。

「どこに行くのだ？」

あまりにも支度が大がかりなので平馬が怪訝な顔で訊く。

「金沢だ」

「金沢？」

「弾正少弼殿《だんじょうしょうひつ》の上洛が決まった。そのお迎えを殿下に命じられたのだ」

「ほう、いよいよ、上洛か……」

弾正少弼というのは、越後の主・上杉景勝のことである。景勝は、神将と畏敬された謙《けん》信《しん》の後継者だ。政治もそつなくこなし、戦もうまい。謙信亡き後も、上杉家の勢いはまったく衰えず、関東の覇権を巡って、北条、徳川と三《み》つ巴《どもえ》の激闘を演じている。

本能寺の変が起こったとき、景勝は柴田勝家と対峙していた。秀吉が勝家と争うようになったことで、景勝と秀吉は誼《よしみ》を結んだ。賤ヶ岳の戦いに勝利し、勝家を滅ぼした後、秀吉は徳川家康と対立したが、かねてから甲斐《かい》・信濃を巡って徳川家と争っていた景勝は秀吉との提携を維持強化する道を選んだ。これら一連の交渉を行ったのが景勝の重臣・直江《なおえ》兼続《かねつぐ》と佐吉である。以後、佐吉は両家の取り次ぎ役を担っている。

景勝の上洛は、上杉家が秀吉傘下に入ることを意味する。これまでは対等な同盟関係だったが、それが主従関係に変わるわけで、上杉という強国を従えることで秀吉政権は基盤が安定することになる。いまだに服従を拒み、上洛の誘いに応じようとしない徳川家康への圧力にもなるはずであった。

だからこそ、秀吉は大いに喜び、佐吉に金沢まで出迎えに行くことを命じた。景勝を客人として迎える姿勢を示し、相手に卑屈な思いをさせまいという秀吉らしい細やかな心配りである。

「堺のことではないのか」

ならば、何のために呼ばれたのか、と平馬は小首を傾げる。

「人を預かってほしい」

「誰を預かれというのだ?」

「屋敷に引き取って世話をしてくれというのではない。大坂城で暮らしているし、勝手に城から出ることもできぬ。おまえに頼みたいのは、わしに代わって見守ってほしいということだ」

「人質か」

平馬が顔を顰《しか》める。秀吉に臣従を誓った大名たちは、その証として人質を差し出す習わしだ。そういう人質たちは大坂城で暮らしている。彼らの生活の面倒は秀吉が見ているが、あまり贅沢もできず、何かと不自由なことも多い。それ故、人質を差し出した大名家から頼まれた者が何かと気を遣ってやることになる。

「まだ上洛もしていないのに、もう人質を差し出してきたのか?」

佐吉が人質の世話をするのなら、それは取り次ぎ役を務めている上杉の人質だろうと平馬は推測した。

「上杉ではない。真田《さなだ》から差し出された人質だ」

「真田? 信濃の真田か」

「そうだ」

「それならば、弾正少弼殿に従っているのではないのか？」

平馬の記憶では、去年、秀吉が四国征伐を行った頃に、真田家が上杉家に臣従したという話を耳にした覚えがある。当然、そのときに真田家から上杉家に人質が差し出されたはずである。上杉家が秀吉に臣従することになれば、陪臣として真田家も秀吉の支配に服することになるから、わざわざ、真田家が秀吉に人質を差し出す必要はない。

「上杉への臣従を解消し、改めて殿下に従いたいと願い出たのだ」

「なぜ、そのようなことを？」

「このままでは、真田は北条と徳川に飲み込まれてしまう。上杉だけでは、とても真田を守り切れぬ」

「それで殿下の力を？」

「そういうことだ……」

と、佐吉はうなずき、真田家の置かれている窮状を説明した。

二

真田家の現在の主を昌幸《まさゆき》という。

四十歳の男盛り、歴戦の強者《つわもの》である。

真田家は昌幸の父・幸隆《ゆきたか》の代から武田家に仕えていた。昌幸は七歳のときに人質として甲府に赴き、躑躅《つつじ》ヶ崎《さき》館で武田晴信《はるのぶ》に仕えた。晴信は後の信玄である。信玄は昌幸の聡明さを気に入り、大いにかわいがってわが子のように教育した。昌幸もまた信玄に懐き、神の如くに敬った。

十五歳のとき、歴史に名高い第四回の川中島《かわなかじま》の戦いに初陣した。信玄と上杉謙信が一騎打ちし、甲越両軍合わせて八千人もの死者を出したと言われる大激戦である。これ以降、昌幸は常に信玄に従って出陣し、信玄の采配を間近で学んだ。

昌幸が二十七歳のとき、信玄が亡くなった。武田家を継いだのは四郎勝頼である。勝頼の器量は信玄と比べるべくもなく、その九年後、織田信長が送り込んだ未曽有の大軍の前に為す術なく滅び去った。真田家の苦境は、ここから始まったといっていい。

昌幸は信長に臣従し、関東管領・滝川一益の配下に属することになった。その直後、本能寺の変が起こって、信長が死んだ。ここぞとばかりに小田原《おだわら》の北条氏が牙《きば》を剝《む》き、神流《かんな》川《がわ》合戦で織田軍を撃破、滝川一益は領地を捨てて西に敗走した。北条軍は信濃に雪崩れ込んだ。昌幸は北条氏の軍門に下り、臣従を誓わざるを得なかった。

だが、本心から従ったわけではない。北条氏が真田の領地、特に父祖の眠る沼田《ぬまた》を奪おうとしていることを知っていたからである。

　徳川軍が甲斐に進出し、北条軍と対峙すると、すかさず昌幸は家康に使者を送り、北条と手を切り、徳川に味方したいと申し出た。家康は大いに喜び、昌幸に本領安堵を約束した。昌幸は徳川に臣従することになった。勝頼が死んでからわずか半年のうちに、織田、北条、徳川と主を変えたことになる。昌幸が、

「食わせ者」

「信用ならぬ奴」

「いかさま師」

などという悪評を立てられるのは、この頃からだ。

　その三ヶ月後、北条と徳川は和睦したが、その条件のひとつに、

「沼田を北条に渡す」

という一項があり、このことが家康に対する昌幸の信頼を大きく揺るがせ、不信感を抱かせることになった。

（所詮、徳川も頼りにならぬか）

　昌幸は臍《ほぞ》を嚙んだ。

　たまたま織田家内部で家督を巡る争いが起こり、それに家康も関わったので、真田などに構っていられなくなった。その隙に昌幸は、せっせと沼田の防備を固めた。北条に沼田を渡すつもりは毛頭なかった。家康がようやく真田問題に目を向けたのは天正十三年（一

五八五）春のことで、前年の暮れに秀吉と和睦したことで徳川の領地で起こっている諸問題に取り組む余裕ができたのである。北条からは何度となく、約束を守れ、沼田を引き渡せと催促されていた。家康は昌幸に使者を送って沼田を北条に渡すように命じたが、昌幸はのらりくらりと返答を先延ばしにした。

（徳川の言いなりになっていたら、沼田を北条に奪われてしまう）

昌幸は徳川と手を切ることを決意し、密かに越後の上杉景勝に接触した。

しかし、昌幸の悪評は越後にも聞こえていたから、景勝もそう簡単に首を縦に振らなかった。景勝の右腕・直江兼続は、助けてほしければ人質を差し出せ、と要求した。やむなく昌幸は二男の源次郎信繁《げんじろうのぶしげ》を人質として越後に送ることにした。これが後の幸村《ゆきむら》で、このとき十九歳である。

昌幸の裏切りを知った家康は激怒し、大久保忠世《おおくぼただよ》、平岩親吉《ひらいわちかよし》らに七千の兵を預けて真田討伐に向かわせた。昌幸は上田《うえだ》城に立て籠もった。その兵力は一千にも足りず、城の防備も大したことがない。

上田に到着した徳川軍は、あまりにも貧弱な守りを哀れみ、昌幸の首を差し出して降伏すれば、それ以外の者の命を助けると寛大な申し出をした。昌幸は、

「馬鹿め」

と、せせら笑うと、使者を追い返した。

大久保忠世、平岩親吉らは大いに怒り、

「ならば、力攻めにして押し潰すべし」

と翌朝の攻撃を決めた。

天正十三年閏《うるう》八月二日早朝、徳川軍は上田城に向けて進軍を開始した。

これを世に第一次上田合戦と呼ぶ。

徳川軍は真田軍を見くびっている。貝のように城に閉じこもっていると予想していた。

ところが、真田軍は城外で待ち受けていた。もっとも、その数は二百人ほどに過ぎない。

七千の徳川軍から見れば、鼻くそのようなものだ。その鼻くそが生意気にも鉄砲を撃ちかけてきた。しかも、ひとしきり鉄砲を撃つと、

「三河の田舎者ども、これでも食らえ」

徳川軍に尻を向け、一斉に屁《へ》を放った。

これを見て短気な大久保忠世が顔を真っ赤にして怒り、

「行け、行け！　皆殺しにしてしまえ」

と叫んだ。

うおーっと叫びながら徳川兵が走り出す。真田兵は悪口雑言を喚《わめ》き立てながら城を指して逃げていく。

真田兵は大手筋から木橋を渡って二の丸に駆け込む。それを徳川兵が追う。戦術眼に優

れた者が徳川軍にいれば、

（これは怪しい）

と疑ったはずである。

こうも易々と敵を二の丸に入れるなど、普通では考えられないことだ。二の丸が落ちれば、あとは本丸が残るだけである。本丸も水堀に囲まれているが、さして大きくもない本丸なので水堀越しに二の丸から鉄砲や大砲で本丸を攻撃できる。そうなれば、上田城はひとたまりもない。信玄の愛弟子である昌幸がそんな愚かなことをするものかどうか、冷静に考えればわかるはずであった。

二千ほどの徳川兵が木橋を渡ったとき、突如として爆発音が起こり、木橋が吹き飛んだ。あらかじめ爆薬が仕掛けられていたのだ。言うまでもなく、徳川兵の退路を断つためである。あとは修羅場だ。

昌幸が隠していた伏兵が徳川兵を鉄砲で狙い撃ちする。混乱した徳川兵は逃げ道を求め、ある者は水堀に飛び込んだ。しかし、次々と飛び込むので身動きが取れなくなり、この水堀で数百の徳川兵が溺死した。ある者は、城の横を流れる尼《あま》ヶ淵《ふち》に逃れようとするが、急な崖に足を滑らせて転落死するものが続出した。

水堀の向こう側に取り残された五千の徳川軍は何とか味方を助けようと右往左往する。その背後から五百の真田軍が静かに近付く。夜明け前に昌幸がこっそり城から出しておいた伏兵である。その五百が一斉に徳川軍の背後から襲いかかる。徳川軍は蜘蛛《くも》の子を散らすように逃げ惑い、その多くは城の東を流れる神川《かんがわ》に追い詰められ、川に飛び込んで溺れ、そうでなければ、真田軍の餌食になった。

昼過ぎに、ようやく大久保忠世と平岩親吉が敗残兵をまとめたとき、七千の兵が半分に減っていた。徳川軍がこれほどの大敗を喫するのは前代未聞といってよかった。負けたことがないわけではなく、例えば、有名な三方《みかた》ヶ原《はら》の戦いでは家康自身が武田信玄に木っ端微塵にされ、命からがら城に逃げ帰るという惨敗を喫したが、そのときは三万の武田軍にわずか一万で立ち向かったので、その敗戦は家康にとって恥ではない。今度はそうではない。真田軍の七倍もの兵力を持ちながら、わけがわからないうちに無残に敗れたのである。

彼らは、すごすごと家康のもとに帰った。報告を聞いた家康は呆然とし、一日中、誰とも口を利かず不機嫌そうに爪を嚙んでいたという。家康と昌幸の抜き差しならぬ不和は、ここから始まったと言っていい。

ちなみに、ふた月ほど後、今度は北条軍が沼田城に攻めかかってきたが、これも昌幸は返り討ちにしている。平気で主を替えるという悪評と共に、

「稀代の名将ではないか」

「さすが信玄公の愛弟子よ」

という評価も定着してきた。

北条軍を撃退した直後、昌幸は秀吉宛に書状を送り、臣従の申し入れをしている。徳川軍に攻められたときも、北条軍に攻められたときも上杉は援軍を送って来なかったので、

（上杉も頼りにならぬ）

と見切りを付けたのである。北条、徳川と敵対し、上杉も当てにならないとすれば、織田に替わって天下統一事業を推進する秀吉にすがるしかない、と昌幸は考えた。秀吉が承知すると、昌幸は信繁を越後から連れ出し、直ちに大坂に送った。

三

「なるほど……」

佐吉の話を聞いて、平馬は大きくうなずく。

「大国の狭間で小国が生き延びるのは楽ではないということだな」

「だからといって、あまりにも節操がなさすぎる」

佐吉が渋い顔になる。

「確かにな」

平馬がうなずく。武田家が滅んでからの昌幸の身の処し方は、そうしなければ生き残ることができないという事情があったにしても、やはり、尋常ではない。わずかの間に織田、

北条、徳川、上杉、羽柴……と五回も主を替えているのだ。

「要は、本当の主は今でも武田以外にはないということなのだろうな。本気で仕える気持ちがないから、平気で主を替えることができるのだ」

「武田というか、信玄だけが主なのだろう。酒に酔うと安房守《あわのかみ》は、『信玄公さえ生きておられれば……』というのが口癖だというしな。信玄公の肖像を神棚に飾って、朝夕、礼拝しているという噂もある」

　つまりは食わせ者なのだ、と佐吉は顔を顰める。

「食わせ者かな」

「他に言い様はない。殿下も好きこのんで火中の栗を拾うような真似をしなくてもよいものを……」

　今や真田は、北条からも徳川からも上杉からも憎まれている。真田の領地を奪い取ろうと三家が虎視眈々《こしたんたん》と狙っているのだ。殿下にとって何の関わりもない土地のために争いの渦中に踏み込む必要などないではないか……佐吉が恨みがましく言う。

「なぜ、それほど真田を嫌う？」

「別に嫌ってはおらぬ。ただ、真田のために、おれまでが迷惑を被《こうむ》っている」

「ああ、そういうことか」

　ようやく平馬も合点がいく。

佐吉は上杉の取次役である。上杉は真田が上杉を見限って羽柴に乗り換え、信繁を大坂に送ったことを苦々しく思っているはずだ。その信繁の世話役を佐吉が引き受けていると知られれば、上杉からどんな目で見られることか……そんな心配をしているのであろう。だから、金沢で景勝に会う前に、信繁の世話役を平馬に押しつけてしまおうという腹に違いなかった。

（ふむふむ、そうか、そういうことか……）

佐吉の魂胆を見抜いても、平馬は腹を立てたりはしない。長い付き合いだから佐吉に悪気がないことはわかっている。平馬ならわかってくれるだろう、何とかしてくれるだろうという甘えがある。

「よかろう」

平馬がうなずくと、

「おお」

佐吉は喜色を浮かべて、ぽんと膝を叩く。

「引き受けてくれるか」

「食わせ者の倅の世話をするのは気が重いが、おまえの頼みでは断ることもできぬ。しかし、わしを見れば、相手の方が嫌だと言うかもしれぬぞ」

平馬が言うと、佐吉は口許を歪めて、ふふふっと笑い、そんなことが言えるものか、人質という立場なのだぞ、と腰を上げ、呼んでくるから待っていてくれ、と部屋を出て行く。

（さて、食わせ者の倅は、どんな男であることか……）

平馬が抱いている安房守昌幸の印象は決して明るいものではない。どことなく陰気で暗い印象を持っている。戦国の世を生き抜くためには仕方がないとはいえ、利用できるものは何でも利用し、用が済めば平気で捨て去って見向きもしない、という感じがするのだ。

そんな昌幸の倅ならば、さぞ悪知恵の働く狡猾《こうかつ》な男なのではなかろうか。

実際、大坂城で暮らす人質にはそういう者が少なくない。実家が秀吉に背けば命がないという過酷な状況に置かれているから当然と言えば当然だが、他人との交際を避け、人目を気にしながら息を殺すように暮らす者ばかりだ。昌幸の二男・信繁もそういう暗い目をした男なのではないかと想像し、佐吉の頼みだから否応なく承知してしまったものの、正直に言えば、気が重い。

廊下を踏む音が聞こえ、佐吉が部屋に戻ってくる。その後ろに小柄な青年が従っている。

佐吉が平馬に向かい合って腰を下ろすと、その青年は下座に行儀よく坐る。

「大谷刑部少輔殿である。わしが留守をする間、世話役を引き受けて下さった」

佐吉が平馬を紹介すると、

「真田安房守昌幸が二男、源次郎信繁にございまする」

深々と頭を下げる。

「大谷刑部少輔でござる」

平馬も会釈を返す。

「源次郎殿は、いくつになられる？」

「二十にございまする。あ、できますれば……」

「何かな？」

「源次郎と呼んでいただいて構わぬのですが、自分では幸村と名乗っております」

「幸村？」

平馬が小首を傾げ、怪訝そうな顔で佐吉を見る。

「源次郎殿は、いや、幸村殿は出家しておられるのか？」

佐吉が訊く。

「とんでもない。そのような勝手な振る舞いが許される立場にはおりませぬ。いずれ出家するときには、それを法号にしたいと考えておりますが、今のところは連歌会や茶の湯の席での名乗りということにしているのです」

源次郎が説明する。

「ほう、連歌に茶の湯か、幸村殿はなかなかの風流人のようだ」

平馬が口許に笑みを浮かべる。

「それがまったく嗜《たしな》みませぬ。都に出てきて、茶の湯が盛んなことに驚き、これからは真面目に学ばなければならぬと考えているところです」

「ならば、なぜ、そのような号を？」

「ご存じのように、わたしは人質として上杉家に送られ、今度は大坂に送られてきました。命すら自分の命でありながら、自分の命ではないという不思議な身の上にございます。命すら自分のものでないのなら、せめて、夢でも持ってみようかと考えました」

「それほど上杉家での生活が苦しかったということかな？」

佐吉が険しい表情で訊く。上杉の悪口でも言い出すのではないかと警戒している顔だ。

「とんでもない。上杉家では、よくしてもらいました。弾正少弼さまも直江さまも、とても親切で優しい方たちです。何の不満もない生活でした。上田から川中島の海津城《かいづじょう》に送られ、そこでしばらく過ごしてから越後の春日山城《かすがやまじょう》に送られました。実り豊かな暮らしやすい土地ばかりですが、旅するときに村の近くを通ると、どこでも村人たちは暗い顔をしていました。絶えることのない戦と重い年貢が彼らを不幸せにしているのだと知りました。戦をなくし、年貢を軽くしてやれば、誰もが笑顔で暮らすことのできる幸せな村になるのではないか、いつの日か、そうなってほしいものだ……その思いを忘れないように己の法号を幸村にすることに決めたのです」

源次郎の言葉を聞いて、

（想像していたのとは、だいぶ違う人間らしいな）

と、平馬は察し、ならば、こちらも胸襟《きょうきん》を開いて話さなければならぬと考えた。

「わしは白頭と号している。その理由をご存じかな？」

「いいえ」

「教えて進ぜよう」

平馬が覆面と頭巾に手をかける。

「……」

佐吉がハッと息を呑み、何か言おうとするが、また口を閉じる。平馬には何か考えがあるのだ、と察したのである。

平馬の素顔を見た者は誰もが同じような反応を示す。まず驚愕する。それから慌てて表情を取り繕《つくろ》って同情に満ちた眼差しを向ける。もちろん、本心からの同情ではない。できることなら、顔を背け、さっさとその場から立ち去りたいのを必死に我慢して同情を装うのだ。なぜ、そんな面倒なことをするかといえば、平馬の身分に遠慮するのである。平馬より高位の者であっても、露骨に嫌悪感をむき出しにする者はいない。平馬が秀吉の寵臣《ちょうしん》であることを知らぬ者はいないからである。

（さて、源次郎殿は、どんな顔をするのであろうか？）

誰もが幸せに暮らすことのできる村を作りたいという夢を忘れぬように「幸村」という号を考えたというのが本音なのか、それとも口先だけのきれいごとに過ぎないのか、これで判断できると平馬は思う。

なぜなら、戦乱と年貢に苦しめられる農民も悲惨だが、生きながら肉体が崩れていくという業病に苦しむ平馬の運命も悲惨だからだ。農民たちを哀れむ心があるのならば、平馬のことも哀れむであろう。

（顔を背けたいのを我慢して、歯の浮くような同情の言葉を並べるのか……）

意地の悪いやり方だと承知しつつも、敢えて源次郎を試してみようと思う。暗い影を少しも見せずに、己の理想を語る源次郎の言葉が果たして真実なのかどうか、平馬は知りたかったのである。

「これが白頭と号する理由でな」

頭巾を取る。髪はわずかしか残っておらず、もはや髷《まげ》を結うこともできないほどで、しかも、残ったのは白髪ばかりである。もう何年も前から、こんな状態だ。二十代前半で白髪頭になってしまった己を指して、半ば自嘲を込めて「白頭」と号している。

源次郎が両目を大きく見開く。

が、慌てて表情を取り繕う。驚きを隠そうとしているのだ。

（やはり、な。では、これは、どうかな）

平馬が覆面を外す。

「……」

今度こそ源次郎は驚きを隠すことができない様子である。無理もない。平馬がどんな病に冒されているのか承知している佐吉ですら愕然としている。それほど平馬の顔はひどく崩れている。もはや昔日の面影を探すのが難しいほどに変貌しているのだ。

堪えきれずに顔を背けてしまうのか、それとも、嫌悪感を押し殺して同情の言葉を絞り出すのか、いずれにしろ、一刻も早く、この場から立ち去りたいはず……そう平馬は予想した。

ところが、源次郎の反応は、まったく違っていた。

黙ったまま平馬を見つめていたが、不意にふたつの目に涙が溢れ、その涙が頬を伝って、ぽたりぽたりと膝に滴り落ちたのである。これには平馬も面食らった。平馬の顔を怖れる者はいても、泣き出す者はいなかった。

「さぞ、辛い思いをなさったことでございましょう。お察しいたします」

と、いきなり、源次郎は平馬ににじり寄ると、平馬の手を取って自分の胸に押しつける。源次郎の涙が平馬の手の甲にも落ち、その温かさを感じたとき、源次郎の誠実さを試したことを悔いた。

(これは本物だ)

と直感し、なるほど、この生真面目で思いやり深い若者には「幸村」という号がふさわしいと思った。

四

　六月下旬、上杉景勝は大坂に入り、直ちに大坂城に秀吉を訪ねた。

　当然ながら、景勝は下座である。景勝のすぐ後ろには直江兼続が控える。上杉家との取次役である佐吉が、やや上座寄りに腰を下ろしている。秀吉と景勝の仲介役を務めるためだ。佐吉の横に平馬もいる。景勝は滅多に感情を露《あら》わにすることがなく、ほとんど表情に変化のない男だが、大広間に入ってきて平馬を見たとき、ほんの一瞬、怪訝な顔をした。頭巾を被り、覆面で顔を隠すという姿に驚いたのであろう。しかし、すぐに元のように無表情になる。

　やがて、秀吉が現れる。ゆっくりと上座に向かい、腰を下ろしてから重々しく言葉をかける……それが作法だが、秀吉は何を思ったか、軽い足取りで景勝に歩み寄ると、

「大儀、大儀であるぞ、弾正少弼殿」

　言葉をかけながら、景勝の前に坐り込み、

「そのように堅苦しくするものではない。会いたかったぞ。よう来てくれたのう」

　平伏する景勝の手を取って顔を上げさせる。

　格式張った対面をして、相手に力の違いを見せつけるというやり方が効果的な場合もあ

るが、秀吉は、咄嗟に、

(弾正少弼に、そのやり方は通じぬ)

と判断して、相手の意表をつく手を使った。

実は、景勝が大広間に案内されるとき、秀吉は物陰から、そっと景勝を盗み見たのである。見るからに頑固で融通が利かない感じで、気位も高そうだ。そんな相手に高飛車に接したのでは反発されるだけだと考えて、

(いっそ相手の懐に飛び込んでしまおう)

と思いついた。

秀吉の打ち解けた態度にいくらか驚いた様子だが、景勝は生真面目な表情を崩そうとはしなかった。

「酒じゃ、早《はよ》う酒を持て」

秀吉が小姓たちに命じる。突然の命令なので、小姓たちが大慌てで酒肴《しゅこう》の支度を始める。平馬、佐吉、こっちに来よ、と手招きする。酒肴が運ばれてくると、大広間の真ん中で酒宴が始まる。

秀吉は景勝に酒を注ぐと、

「直江、近《ちこ》う寄れ。遠慮はいらぬぞ。無礼講じゃ」

「畏《おそ》れ入りまする」

直江兼続が畏《かしこ》まって酌を受ける。

「せっかくだ。汝らにも酒を注いでやろう」

佐吉と平馬にも徳利を向ける。

「治部のことは紹介するまでもないな。大谷刑部を紹介しよう。わしは昔から平馬と呼んでいるが」

「失礼ながら……」

兼続が平馬に顔を向ける。

「なぜ、そのような姿をしておられるのですか?」

「平馬は病なのだ。とても重い病でな」

秀吉が言うと、兼続がうなずく。その視線は平馬の手許に向けられている。すでに手にも瘤《こぶ》のようなしこりがいくつもできており、皮膚も変色している。勘のいい者であれば、それを見ただけで、平馬がどんな病に罹っているか察することができるはずだ。

「のんびり養生させるべきなのだろうが、平馬は無類の忠義者で、しかも、無類の働き者でもある。平馬がいなくなると、わしが困るので無理を言って出仕させておる」

「刑部殿」

景勝が平馬に体を向け、軽く一礼しながら、

「立派な心懸けであると存ずる。わが家臣たちにも見習わせたいものです」

「ありがたきお言葉でございます。見苦しい姿で挨拶することをお許し下さいませ」

平馬も丁寧に頭を下げる。

「弾正少弼殿に会ったら、ぜひ、教えてもらいたいことがあった。頼みを聞いてくれるか」

「何なりと」

「不識庵《ふしきあん》殿のことよ」

秀吉がぐいっと身を乗り出す。不識庵というのは上杉謙信のことだ。景勝は謙信の養子となって家督を継いだから、実の叔父であると同時に義父でもある。

「幸いと言うべきか、わしは不識庵殿と直に手合わせしたことはないが、その武勇の数々は耳にしておる。だが、どうにも信じられぬことがあるので、弾正少弼殿に教えてもらおうと思ってな」

「どのようなことでございましょうか？」

「川中島で武田と戦ったとき、不識庵殿と信玄が一騎打ちをしたという話よ。あれは本当なのか？」

「ああ、そのことでございますか。あれは惜しいことをいたしました……」

景勝の頰がほんのりと赤く染まる。酒に酔ったせいではない。景勝は義父の謙信を神の如く敬っており、政《まつりごと》や戦のやり方だけでなく、日常の立ち居振る舞いに至るまで謙信の作法を忠実に真似ている。生前から神将と畏怖された謙信の武勇を語ることほど景勝の血をたぎらせることはないのだ。

しかも、語るべき相手は、今や天下を手中に収めつつある英雄・秀吉である。沈着冷静な景勝でも、さすがに平静ではいられなかった。直江兼続は、景勝の口の重さを誰よりも知っているだけに、川中島の激戦の有様を嬉々として秀吉に語る様子を見て、

（驚いたな。猫のように手懐《てなず》けられてしまったわ）

と呆れた。

もっとも、兼続も不快だったわけではない。車座になって機嫌よく酒を酌み交わす秀吉に好意を持った。

和気藹々《わきあいあい》とした酒宴が続き、すっかり打ち解け合った頃、

「時に殿下」

と、景勝が姿勢を改めた。

「お願いがございまする」

「弾正少弼殿の頼みとあれば断れぬな。何かな？」

「真田のことでございまする。聞くところによると、徳川家が真田征伐の支度をしている由にございまするが、それが本当であれば、わが上杉家も出陣せねばなりませぬ。そのお許しをいただきたいのです」

「なぜ、上杉が真田のために兵を出すのだ？」

「真田安房守は当家を見限り、源次郎を殿下に差し出しました。その気持ち、わからぬではありませぬ。去年の八月、徳川軍が上田を攻めたとき、当家は援軍を送ることができなかったからです。約束を違《たが》えたと安房守が腹を立てるのも当然のこと。言い訳をするつもりはありませぬ。当家は不識庵の頃より信義の家として知られておりますれば、去年、果たすことのできなかった約束を、今度こそは果たす覚悟でおりまする。徳川軍が真田の領地に攻め込めば、直ちに軍勢を率いて春日山城を出る所存にございますれば、あらかじめ殿下のお許しをいただきたいのです」

「まあ、待て。徳川が兵を動かすと決まったわけではない。徳川に確かめて、真田を攻めぬように念を押しておこう」

秀吉とすれば、上杉と徳川が真正面から衝突するような事態を見過ごすことはできない。今や景勝は秀吉の軍門に下った。家康に対しても様々な工作を試み、何とか上洛させようとしているところだ。上杉も徳川も自分の傘下に加えてしまい、その力を使って天下統一を完成させようというのが秀吉の構想なのである。身内同士が相食《あいは》むような事態を許せないのは当然だ。

「そのお言葉、信じてようございますか？」

「わしを信じよ」

秀吉は大きくうなずくと、大きく伸びをして、ああ、酔ってしまった、少し昼寝をしよう、弾正少弼殿、くつろがれよ、また会おう、と奥に引っ込んでしまう。

秀吉がいなくなると、

「刑部殿」

景勝が平馬に顔を向ける。

「治部殿から話は聞いております。源次郎のこと、よろしくお願いいたします」

「とんでもない」

そう答えながら、平馬は戸惑いを隠せない。なぜ、景勝が幸村のことを案じ、平馬に頭を下げるのか。本当であれば、景勝を見限って秀吉に鞍替えした真田に腹を立てるべきではないか、と思うのだ。

「その覆面の下で刑部殿は、さぞ不思議そうな顔をしておられることでしょうな」

平馬の胸の内を見透かしたように、ははは

っ、と兼続は笑い、刑部殿は源次郎をどう思われますか、と訊く。

「よい若者です」

「さよう、源次郎はよい若者です。殿もわたしも、そう思っております。安房守は食わせ者だが、源次郎は、そうではない。ここだけの話ですが、いずれ源次郎に越後の名家を継がせ、上杉を支える重臣になってもらいたいと考えていたのです。殿は源次郎がよき家臣となることを期待し、わたしもよき友ができると喜んでいました。われらは源次郎を人質とは考えていなかったのです。残念ながら、源次郎が越後の人間になることはなくなってしまいました。ならば、殿下のもとで頭角を現してほしいと願っているのです。そのためには治部殿と刑部殿に後ろ盾になってもらわねばなりませぬ。それ故、こうして頭を下げるのです。そうですな、殿？」

兼続が訊くと、景勝が、うむ、とうなずく。秀吉が去って、また無口な男に戻ってしまったらしい。

このとき大広間に残って酒を酌み交わした四人、すなわち、上杉景勝、直江兼続、石田三成、大谷吉継の四人が、十四年後、日本という国を大きく揺り動かすことになろうとは当人たちも知らない。

景勝と秀吉が会ったひと月後、景勝が危惧したように徳川家康が甲斐に出陣した。一年前、第一次上田合戦で敗れた雪辱を果たすべく、真田討伐に家康自身が乗り出したのだ。

その直後、秀吉の使者が大坂から家康のもとにやって来た。真田討伐の中止を要請するためである。家康は使者の口上にじっと耳を傾けると、明日、返答すると言い残して奥に消えた。

その夜、家康は、まんじりともせずに夜明けを迎えた。兵を退くべきか否か、ひたすら、考え続けた。真田を攻めれば上杉が出てくることは予想しており、その対策も考えていた。むしろ、手ぐすね引いて待っていたといっていい。城に籠もっている真田など無視して、一気に川中島あたりまで押し出し、上杉と決戦する。その戦いに勝てば、越後との国境まで徳川の領地を広げることができる。

だが、秀吉と戦うつもりはない。二年前、小牧・長久手の戦いでは何とか引き分けに持ち込んだが、その後、秀吉の勢力は急激に膨らんでおり、今では、とても歯が立たなくなっている。それ故、秀吉が口を出してくる前に片を付けようと兵を出したが、わずかに遅かった。秀吉の仲裁を無視して戦いを始めれば、それ即ち、秀吉との手切れを覚悟しなければならない。

（無理だ……）

それが家康の結論であった。悔しいが秀吉には勝てない。そうだとすれば、素直に仲介を受け入れるしかない。秀吉を憎いとは思わなかった。憎いのは秀吉に泣きついた真田であり、真田の肩を持つ上杉である。家康は執念深い。真田と上杉への恨みを決して忘れないであろう。

五

「茶室というのは、こういうときには便利だわね」

秀吉の母・奈加が茶室を見回しながら言う。秀吉が関白になってから、奈加も大政所《おおまんどころ》と称されるようになっているが、中身は何も変わっておらず、相変わらず素朴で人がいい。

「そうですね。なかなか、二人だけで話すこともできぬようになってしまいましたから」

寧々がうなずく。この寧々も今では北政所《きたのまんどころ》と称される身分である。昔は狭い家で肩を寄せ合うように暮らしていた二人だが大政所、北政所と呼ばれるようになってからというもの、どこに行くにも召使いがついて来るので、二人きりで会うことなど不可能になった。

「秀吉殿が茶を勧める理由がわかりました」

茶の湯に傾倒している秀吉が寧々と奈加にも盛んに茶を勧めるが、今までは気乗りしなかった。

だが、茶室には茶を楽しむ以外にも使い道があるとわかった。茶室には亭主と客しか入ることができないので、うるさい召使いたちも外で待つしかない。内緒話をするには打って付けなのだ。

「それにしても困ったものね。東は今日も顔を見せていないのでしょう?」

　奈加が言う。

　東というのは平馬の母で、長浜以来、奥勤めをしており、奈加と寧々の信任が厚い。

「もう五日になります。放っておくと、このまま二度と出仕しないかもしれませんよ」

「それは困るわ」

「わたしもです。秀吉殿に何とかしてもらえればいいのですが、そうすると話が公《おおやけ》のものになってしまって、かえって、まずいことになりかねません」

「内々にうまく片付けてくれるような気の利いた者がいればいいのだけれどね、平馬のように」

「同じことを考えていました。おっしゃるように、平馬ならば、きっと役に立ってくれたはずです」

「でも、無理というものよね。他ならぬ平馬のことで困っているのだもの。まさか、あの平馬が人殺しをするなんて……。しかも、一人や二人ではないのだものねえ。ああ、信じたくもない。東が寝込むのもわかるわねえ」

「まだ、そうと決まったわけではありませぬよ」

「わたしの耳に入るくらいだもの。みんなが知っているんじゃないかしら？」

「秀吉殿の耳にも入っていて、わざと何も知らぬ振りをしているのかもしれませんね。秀吉殿が知ったとなれば、平馬を吟味しなければなりませんから」

「そんなことになる前に、わたしたちが何とかしなければね。香瑠も胸を痛めていることでしょう。かわいそうに……」

寧々が表情を曇らせる。

「佐吉に頼めばどうかしらね？　平馬とも親しいし、そう悪いようにはしないでしょう」

「どうも佐吉のことが好きになれないのです。それに、わたしたちの頼みを素直に聞いてくれるかどうかもわかりませぬ。きっと秀吉殿に耳打ちするに違いありません」

「そうなると、市松か虎之助に頼むしかないわね。あの二人なら、わたしたちの頼みをふたつ返事で承知してくれるでしょうけど、市松に頼むと、かえって面倒なことになるかもしれないわね。すぐにカッとなるから、下手をすると平馬を斬り殺してしまいかねないもの」

「そうですね。市松に頼むのはやめましょう」

虎之助に頼むのも気が進まなかったが、他に適任者もおらず、市松よりはましだろうというので、寧々と奈加は虎之助を呼ぶことにした。

加藤虎之助は、すぐにやって来た。優に六尺を超える巨漢で、胸板が厚く、肩幅も広い。その巨漢が緊張した面持ちで、体を小さく丸めて行儀よく坐る。

「虎之助、元気そうだわね」

「逞しくなったものねえ。髭《ひげ》も立派だわ」

　二人が笑うと、虎之助は顔を真っ赤にしてうつむいてしまう。その巨大な肉体と鋭い眼光で家臣たちからも、他の武将たちからも怖れられている虎之助だが、寧々と奈加の前では借りてきた猫のようにおとなしい。

「虎之助を見込んで頼みがあるのよ」

「何なりと」

「平馬の噂を聞いているでしょうね？」

　寧々が訊くと、一瞬、虎之助の目が光る。

「は」

「その噂が本当かどうか確かめてほしいの」

「本当であれば、どうなさるのですか？」

「やめさせるのよ、人殺しなんか」

　奈加が顔を顰める。

「素直に従わぬときは、どういたしますか？」

「どうするって……どういう意味？」

「平馬を斬ってもよいか、という意味ですが」

「え」

　奈加と寧々が顔を見合わせる。咄嗟に言葉が出てこない。そんなことまで考えていなかったからだ。

六

「源次郎殿は、子供を喜ばせるのが上手ですね」

香瑠が感心したように言う。

源次郎の世話をすることを佐吉に頼まれて、それを平馬が承知してから、時折、源次郎は平馬の屋敷を訪ねてくるようになった。勝太ととくに手土産を持ってくることも忘れない。といっても、取り立てて珍しいものや高価なものを持ってくるわけではない。大坂城内を散策しているときに見付けたきれいな小石とか松ぼっくりを持ってくる。

しかも、それを渡すだけでなく、それを使って子供たちと遊ぶのだ。小石を持ってきたときは、庭で石投げをしたし、松ぼっくりを持ってきたときには、お手玉のように同時にいくつもの松ぼっくりを投げて子供たちを驚かせた。勝太は八歳、とくは七歳だから、高価な手土産をもらうよりも、小石や松ぼっくりで遊んでもらう方が嬉しいのだ。二人ともすっかり源次郎が好きになってしまい、源次郎の訪問を心待ちにするようになっている。

今日、源次郎はどんぐりをどっさり持ってきたので、三人で庭に出て、どんぐりを奪い合う遊びをしている。地面に円を描き、その中にどんぐりを置く。離れたところから別のどんぐりを投げ、円の中にあるどんぐりにぶつければ自分のものになるという他愛のない遊びだが、勝太ととくは真剣そのもので、どんぐりを手に入れると大喜びで歓声を上げる。

その様子を平馬と香瑠が縁側から眺めている。

「人質として越後へ行かされたり、大坂に上らされたり、大変な苦労をしているのだから、世を拗《す》ねたり、僻《ひが》んだりしてもおかしくないのに、少しも曲がったところがない。珍しいほど真っ直ぐな若者だ。勝太も源次郎殿のように育ってほしいものだ」

「そうですね」

香瑠はうなずきながら、ちらりと横目で平馬の顔を見る。顔といっても頭巾を被り、覆面を付けているから目許が見えるだけである。屋敷で過ごすときには素顔をさらしていることが多いが、来客があると頭巾と覆面で顔を隠す。

平馬の目は笑っている。連れ添って何年にもなるから、その目を見れば、平馬が心からくつろいでいることがわかる。その横顔を見つめていると、香瑠は胸が締め付けられる気がする。自分一人で気を揉むのではなく、いっそ、ずばりと訊きたかった。

「平馬殿が千人斬りの犯人なのですか」

と。

こういう事情である。

去年の暮れ、大坂で辻斬り事件が起こった。

この事件が異様だったのは、夜更けに通行人を斬殺するだけでなく、殺した後に首を切断して血を抜いたことである。この事実が明らかになったのは、何人もの被害者が出た後、たまたま現場を通りかかった者が、死体から搾り取った血を手桶に入れて立ち去ろうとする犯人を目撃したせいである。

年が明けて二月になると、事件は秀吉の耳にも入った。怒った秀吉はいつまでも犯人を捕縛できない町奉行衆を処罰し、犯人を密告した者に黄金十枚を報奨として与えるという高札を立てさせた。

しかし、その後も事件は続き、三月には五人、四月には二人、五月にも二人、というように辻斬りは止むことがなかった。

世に、これを千人斬り事件と呼ぶ。

夏になると、新たな噂が流れ始めた。

「犯人は大谷刑部らしい」

というのである。

噂の根拠のひとつは、犯人が覆面で顔を隠していたことであり、もうひとつは生き血である。

この当時、平馬の罹っている病は人の血を啜《すす》れば治癒するという俗信があった。犯人がいつまでも捕まらないのは、犯人が有力者なので、町奉行衆が手心を加えているせいではないか、という憶測もあり、それらすべての条件に合うのは平馬しかいなかった。

「なぜ、太閤《たいこう》殿下は大谷刑部を捕らえぬのか」

という声が大坂市中で公然と語られるほどになっており、その噂が寧々や奈加の耳にまで届いているが、秀吉は新たな措置を講じようとしなかった。そのことがまた新たな憶測を呼んだ。

当然ながら、その噂を香瑠も耳にしている。

（平馬殿に限って、まさか、そのような恐ろしいことをするはずがない）

とは思うものの、それを直に平馬に確かめるのをためらってしまうのは、心のどこかで、

（もしかすると……）

という疑いがあるせいであった。時間の経過と共に自分の姿が崩れていくという恐ろしい病から逃れるためであれば、優しい父であり頼もしい夫である平馬も鬼になって人の生き血を啜るかもしれない……信じたくはないが、そんな想像が真実味を帯びて迫ってくる。

どうすればいいのか、香瑠にもわからなかった。

七

「出てきましたな。刑部殿でしょう」

押し殺した声で飯田覚兵衛《いいだかくべえ》が言う。覚兵衛は加藤三傑の一人で、他国にまで名前を知られている勇猛な武者だ。少年時代からの虎之助の親友でもある。

「うむ」

菅笠《すげがさ》を指で持ち上げながら虎之助がうなずく。

すでに太陽が沈み、あたりは夜の帳《とばり》に包まれている。わずかな月明かりが地上を照らしているだけだ。それでも大谷家の裏門から出てきたのは平馬に違いないとわかる。頭巾を被り、顔を覆面で覆うという姿だけでなく、歩き方が独特なのだ。病が原因で歩行に不自由があり、体が上下に揺れる、ぎくしゃくした歩き方なのである。

「ん？」

平馬のすぐ後ろから別の人間が出てくる。

「あれは何者だ？」

「はて……どこかで見たような……」

覚兵衛が小首を傾げる。が、すぐに、

「越後からやって来た真田の倅ではありますまいか。名前は確か源次郎とか……」

「何だと？　ならば、人質ではないか。勝手に城を抜け出して、平馬と一緒に夜歩きか」

「真田の倅の世話役は石田治部殿。刑部殿は治部殿と親しい間柄ですから、その縁で……」

「なるほど、佐吉め。面倒な世話役を平馬に押しつけたのだな。人質が世話役に逆らえぬのをいいことに、平馬め、真田の倅に辻斬りの片棒を担がせているというわけか」

「それは、ちと、おかしいような……。辻斬りが始まったのは去年の暮れ、その頃、真田の倅はまだ越後にいたはず」

「細かいことを言うな。最初は平馬一人で辻斬りをしていたものの、あの男は体が思うように動かぬ故、誰かの助けが必要になったのだろう。たぶん、そういうことだ。おい、行くぞ。もたもたしていると見失ってしまうわ」

　覚兵衛と虎之助が平馬の後をつける。


「すまぬ、源次郎殿」

　平馬が詫びる。

「そう何度も詫びることはございませぬ」

「このようなことに巻き込んでしまって本当に申し訳ないと思っている」

「いいえ、わたしも気になっておりました。不思議なもので城の中にいても、いろいろな噂が耳に入ってくるのです。辻斬りのことも、その下手人が刑部殿ではないかと疑われていることも承知しております。わたしは刑部殿がどんなお方かよくわかっておりますが、他の者は、そうではありません。噂というのは恐ろしいものです。たとえ根も葉もないことであっても、それが人の口に上っているうちに何となく本当らしく聞こえるようになりますから、早く手を打った方がよいのではないか、と案じておりました」

源次郎が言う。

「噂というのは、噂されている当人の耳には、なかなか入らないものらしく、迂闊なことに香瑠に教えられるまで知らなかった。辻斬りをして、人の生き血を啜るような真似をしているのか、どうか正直に答えて下さいませ、と涙ながらに問い詰められた。香瑠の必死な顔を見て、このままにしておくことはできぬと決意した」

「正しいご決断だと思います」

「本当であれば、源次郎殿を巻き込むことなく、当家に仕える者どもを使うのがよいのだが……」

平馬は溜息をつきながら、家臣を疑わなければならぬとは何と情けないことか、とつぶやく。

こんな事情であった。

香瑠から、辻斬りの下手人として疑われていると知らされ、平馬はひどく立腹し、

「おれがそんなことをする人間だと思っているのか！」

と珍しく声を荒らげた。

しかし、その後で、

（もしや、誰かがおれの身を案じてやっているのでは……）

という疑いを抱いた。

平馬の罹っている病には人の生き血が効能があるという俗説があることは知っていた。生き血を啜れば、病の進行を止めることができるし、生き血を溜めた血風呂に全身を浸せば、しこりが消えて、手足も自由に動くようになり、病が徐々に回復するというのである。知ってはいたものの、心を動かされることはなかった。たとえ効能があるとしても、そんなおぞましいやり方を試したくはなかったからだ。

もっとも、家臣の誰かが試してみようと考えるかもしれなかった。必ずしも平馬のためとも言えないのは、平馬の病は伝染ると信じられていたからだ。そば近くに仕えている者が、日ごとに崩れていく平馬の姿に怖れをなし、

（あんな姿になる前に何か手を打たねば……）

一種の予防策として、辻斬りを働いて生き血を啜っているかもしれない。

そういう疑いを抱いたからこそ、常に平馬のそばにいて、誰よりも信頼している木下勝頼にさえ相談できなかったのである。

ならば、親友の石田佐吉に相談すればよさそうなものだが、平馬は佐吉の峻烈《しゅんれつ》な性格を知っているから、佐吉が乗り出せば、きっと平馬の家臣一人一人を厳しく詮議《せんぎ》するであろうし、そんなことを許せば、家中が大混乱に陥るに違いなかった。

窮した揚げ句、平馬は源次郎に相談した。源次郎の冷静で慎重な性格を深く信頼するようになっていたのだ。

事情を打ち明けられた源次郎は、何日か待ってほしい、少し調べてみます、と言った。何をするつもりなのか詳しく語ろうとしなかったが、恐らく、真田の家臣を使って辻斬り事件を調べるのではないか、と予想できた。源次郎に従っている家臣たちは、数こそ少ないものの、父の昌幸が選りすぐった精鋭揃いだと耳にしたことがあったからだ。

もっとも、人質として大坂城で暮らしている以上、家臣たちの役目は源次郎の身の回りの世話と護衛に限定されており、市中を好き勝手に歩き回ることなど本来は控えなければならない立場である。嫌な顔もせずに快く頼みを引き受けてくれたものの、

(無理なことを頼んでしまったかもしれぬ……)

と後になって平馬は悔やんだ。

その源次郎が今日になって不意に訪ねてきた。

勝太やとくとひとしきり遊んだ後、

「今夜、お連れしたいところがあります」

と、平馬に耳打ちした。

「ん？」

「例の件で」

そういう事情で、平馬は夜道を源次郎と二人で歩いている。

しばらくすると、前方から誰かが歩いてくるのに気が付いた。

「才蔵《さいぞう》か」

源次郎が呼びかける。

「は」

その男が源次郎に一礼する。平馬も才蔵を知っている。いつも影のように源次郎に付き従っている若者だ。もっとも、才蔵が真田家中で「霧隠《きりがくれ》」とあだ名される腕利きの忍びだということまでは平馬も知らない。

「こちらへ」

才蔵が先になって、すたすたと歩き出す。

「これ、そのように急いではならぬ」

源次郎が平馬に気を遣って才蔵を注意する。平馬は歩くのが遅いのだ。

「しかし、急がぬと間に合いませぬぞ……」

また辻斬りで誰かが死ぬことになる、と才蔵が言う。

「ならば、急ごう」

平馬がぎこちなく足を速める。

一町ほど歩いたところで、暗闇の向こうから、

「ぎゃあっ！」

という短い悲鳴が聞こえた。

ちっ、と舌打ちして才蔵が走り出す。それを源次郎と平馬が追う。前方に微かな明かりが見える。地面に落ちた提灯《ちょうちん》が燃えているのだ。提灯を挟んで、刀を構えた才蔵が誰かと向き合っている。黒装束に身を包んでいるらしく、その姿が闇に溶け込んでいる。提灯のすぐそばに職人風の男が首筋から血を流して倒れている。

「才蔵！」

源次郎が叫んだとき、提灯を飛び越えて黒装束が才蔵に斬りかかる。才蔵が顔の前でがっちりと刀を受け止め、火花が飛び散る。源次郎が刀を抜いて、才蔵に助太刀しようとする。その気配を察したのか、黒装束がちらりと源次郎を見る。その横顔を見て、

（あ）

平馬が息を呑む。

「影十郎……」

馬原影十郎に違いない。平馬の護衛役だ。

平馬の声に影十郎も驚く。隙ができる。そこに才蔵が斬りかかる。咄嗟に影十郎が体を捻ってかわそうとするが、右の二の腕を斬られてしまい、手から刀を落とす。影十郎がが

くっと地面に膝をつく。

そこに平馬が歩み寄り、

「どういうことだ？　まさか、おまえが辻斬りなどするはずが……」

「申し訳ございませぬ」

影十郎が頭を垂れる。

「なぜだ？　なぜ、こんなことを……」

「最初は自分が生き血を飲むために人を斬りました。このおかげで、わたしは今でも病に罹ってはおりませぬ。病が進んでいても、全身を生き血に浸せばよくなると聞き、殿の病もよくして差し上げたいと考えました。もう少しで必要なだけの生き血が溜まります。ですから……」

「愚か者め！」

平馬がはらはらと涙を流す。

「そのようなことをして、わしが喜ぶと思ったか」

「殿のお役に立ちたかったのです」

「自分の務めを果たしてくれればよかったのだ。このようなことをして、罪のない者たちの命を奪うとは……」

そのとき、わははははっ、という高笑いが響き、

「猿芝居はよせ！」

加藤虎之助と飯田覚兵衛が現れた。

「平馬、おまえが家臣に命じて辻斬りをさせていたのだな！　この目で、しかと見たぞ。観念するがいい。この場から城に連れて行き、事の次第を殿下に申し上げる」

「お待ち下さいませ。刑部殿は何の関わりもありませぬ。だからこそ、わたしに下手人探しを命じられたのです」

源次郎が平馬を庇《かば》うが、

「やかましい！　真田の倅は黙っておれ！　おのれなどが口出しすることではないわ」

虎之助が怒鳴りつける。才蔵が顔色を変えて詰め寄ろうとするのを源次郎が手で制する。

「家臣が不始末をしでかしたのであれば、主であるわしも責めを負わねばならぬのは当然のこと。この期《ご》に及んで見苦しい言い訳をするつもりはない。殿下のもとに参る」

平馬が言う。

「その潔さだけは認めてやろう」

虎之助がうなずく。

「殿は何もご存じない。わし一人でやったことなのだ！　わしだけの考えで」

影十郎は懐から小柄を取り出すと、自分の喉に突き刺す。飯田覚兵衛が止めようとしたが間に合わなかった。

「影十郎！」

平馬が駆け寄る。

「うっ……ううっ……」

もはや口を利くこともできないが、その目を見れば、己の所行を恥じ、平馬に詫びているのは明らかだ。やがて、目が暗くなり、影十郎の命は消えた。


その翌日……。

寧々と奈加が茶室にいる。

片隅で虎之助が平伏しており、昨夜の件を報告したところだ。ゆうべのうちに平馬を秀吉のもとに引きずっていくつもりだったが、辻斬りについて調べるように命じたのは、秀吉ではなく、寧々と奈加である。まずは、この二人に事の顛末《てんまつ》を報告し、その上で秀吉に知らせるべきだと虎之助は考えた。

「まあ、平馬の家臣がそんな恐ろしいことをするなんて……」

奈加が眉間に小皺を寄せる。

「平馬は知らなかったのですね？」

寧々が訊く。

「本人は、そう申しております」

「もう辻斬り騒ぎが起こることはないわけですね？　その家臣は自害したのですから」

「これで平馬を捕らえ、その手助けをした真田の倅を罰してしまえば……」

「ご苦労さま」

虎之助の言葉を遮《さえぎ》るように寧々が言う。

「このことを殿下に申し上げねば……」

「寧々が言う通り、これで一件落着ではないか。辻斬りがなくなれば、それでよい。これで東や香瑠も安心するであろう。わたしたちも嬉しい。虎之助、よい働きをしてくれましたな。この件、この場で忘れてしまうように」

「そうですぞ。忘れてしまうように」

「……」

奈加と寧々にぴしゃりと言われると、虎之助も返す言葉がなかった。

千人斬り事件の犯人ではないかと疑われたことで、一時、平馬は居心地の悪い思いをしたが、平馬を重んじる秀吉の姿勢には何の変化もなかった。

この天正十四年（一五八六）十二月、秀吉は太政大臣となって「豊臣」の姓を授けられ、名実共に天下の第一人者となったものの、北にも南にも依然として秀吉に従おうとしない大名がいる。彼らを征するためにも平馬の力が必要だったのだ。

平馬も秀吉の期待に応え、天正十五年の春先から開始された九州征伐において、その手腕を遺憾なく発揮した。それは戦場での派手な活躍ではなく、前線部隊を後方支援するという地味な仕事ではあったが、優れた行政能力がなければ為し得ないことでもあった。親友の佐吉は、すでに文吏としての優秀さを認められていたが、佐吉に劣らないほどの力量を示したのだ。

平馬の働きを秀吉も大いに喜び、天正十七年九月、平馬を越前の敦賀城主に任じた。三十一歳の若さで、五万七千石を知行する大名となったのである。

入城に当たって、平馬は、この城を大改修し、三層の天守閣を拵えた。完成した天守閣には、平馬自身が家族を案内した。

「まあ……」

眼下に広がる豊穣な田園風景を目の当《ま》たりにして、香瑠は驚きの声を発した。

「何て、高いのでしょう。ねえ、兄上？」

とくが嬉しそうにぴょんぴょん跳びはねながら勝太に言う。もう十歳になるが、まだまだ子供っぽさの抜けない娘である。

「うん、そうだね」

いかにも聡《さと》そうな目をした勝太がうなずく。ひとつ年上の十一歳だが、物腰に落ち着きがある。天真爛漫なとくと大人びた勝太は対照的な兄妹だ。

「何だか、夢のようです」

　香瑠がつぶやく。

「まったくだ。まさか自分が大名になれるとは思っていなかった」

「いいえ、そうではありません。大名になったことが嬉しいのではなく、この戦国の世に、家族四人が無事な姿で一緒にいられることが信じられないのです。平馬殿は何度となく戦に出て、危ない目にも遭ってきたのですから」

　香瑠は、そっと袖で目許を拭う。

「あとは……」

「ん？」

「いいえ、何でもありません」

　香瑠が顔を背ける。

　平馬には香瑠が何を言おうとしたのか想像がつく。

　恐らく、

「あとは平馬殿の病さえ癒えれば」

　と言いたかったのであろう。

　実際、平馬の病は急激に悪化するようなことはないものの、少しずつ症状が悪くなっていることは間違いなかった。自分ではっきりわかるのだ。

（自分の力では、この病をどうすることもできぬ。自分にできることをするしかない）
そう己に言い聞かせるしかなかった。

八

西日本を平定した秀吉は、目を東に向けた。視線の先にあるのは関東の王者・北条氏である。北条氏が秀吉を「成り上がり者」と見下していたせいもあって、両者の関係は常にぎくしゃくしていた。九州、四国を征した今、もはや北条氏に気を遣う必要もなくなり、平馬が敦賀城主となったひと月後、秀吉は北条氏討伐令を発した。すぐに討伐軍を編成しなかったのは、その前にやることがあったからだ。

徳川家康の説得である。

家康の二女・督姫《とくひめ》が北条氏直に嫁いでおり、徳川と北条は姻戚によって結ばれる同盟関係にある。秀吉としては、北条氏への攻撃を始める前に家康の了解を得る必要がある。万が一、家康が北条氏に義理立てして、秀吉に敵対する事態になれば北条氏討伐どころの話ではなくなってしまう。

家康を説得する使者に秀吉は平馬を選んだ。最も信頼する者に最も難しい役目を与えたのである。平馬であれば、秀吉の考えを正確に伝えるだけでなく、家康の本音を見極めた上で、家康を説得してくれるに違いないと期待してのことだ。

十一月の初め、平馬は浜松に赴き、家康と対面した。二人だけで会ったわけではない。家康の左右には徳川の重臣たちがずらりと居並んでいた。酒井《さかい》忠次《ただつぐ》、本多《ほんだ》忠勝《ただかつ》、榊原《さかきばら》康《やす》政《まさ》、井伊《いい》直政《なおまさ》という面々である。彼らは一様に険しい顔をして、睨むように平馬を見つめている。その視線には敵意が溢れている。

実は、前夜、家康を囲んで重臣たちが激論を交わした。

「大谷刑部などに会うことはありませぬぞ、殿」

短気な酒井忠次が火を噴きそうな勢いで怒鳴った。

忠次は秀吉をまったく信用していない。毛嫌いしているといっていい。

忠次の考えでは、秀吉が平馬を使者として派遣してきたのは、

「殿に病を伝染すために違いありませぬ」

というのであった。

「まさか、太閤ともあろう御方がそのような嫌らしい真似はしますまい」

思慮深い榊原康政が意見を述べたが、

「何が太閤か。元はと言えば、尾張の百姓の倅ではないか」

重臣筆頭の酒井忠次が意見を変えないので、次第に他の重臣たちも反対しにくい雰囲気になってきた。

それまで黙りこくっていた家康が、

「刑部殿に会ってみよう」

と口を開いた。

「顔は崩れ、手足の指先が欠けているそうですぞ。そのような病になってもよいのですか」

尚も酒井忠次は食い下がったが、

「それほど病が恐ろしければ、汝は出仕しなくてもよい。わし一人で刑部殿に会う」

ぴしゃりと言った。

そんなことがあったので、重臣たちの中でも、特に酒井忠次が憎悪に満ちた眼差しを平馬に向けている。そこに家康が現れた。

型通りの挨拶が済み、平馬が用件を切り出そうとすると、

「待たれよ。わざわざ遠くから来られたのだ。まずは、茶でも振る舞わせてもらいたい」

と、家康自ら平馬を茶室に案内した。

重臣たちは広間に置き去りにされた。

茶室で二人きりになると、

「もはや遠慮は無用ですぞ。ここに儀礼は必要ない、楽になされよ」

柔和な笑みを浮かべながら、家康が言う。思いがけず人懐こい笑顔を向けられて、平馬

は戸惑った。

「こうして刑部殿と二人で話すのは初めてですな」

茶の支度をしながら家康が言う。

「はい」

平馬は家康に会ったことがないわけではない。三年前、家康が大坂で秀吉と会見したときに会っている。もっとも、その席には秀吉麾下の武将たちがずらりと居並んでおり、平馬もその一人に過ぎなかった。家康の姿は目にしたが言葉を交わしたわけではない。

「病に苦しんでいるという噂を耳にしたが、よほど悪いのですか？」

「このような形《なり》をしなければ、とても人前に出られぬ有様です」

平馬は頭巾と覆面をしている。

「そのような刑部殿を、なぜ、殿下は遠くまで旅させたのですかな？」

「わたしにはわかりませぬ。殿下に命じられた役目を果たしているだけですから」

「口の悪い者は……」

家康が目許に笑い皺を作りながら平馬を見る。

「刑部殿の病をわしに伝染すためではないか、と疑っておりますな」

「病を伝染す？」

一瞬、平馬の目に動揺の色が浮かぶが、すぐに落ち着きを取り戻し、

「殿下は、そのような卑劣なことをする御方ではありませぬ。それに、わたしの病は人には伝染らぬのではないかという気がします……」

一緒に暮らしている家族にも、家臣たちにも同じ病を発症した者がいないからだ、と平馬は言う。

「さようか」

家康はうなずくと、

「北条のことですな？」

「はい」

「殿下は、わしが北条に味方すると疑っておられるのかな？」

「それを確かめてくるように言いつけられました」

「わしが北条に味方するつもりだとしたら、殿下は、どうなさる？　北条と共に徳川も討ち滅ぼすおつもりか」

「いいえ、そうはなりませぬ」

平馬が首を振る。

「なぜ、そう言えるのかな？」

「徳川さまが北条に味方せぬように説得せよとも命じられたのです」

「わしを説得のう……」

家康が小首を傾げる。

「娘を北条に嫁がせている。見捨てよと申されるのか？」

「ならば、伺いますが、徳川さまは天下を見捨てるのでございますか？」

「それは、どういう意味かな？」

「殿下と徳川さまが手を結べば、北条討伐はさして難しいことではないと存じます。しかし、徳川さまが北条に味方して殿下と戦を始めれば、戦国の世に逆戻りしてしまいます。せっかく太平の世が訪れようとしているのに、また天下は乱れるでしょう。それは天下を見捨てることではありますまいか」

「なるほど、天下を見捨てるか……」

家康は、難しい顔で腕組みしたまま、しばらく黙り込んだ。やがて、顔を上げると、

「当家は殿下にお味方し、北条討伐にお力添えすると殿下に伝えていただきたい」

「承知しました」

「面倒な話も終わった。茶を飲むとしよう」

家康がにこりと笑う。その笑顔に平馬は好意を抱き、

（徳川殿は信用できる御方だ）

と安堵した。

九

天正十八年（一五九〇）一月、秀吉は諸大名に小田原征伐の命令を下した。秀吉が動員したのは、二十二万という空前の大兵力で、迎え撃つ北条側は五万数千に過ぎない。

秀吉自身は三月一日に京都を発った。

平馬も秀吉に従った。

三月二十八日、四千の北条軍の守る山中城《やまなかじょう》を七万の豊臣軍が攻撃、あっさりと落城させた。これを皮切りに、次々と北条方の城を落としながら秀吉は進軍を続け、小田原を包囲した。

小田原城の堅固さを承知していたので直ちに力攻めするような真似をせず、持久戦に持ち込んで、城が立ち枯れるのを待つ作戦を選んだ。長期滞在に備え、秀吉は新たに城を造ることにした。その普請を命じられたのが平馬、増田長盛、長束正家である。この城が石垣山城《いしがきやまじょう》で、猛烈な突貫工事で完成したので「一夜城」と呼ばれている。

石垣山城の普請がほぼ終わりかけた頃、平馬は秀吉に呼ばれた。

「おう、来たか。平馬」

秀吉は機嫌良く平馬を迎えると、体の具合はどうじゃ、と訊いた。

「特に、変わりもございません」

少しもよくなっていないが、かといって、さほど悪化しているわけでもない。小康状態という感じなのである。

「ならば、少しばかり無理を頼んでもよいか?」

「何なりと」

「うむ……」

秀吉が口にしたのは城攻めをしてほしいということである。

といっても、平馬が采配を振るわけではない。それは佐吉がする。

「え、佐吉が?」

平馬は驚いた。かつて賤ヶ岳の戦いで武功を挙げたこともあるが、最近はすっかり官僚と化してしまい、戦とは無縁の暮らしをしている。

なぜ、佐吉に城攻めをさせるのですか、と平馬が問うと、

「わしが命じたわけではない。佐吉がやりたいと言うのだ」

秀吉は顔を顰める。

(そういうことか……)

平馬は佐吉の性格をよく知っている。すでに行政家としての佐吉の評価は定まり、その

事務処理能力にかなう者は誰もいないといっていい。

が、佐吉とすれば、

（おれは文だけの男ではない）

文官に甘んじているのは、それを殿下が望むからで、その気になれば、城のひとつやふたつ簡単に落とすことができる、という自負心があるのであろう。

だからこそ、戦が膠着《こうちゃく》状態に陥っている今こそ、自分の力を衆人に知らしめる絶好の機会だと思い立ち、城攻めさせてほしいと秀吉に願い出た。

実際には膠着状態に陥っているのではなく、それこそが秀吉の作戦なのだが、そこまで見抜く戦略眼は佐吉にはない。

最初は秀吉も、

「馬鹿なことを言うな」

と相手にしなかったが、あまりにも執拗に佐吉が懇願するうちに、秀吉としても忠実無比で有能な佐吉に武勲を挙げさせるのは、

（そう悪いことではないかもしれぬ。どうせ小城をひとつかふたつ攻め落とすだけのことではないか。どうせなら、利兵衛《りへえ》にも手柄を立てさせてやるか）

と考えが変わった。

利兵衛というのは長束正家のことである。正家も優秀な文官だが、これといって目立つ

武勲を挙げたことがない。

とはいえ、さすがに秀吉も佐吉と正家の二人だけに任せるのは心配だったので、戦上手な者を誰か付けたいと思った。

しかし、誰でもいいというわけではない。戦上手は少なくないが、欲深い者ばかりなので、佐吉と正家を押しのけて自分が手柄を挙げようとするかもしれない。それでは困る。

(平馬しかおらぬわ)

秀吉麾下の武将たちをざっと見回しても、戦がうまく、しかも、無欲な者と言えば、平馬以外には見当たらなかった。秀吉も平馬の病に気を遣い、小田原征伐では前線には出すまいと決めていたが、目付役程度なら構うまいと考えた。他に適任となる者がいないのだから、そうするしかない。

「頼めるか?」

「殿下の命に従うのみにございまする」

平馬は静かに頭を垂れる。

十

五月二十七日、石田佐吉、大谷平馬、長束正家の三人が最初に向かったのは館林城《たてばやしじょう》である。ここには北条軍五千が籠城していた。城攻めには籠城軍の三倍の兵力が必要だというのが兵法の常識である。秀吉が佐吉に預けたのは二万である。三倍くらいの兵力では心配だったので四倍の兵力を預けたのだ。

しかも、出陣に際して、

「決して無理をするな」

と、佐吉に念押しした。思う通りに行かないと、ムキになって意地を張る性格を危ぶんだのである。

館林城に着くと、佐吉は兵力を三分し、平馬に六千、正家に七千を預けて、城の北と東に布陣させた。佐吉自身は七千を率いて城の西に布陣し、直ちに戦支度を始めた。

平馬は、城方の動きを警戒しながら兵を休ませた。

そこに、突然、佐吉の陣地から鬨《とき》の声が聞こえてきた。何と、石田軍七千が攻撃を開始したのだ。

平馬は呆然とした。味方に何の連絡もなく、総大将が勝手に攻撃を始めるなどという話を聞いたことがない。昔から佐吉をよく知っているから、

(悪気があるのではない。血気に逸《はや》っているのだ)

と、平馬には理解できる。それでも頭に血が上った。なぜ、佐吉が他の武将たちから嫌われるのか納得できる気がした。

今度は長束陣からも鬨の声が聞こえた。石田軍に遅れてはならぬと長束軍も攻撃を開始したのだ。こうなれば、平馬もじっとしているわけにはいかない。両軍に引きずられるように全軍に突撃を命じた。

その二刻(四時間)後……。

平馬は佐吉の本陣に乗り込んだ。歩行が不自由だから、よたよた歩きになってしまうし、頭巾を被って覆面をしているから、その表情を覗き見ることはできないが、体が不自由でなければ、足音高く大股で歩き、怒りで顔を真っ赤にしていたはずだ。

「佐吉、いるか!」

「おう、平馬か。どうしたのだ、何か用があるのなら使いの者を寄越せばよいものを」

「何を呑気《のんき》なことを言っている」

何の連携もないまま三方向から館林城を攻めたが、そもそも、この城は周囲が沼地である。馬も人もまともに歩くことすらできない土地なのだ。泥に足を取られて身動きできなくなったところを城から鉄砲や弓矢で狙い撃ちされ、多くの死傷者を出して、退却せざるを得なかった。まともな戦もしないうちにみじめな敗北を喫したのである。

「そう騒ぎ立てることもなかろう。ほんの小手調べではないか」

たとえ一千の兵が死傷して使い物にならなくなったとしても、まだ一万九千の兵力が残っている。こちらの優位は動かない……佐吉は表情も変えずに平然と言い放つ。

（こいつは戦というものをわかっていない）

平馬は目の前が暗くなる気がした。

確かに兵力では上回っているが、戦の勝敗は数だけで決まるわけではない。目に見えない要素がたくさんある。例えば、兵の士気だ。緒戦に敗れたことで、明らかに士気が落ちている。城方が貝のように固く城門を閉ざして籠城を決め込んでいるからいいようなもの、もし夜襲でも食らわされたら、弱気になっている兵たちは武器を捨てて逃げ出すかもしれない。それを言うと、佐吉は不意に笑い出し、

「そんなことはあり得ない」

と自信満々に言う。

「なぜだ？」

「戦場から逃げ出せば、罰せられるからだ」

だから、逃げないのだ、と佐吉は言い切る。

（馬鹿な……）

平馬は泣きたくなってしまう。

臆病風に吹かれて浮き足立った兵どもが、処罰されることを怖れて戦場に踏みとどまるなどと本気で信じているのだろうか。

「明日は、どうするつもりだ？」

「言うまでもない。力攻めするのみ」

「だが、城の周りは沼地ではないか。まともに歩くこともできないのだぞ」

「心配するな。手立ては考えてある……」

近隣の山々に兵を送って木を伐採させており、それらの木々を沼地に投げ込んで城まで続く道路を造るつもりだ、と佐吉が自慢げに言う。それを聞いて、平馬は少し安心した。今日と同じことを繰り返すよりはましだと思ったからだ。

「もうひとつ言っておく。勝手に突撃するような真似をするな。必ず、おれにも長束殿にも知らせろ」

「わかっている」

佐吉がにこりと笑う。反省しているような顔ではない。


翌朝、平馬が陣屋の外に出てみると、城まで続いているはずの道路が跡形もなく消えていた。夜を徹して造られたはずなのに、いったい、どうなってしまったのかと調べさせると、木々自体の重みのせいで、すべて沼地に沈んでしまったのだという。

（何と愚かな……）

呆れ果てて沼地を眺めていた平馬が、突然、ハッとしたように慌て、輿を運べ、急いで佐吉に会わねばならぬ、と叫び出す。

　大急ぎで平馬が石田陣に着くと、思った通り、佐吉は出陣の支度をしていた。

「平馬か。使者を送るつもりでいた。抜け駆けするつもりはない」

「まさか突撃するつもりなのではなかろうな？」

「何を言う。わしらは戦に来たのだ。城を落とすには攻めねばなるまいが」

「しかし、道はなくなったぞ」

「なあに、昨日は不慣れだったから、うまくいかなかっただけのこと。今日は二度目だから少しは慣れただろう。昨日のようなことにはならぬ」

「佐吉、おまえとは長い付き合いだ。おれとは友達だよな？」

「今更、何を言っている。おまえほどの友は他におらぬ。唯一無二の友達だ」

「ならば、おれの頼みを聞いてくれるか？」

「言ってみろ」

「一日くれ」

「は？」

「今日の戦、おれに任せてくれぬか。明日になれば、何なりとおまえの下知《げじ》に従う」

「なるほど……」

　佐吉がにやりと笑う。平馬が功を焦っていると思ったのだ。

「よかろう。他ならぬ平馬の頼みだ。手柄を立てろ。おれは友の手柄を盗むようなことはせぬ。今日一日、おまえが好きなように城を攻めるがいい」

「勝手に兵を動かさぬと約束してくれるか？」

「約束する」

「今日一日だけは、おれの好きなやり方をしても構わぬな？」

「くどいぞ。武士に二言はない」

　佐吉がうなずく。


　自陣に戻ると、平馬は城に使者を出す支度を始めた。寄せ手が沼地に足を取られて身動きできないというのに城から打って出ることもせず、緒戦に敗れて戦意が落ちているのは明白なのに夜襲を仕掛けることもない……城方も、さして戦意がないのだと平馬は見切った。小田原の命令で籠城しているものの、何倍もの敵に囲まれて萎縮している。だから、貝のように城に閉じこもっているのだ。

　ならば、話は簡単だ。寛大な条件で開城を勧めれば、きっと話に乗ってくるに違いない。どんな小城であろうと、力攻めをすれば多くの死傷者が出る。和睦で開城させる方がいいと平馬は考えた。

　開城するにあたっての条件を提示した書状を作成し、平馬は城に使者を送った。思った通り、城方は話に乗ってきた。その日の夕方には和睦の条件が整った。佐吉が血相変えて走り込んできたのは、和睦の最終条件を詰めているときである。

「どういうつもりだ！」

「何の話だ？」

「勝手に和睦をするとは、どういう料簡《りょうけん》だ。わしは何も聞いておらぬ」

「それは違う。今日一日は、好きなようにしていいと約束してくれたはずだぞ」

「そ、それは……」

佐吉が言葉に詰まる。

「戦をするという意味だと思ったのだ」

「城を落とすという意味で言ったつもりだ。戦だろうが、和睦だろうが、城がこっちの手に入るのだから同じことではないか」

「……」

佐吉は言い返すことができなかった。

館林城は五月三十日に開城した。城を囲んで、わずか三日で開城させたのだから総大将の佐吉にとっては大手柄のはずだが、佐吉は不機嫌だった。

十一

六月四日、豊臣軍は、もうひとつの攻略目標である忍城《おしじょう》に向かった。忍城は平城だが、周囲を沼地に囲まれ、「忍の浮城」と呼ばれるほどに堅固で、関東七名城のひとつに数えられていた。

忍城に向かう道々、

「平馬、この城はおれに任せろ。余計な口出しをしないでくれ」

と、佐吉は念押しした。

佐吉とすれば、館林城を開城させたのは平馬であって自分ではない、今度こそ自分の手で忍城を攻め落としてやろうという意気込みなのである。

いかに堅固な城とはいえ、忍城に立て籠もっているのは、わずか二千六百に過ぎないし、豊臣軍は兵力を増強して二万三千に膨れ上がっている。佐吉が自信を持つのも当然であった。客観的に見れば、敗北する要素は皆無といっていい。だからこそ、佐吉も自信満々だったのだ。佐吉が心配したのは豊臣の大軍に怖れをなして城方が早々に白旗を揚げることだった。それでは佐吉の手柄とは言えなくなってしまう。

忍城の周囲にアリの這い出る隙間もないほど周到に軍勢を配置すると、佐吉は、型通りに降伏を勧告した。そんなことはしたくなかったが、それが戦の習わしだから、やむを得ない。驚いたことに城方は降伏勧告を一蹴した。

ほくそ笑んだのは佐吉である。直ちに全軍に攻撃命令を下した。館林城での失敗に懲《こ》りて、今度はいきなり突撃させるようなことはしない。沼地を渡って忍城に接近するために無数の筏《いかだ》を拵えた。この筏に兵を乗せて城壁に迫ろうというのだ。

ところが、葦《あし》の茂みに邪魔されて筏を思うように操ることができず、立ち往生したり、転覆する筏が続出した。そこを城方から鉄砲や弓矢で狙い撃ちされたので退却せざるを得なかった。館林城の悪夢を繰り返したことになる。

「おう、平馬、呼び立ててすまなかったな」

佐吉が平馬をにこやかに出迎える。

「まったくだ」

珍しく平馬が不満めいた口調で答えたのは、ここが佐吉の本陣ではなく、丸墓山古墳《まるはかやま》の上だったからだ。山というより小高い丘という感じだが、それでも輿に乗って登るのは楽ではない。自分のことではなく、輿を担ぐ家臣たちの苦労を思いやったのだ。

「こんなところに何の用がある？」

「まあ、見るがいい」

佐吉が右手を大きく振る。前方には沼沢地が広がり、その中に忍城がぽつんと浮かんでいる。

「これを見て、何か思い出さぬか？」

「ん？」

「忍の浮城とはよく言ったものよな。いっそのこと本当に沈めてしまおうかと思いついた」

「おまえ、まさか……」

平馬はごくりと生唾を飲み込むと、高松城をやるつもりではなかろうな、と訊いた。

「きっと、うまくいくぞ」

佐吉は、いたずらを思いついた子供のような笑いを口許に浮かべる。高松城をやる、というのは盆地にある地形を利用して人工湖を造り出し、秀吉が備中・高松城を水没させたことを指している。

「そう思わないか？」

「……」

平馬は、むっつりと黙り込む。

なるほど、地形だけを比べれば、高松城と忍城の立地はよく似ている。

だが、佐吉の作戦がうまくいくとは思えなかった。なぜだと問われても、それに答える言葉が見付からないから黙っている。

この作戦が秀吉の口から出たならば、

「さすが殿下の慧眼《けいがん》でございます」

と膝を打ったことであろう。秀吉ならば、きっと成功させるに違いない、と思う。しかし、佐吉がやるのでは、どうしても不安を拭《ぬぐ》い去ることができない。その違いは何だと問われれば、「運」としか言いようがない。秀吉には運があるが、佐吉には運がない。そんな曖昧な言い方に佐吉が納得するはずがないから黙っているしかないのだ。


九日から忍城を囲む堤防の建設工事が始まった。大量の百姓を動員し、昼夜兼行の突貫工事が進められ、十四日には工事が終わった。その日の午後、佐吉はまた平馬を古墳の上に招いた。

「できたようだな」

「これから水を入れる。一緒に見てくれ」

佐吉が合図すると、狼煙《のろし》が上げられる。その直後、利根川《とねがわ》の水が堤防の中に引き入れられた。

「どうだ？」

「うむ」

佐吉を誉めるべきだとわかっている。当然、佐吉もそれを期待して平馬を呼んだのに違いない。本当ならば秀吉に誉めてもらいたいのだろうが、秀吉は小田原を囲んでいる。秀吉以外の誰かに誉めてもらうとすれば、それは平馬以外にはいないはずであった。

どうだ、平馬、と佐吉が繰り返す。

ようやく、平馬は、見事なものだ、と絞り出すように口にしたが、心の中では不安を感じている。佐吉は秀吉ほどの強運には恵まれないだろうという気がして仕方がなかった。

不幸にも、その予感は的中した。十八日に豪雨に見舞われ、堤防が決壊したのである。堤防の中に溜まっていた水は豊臣軍の陣地を流し去り、多くの兵を溺死させ、遠くに運び去った。

その翌日、雨が上がってから自陣を視察した佐吉は言葉を失った。二万三千の兵力のうち、半数ほどの行方がわからないという大損害を被ったのである。忍城は無傷のままだ。

それからの十日ほどは城攻めどころではなかった。負傷者を収容し、行方不明者を捜索し、崩壊した陣地を再構築することに忙殺された。死者の埋葬も、数が多いので大変だった。暑い時期なので、死臭の発生にも悩まされた。さすがに強気の佐吉も、すっかり無口になった。秀吉から佐吉の目付役を頼まれている平馬の立場からすれば、ここで退却を勧めるべきだとわかっていた。もはや城攻めができる状態ではない。

だが、友として、それを口にすることを平馬はためらった。佐吉は誇り高い男である。

自ら秀吉に懇願して出陣したのに、みじめな敗北を喫して、尻尾を巻いておめおめと退却することができようとは思われない。責任を取って自害するかもしれないと危惧した。

（困ったことになった……）

そこに思わぬ知らせが飛び込んできた。小田原城が落ちたのである。秀吉の圧力に屈し、北条氏政《うじまさ》・氏直父子が降伏したのだ。それを知るや、平馬はすぐに降伏勧告の使者を忍城に送った。その結果、七月十一日に忍城も降伏開城した。かろうじて面目を保った佐吉は小田原の秀吉のもとに戻った。

その帰り道、佐吉は平馬の輿に馬を寄せ、

「礼を言うつもりはないぞ」

険しい表情で言う。

「そんな必要はない」

「館林城にしろ、忍城にしろ、あと何日かあれば、きっと城を落とすことができたはずだ。負け惜しみではないぞ」

「差し出がましいことをしてすまなかった。許してくれ。土地の水が合わないのか、館林にも忍にも長居したくなかった。体が辛くてな」

「何だと？　具合が悪かったのか。なぜ、言ってくれなかった」

「自分のわがままでおまえの邪魔をしたくなかったからだ」

「そういうことなら、やむを得まいな。まあ、気にするな。またいつか、わしの力を示すことはできる。今はおまえの体の方が大切だ」

小田原で会おうぞ、と言い残すと、佐吉は上機嫌で輿から離れていく。

（あいつも昔から変わらない）

そのことが平馬は無性におかしかった。気位が高く、異様なほど自尊心が強いが、友情に篤《あつ》い正直な男でもある。友情に訴えれば、きっと機嫌を直すと平馬にはわかっていた。だからこそ、嘘をついた。別に体調など悪くなかったが、そう言わないと、佐吉が納得しないと承知していたのだ。


七月十三日に小田原城に入った秀吉は論功行賞を行った。その四日後には小田原を後にして会津《あいづ》に向かった。東北地方を支配下に置くためである。このとき平馬は軍監という立場で従軍した。

会津若松城《わかまつじょう》に入った秀吉は「奥州仕置《おうしゅうしおき》」と呼ばれる政策を断行した。世に言う「太閤検地」の一環である。小田原征伐に参加しなかった大名たちの領地を没収し、陸奥《むつ》や出羽《でわ》で検地を実施したのである。その過程で、平馬は上杉景勝と共に出羽・庄内《しょうない》三郡の検地を命ぜられた。

検地に臨む秀吉の姿勢は厳しく、景勝に対しても、逆らう者はすべて斬り捨てよ、と朱印状を出したほどである。これは「撫切令《なでぎりれい》」と呼ばれる。この検地を進める過程で、平馬は生涯最大の危機を迎えることになる。

十二

八月下旬、上杉景勝と平馬は庄内に入り、検地を行った。地元民の反発を警戒していたが、これといった問題も起こらず、予定通りに検地を終えることができた。

景勝と平馬は北上して出羽に入った。

平馬は横手城《よこてじょう》に、景勝は大森城《おおもりじょう》に腰を落ち着けた。

ふたつの城は東西に五里（約二十キロ）ほど離れている。景勝と平馬が出羽南部に留まって検地を進めたのは仙北三郡に力を持つ小野寺《おのでら》氏を警戒したからである。庄内で検地を行っている頃から、小野寺氏が検地の反対を訴えているという噂が聞こえていた。景勝は一万五千の兵を率いているが、平馬の兵は、わずか一千に過ぎない。出羽の中央部に進出して、万が一、小野寺氏の先導で出羽の領民が蜂起すれば、景勝と平馬は孤立してしまう。そんな事態にならないように南部に腰を据えて慎重に検地をすることにした。

事件が起きたのは十月の初めである。

仙北地方の六郷《ろくごう》という土地で、平馬の代官が検地を進めようとしたところ、その土地の農民たちが邪魔をした。代官は何人かの農民を捕縛するように部下に命じたが、農民たちは抵抗して暴れた。これに腹を立てた代官は見せしめとして何人かをその場で処刑し、数十人の農民を捕らえた。

「仲間が殺された！」

という知らせは、たちまち燎原《りょうげん》の火のように広がった。

横手城に戻った代官から報告を受けた平馬は、

（まずいことをしてくれたな）

と渋い顔になったが、声高に代官を責めることもできなかった。出羽・庄内の検地を進めるに当たって秀吉は、検地に逆らう者は容赦なく斬り捨てよという「撫切令」の朱印状を景勝に出している。代官は「撫切令」に従ったまでのことである。代官を責めるのは秀吉を責めることになるから、平馬も口をつぐむしかない。

その翌日、百人ほどの兵を率いた代官が横手城から六郷に向かう途中、武装した農民や地侍《じざむらい》の集団に襲われた。その数は優に一千を超えている。五十人以上の兵が殺され、代官も血祭りに上げられた。検地に対する不満が爆発して百姓一揆が起こったのである。

かろうじて難を逃れた兵は、平馬に急を知らせた。敵の数を知った平馬は救援軍を出すことを諦め、横手城の防備を固めさせ、検地のために出払っている者たちに使者を送って、急いで城に戻るように命じた。城門を固く閉ざし、敵を迎え撃つ態勢を整え終わった頃に、一揆勢が現れた。

「その数は、ざっと五千」

という知らせを聞いて、平馬は耳を疑った。木下勝頼と鳥越新三郎の手を借りて自ら城壁に登る。

（これは……）

平馬は目を疑った。五千どころではない。その数は、どんどん増えている。大多数は百姓だが、その間を騎馬武者が駆けながら指示を与えている。小野寺氏の武者に違いない。

とすれば、これは、ただの百姓一揆などではない。一揆勢などという烏合《うごう》の衆ではなく、指揮系統の確立された「一揆軍」と呼ぶべきであろう。

平馬が代官たちを救うために二百なり三百なりの部隊を城から出していたら、彼らもまた皆殺しにされていたに違いない。まずは城の防備を固めることに専念した平馬の判断は正しかった。

明るいうちに一揆軍は二度三度と城に攻めかかってきたが、激しい銃撃を浴びせて、何とか押し戻した。夜になっても一揆軍は増え続け、その数は一万を超えた。

（まずいぞ……）

横手城もさほど堅固な城ではないし、一千の兵が長く籠城できるほど食糧や弾薬の備蓄があるわけでもない。機を見て撤退するしかないと考え、平馬は夜陰に紛れて何人かの使者と斥候《せっこう》を城から出した。大森城の上杉景勝には、城を包囲されて身動きできなくなっている窮状を知らせ、助力を願いたいが、それが無理ならば何とか自力で庄内に引き揚げるつもりだ、と伝えた。

　斥候は横手城から庄内に向かう街道を調べさせるために放った。敵の動きを知らなければ、飛んで火に入る夏の虫、ということになりかねないからだ。

　夜明け前に斥候たちは戻り、一揆軍は横手城の南にある増田城《ますだじょう》を攻め落として本拠とし、庄内に通じる道をすべて封鎖していると伝えた。庄内の味方にも救援を求める使者を送ったが、その使者が一揆軍の警戒網を突破して庄内に入れるかどうかもわからないという有様である。

　しかも、斥候の話では、横手城から増田城に至る一帯に一揆軍が充満しており、その数は増え続けている。一揆の発生を知って、検地に不満を持つ農民たちが出羽全域から集結しているためだ。

　それらの報告を聞いて、

（一揆軍は、少なく見積もっても二万……もしかすると三万はいるやもしれぬ……）

　平馬は愕然とした。今日の攻撃は何とかしのいだが、もうすぐ弾薬が尽きる。鉄砲が使えなくなれば、横手城は一揆軍に飲み込まれるしかない。決死の覚悟で庄内に向かって敵中突破を図るという手もないではないが、これだけ兵力差があるのでは、庄内に辿り着く前に全滅する可能性が高い。進退窮まった平馬だが、唯一の望みは、大森城の景勝である。

だが、これだけ一揆軍が強勢では、景勝も大森城を守ることに手一杯で、とても平馬の救援までは手が回らないであろう。景勝を恨むつもりはない。自分が景勝の立場にいたとしても、まずは自軍の安全を第一に考えるに違いないからだ。

（明日一日、持ちこたえられるかどうか……）

館林城や忍城は何倍もの敵に包囲されながら、何度となく攻撃を撥ね返したが、それは沼沢地に囲まれているという天然の利を最大限に生かした結果である。横手城は、そうではない。ただの平城に過ぎないし、周囲に水堀を巡らせてはいるものの、さして広くも深くもない堀である。鉄砲と弓矢で敵の接近を防がなければ、たちまち敵は堀を越えて押し寄せてくるであろうし、そうなったら、城は終わりだ。

夜明けと共に一揆軍が押し寄せてきた。

わずか一千ほどの兵が籠もる横手城に二万近い敵が一度に攻めかかって来るのだ。指揮しているのが肝の据わった平馬でなかったならば、兵たちも浮き足立って、とても戦にならなかったであろう。平馬が率いてきた一千の敦賀兵は、平馬に忠実で、平馬のためならば命もいらないという勇猛な男たちだ。彼らは平馬の指図に従って、鉄砲を撃ちまくり、矢を射続け、時には、城門から打って出たりして、何度となく一揆軍を押し返した。

しかし、一揆軍は数にモノを言わせ、次々と新手を繰り出して波状攻撃を仕掛けてくる。

昼過ぎには兵たちも疲労困憊《こんぱい》し、弾薬や矢も残り少なくなってきた。夜まで持ちこたえられるかどうか不安になり、降伏という言葉が平馬の脳裏をちらりとかすめる。このまま戦いを続け、一揆軍に城門を突破されるようなことになれば、平馬たちは全滅である。

それを防ぐには、

(降伏しなければならないのか……)

自分がそこまで追い込まれたことを思い知らされて、平馬は愕然とした。そのような生き恥をさらすくらいなら、いっそ自刃したいと思うが、心配なのはわが身のことではなく、平馬のために戦い続けている敦賀兵のことである。

(おれは、どうすればよいのか?)

平馬は迷った。これほどの窮地に追い込まれたのは初めてだ。為す術もなく、じっと思案を続けていると、一揆軍の背後に狼煙が上がるのが見えた。

(え)

思わず平馬が腰を浮かせる。それは、間もなく到着するという味方からの合図である。

(まさか……)

これほど早く助けが来るとすれば、それは上杉軍以外には考えられない。

しかし、大森城も一揆軍に攻められて苦戦しているはずである。だからこそ、救援を求めはしたものの、期待などしていなかったのだ。

一揆軍の背後に上杉の騎馬武者たちが現れた。それに足軽が続く。その軍勢の中に「毘」の旗が翻っている。己を毘沙門天《びしゃもんてん》の化身だと信じた神将・上杉謙信から景勝に受け継がれた無敵の旗だ。「毘」の旗があるということは、そこに景勝がいるということである。大森城の守備に三千を残し、一万二千を率いて、景勝自身が駆けつけてくれたのだ。

上杉軍が一揆軍の背後から突撃する。突如として出現した大軍に慌てふためき、一揆軍が統率を失って四方に散る。二万の大軍を擁する一揆軍とはいえ、上杉軍も大軍だ。しかも、寄せ集めの一揆軍と違って、幾多の合戦を経験してきた玄人《くろうと》集団だ。

景勝からの早馬が横手城に入る。直ちに平馬は使者に会った。それによると、上杉軍の背後には別の一揆軍が追いすがっており、その数は、ざっと三万。横手城を囲んでいる一揆軍と合流すれば五万という途方もない大軍になる。両軍が合流する前に、横手城を捨てて南下しようというのが景勝からの提案であった。

「承知したと弾正少弼殿に伝えていただきたい」

平馬は、すぐに決断した。横手城に留まっても勝ち目はない。立ち枯れるだけのことである。ならば、増田城を中心に一揆軍が手ぐすね引いて待ち構えているとしても、一か八か、南下して正面突破を図る方がよいと考えた。

直ちに城を捨てる支度を始め、半刻（一時間）も経たぬうちに、平馬の率いる一千の軍勢は横手城を捨てて、上杉軍に合流した。

「弾正少弼殿、何とお礼を申し上げればよいか」

平馬が頭を下げると、

「礼を言うのは早いでしょう。まだ助かったわけではない。北にも南にも敵がいて、われらは、言うなれば、袋のネズミ。出羽を脱してから、ゆっくりと礼を言えばよい」

景勝の隣にいる直江兼続が笑いながら言う。袋のネズミだと口にしながら、兼続はそれほど危機感を抱いているわけではなく、むしろ、今の状況を面白がっているように見える。

「そうですな、殿?」

兼続が訊くと、景勝が黙ってうなずく。無口な男なのである。

十三

景勝と平馬の率いる一万三千は、増田城に向かって進撃を開始した。態勢を立て直した二万の一揆軍が後を追ってくる。その後方には、更に三万の一揆軍がいるが、景勝と平馬の進軍速度が速すぎるために、一揆軍は合流することができない。

増田城の周辺には別の一揆軍が網を張って待ち構えていたが、それは農民たちばかりで、数は多いが寄せ集めに過ぎない。一万三千の軍勢が錐《きり》を揉み込むように突撃すると、呆気ないほど他愛なく陣地を捨てて逃げ散った。増田城に籠もる一揆軍は、城門を固く閉ざして景勝と平馬の攻撃に備える。

　それを見て、兼続が、

「殿、そろそろ、よかろうかと存じますが」

「うむ」

　景勝はうなずくと、

「刑部殿、あとのことは、われらが引き受けまする故、今のうちに庄内に向かわれよ」

「何をおっしゃるのですか……」

　と口にして、平馬は、ハッとした。景勝と兼続が何を考えているかわかったのだ。

「ここで反転して一揆勢を討つつもりなのですな？」

「これは驚いた。何も説明しておらぬのに、われらが何をしようとしているか見抜かれてしまった」

　兼続が、わははは、と笑うと、景勝も珍しく口許を緩めて笑みを浮かべる。

「刑部殿、急がれよ」

　兼続が促すと、

「とんでもない。横手城から救っていただいた上、上杉勢を置き去りにして庄内に逃げ帰ったとなれば、わが敦賀勢は笑いものにされてしまいましょう。どうか、わたしにも手伝わせていただきたい……」

平馬は咄嗟に思いついた策を口にした。

それを聞くと、

「何とまあ、刑部殿は大変な戦名人でござりましたわ。のう、殿？」

「確かに」

景勝は、では、お力をお借りしよう、とうなずいた。


上杉軍一万二千は、全軍をふたつに分け、一軍を兼続が、もう一軍を景勝が率いる。まず、景勝の率いる六千がほんの少し前に南下してきた道を、逆に北上し始める。追ってくる一揆軍を迎え撃とうというのだ。その間、兼続は、増田城を見張り、城から追っ手がかからないようにする。

半刻（一時間）ほど増田城を見張ってから、兼続の率いる六千も北上を開始する。しばらくすると城門が開き、騎馬武者を中心とする一揆軍五千が兼続の追撃を始める。二十町ほど追ったところで、追撃軍は、前方で兼続の六千が戦闘態勢を整えて待ち構えているのを発見した。罠にかかった、と悟ったものの、今更、五千の勢いを止めることもできず、兼続軍に突撃する。両軍が激突したとき、追撃軍の背後から平馬の指揮する敦賀兵一千が襲いかかる。挟み撃ちにされた追撃軍は大混乱に陥った。わずか四半刻（三十分）で五百もの戦死者を出したというから壊滅的な大打撃を被ったといっていい。追撃軍を粉砕すると、兼続と平馬は直ちに景勝を追った。景勝が戦っているのは二万の一揆軍だ。一刻も早く応援に駆けつける必要がある。

わずか六千の景勝軍が二万の一揆軍と互角の戦いを続けている。軍勢の最後尾にいる景勝は、「毘」の旗のそばに床几《しょうぎ》を置いて、静かに坐っている。手に青竹を持ち、時々、思い出したように、ぴしゃり、ぴしゃりと自分の足を打つ。この「毘」の旗が動かない限り、上杉軍は決して退却しない。それが謙信以来の軍法だ。

そこに兼続と平馬の七千が駆けつけた。六千の景勝軍にさえ手こずっていた一揆軍である。ここに新手が加わったのでは、ひとたまりもない。たちまち算を乱して逃げ始める。それを一万三千が追う。逃げ惑う一揆軍は、やがて、後方から南下してきた味方の三万と出会ったが、この逃げ惑う味方が隊列に乱入したせいで指揮系統が寸断され、かえって、上杉軍を利することになった。一万三千が一丸となって突撃すると、たちまち、一揆軍は敗走を始める。この追撃戦で、景勝と平馬は、敵兵一千の首を得た。圧倒的な大勝利といっていい。

この敗北で一揆軍は戦意を喪失し、増田城を始めとして、一揆軍が攻略していた城は次々と降伏した。出羽の百姓一揆は、発生から数日で完全に鎮圧された。

その翌年、天正十九年（一五九一）三月に陸奥の九戸《くのへ》政実《まさざね》が反乱を起こしたときも、平馬は景勝と行動を共にして九戸城攻撃に加わった。この頃には、平馬は景勝や兼続と肝胆《かんたん》相照《あいて》らす仲になっていた。

十四

東北の乱を鎮め、検地も終えて、ようやく平馬は都に戻った。本当ならば、兵を率いて領地の敦賀に戻るべきだったが、行政官僚として優れた手腕を持つ平馬が敦賀に留まることを秀吉は許さなかった。香瑠と子供たちも都に来ていた。

「父上、お帰りなさいませ。お役目、ご苦労様でございました」

勝太が畳に手をついて、平馬に挨拶する。勝太も十三歳になり、背丈も伸び、表情も大人びて、少しずつ幼さが失われつつある。挨拶する姿も堂々としたものだ。

「お帰りなさいませ。ご無事で何よりでございました」

続いて、とくが挨拶する。十一歳のとくは、まだ子供臭さが抜けていないし、表情にも幼さが残っている。

「うむ、うむ」

平馬は目を細めて、子供たちの挨拶を受ける。去年の春に始まった小田原征伐以来、一年以上の長きにわたる遠征だった。その間に子供たちの背丈が伸びたことに驚き、自分が留守でも、香瑠がしっかり家庭を守ってくれることに感謝した。子供たちが素直で真っ直ぐに育っているのは香瑠のおかげだとわかっている。その香瑠は、子供たちの横に坐って、にこにこしている。平馬の肉体には言葉で表せないほどに疲労が蓄積されていたが、香瑠と子供たちの笑顔を見ると、そんな疲れなど、どこかに消えてしまう気がする。

その夜、平馬と香瑠は夫婦水入らずで酒を酌み交わした。平馬がちびちびと酒を嘗め、傍らの香瑠が酌をする。時たま、平馬が香瑠に盃を差し出すが、香瑠はあまり呑めないので、ほんの少し口にするだけだ。それでも頬がほんのりと上気してしまう。

「よい子供たちだ」

平馬はしみじみとつぶやき、姿勢を正して香瑠に向かい、

「おまえがしっかり育ててくれたおかげだな。この通りだ。礼を言うぞ」

と頭を下げる。

「平馬殿は外で難しい仕事をし、戦にも出ておられるのです。わたしが家を守るのは当たり前のことではありませんか」

「当たり前だとは思っておらぬ。香瑠だからこそ、できることだ。わしの人生で何よりもよかったことは、おまえを妻に迎えたことだ。わしの妻になってくれてありがとう」

「何をおっしゃるのですか」

香瑠は恥ずかしそうに顔を真っ赤にする。

「赤くなったな」

「からかわないで下さい」

「いやいや、からかってはおらぬ」

ははは っ、と平馬が機嫌よさそうに笑う。

「それにしても、しばらく会わぬうちに勝太は大きくなったなあ」

「随分、背丈も伸び、目方も増えたようです」

「もう十三歳になったことだし、年が明けたら、元服させねばなるまいな。早く一人前になって、大谷の家を支えてもらわねばならぬ。まだ勝太には荷が重いかもしれぬが……」

「具合が悪いのですか？」

香瑠が心配そうな顔で平馬を見つめる。

「自分ではよくわからぬのだ」

平馬が首を振る。

「それほど悪くなっているような気もしないが……。いや、そうは言えまいな。馬に乗るのも辛くて、戦のときも馬ではなく輿に乗って采配を振らねばならないほどだ。足が萎《な》えてきているのだろう」

「……」

　香瑠が悲しげな顔になる。

「すまぬ、すまぬ。おまえを心配させるつもりはないのだ。しかし、病に罹っていて、それが治る見込みもないのだから、今のうちに先々のことをきちんと考えておかなければならぬと思う。辛いだろうが堪えてくれ」

「はい」

　香瑠が小さな声でうなずく。

「来年、勝太を元服させ、いつでもわしの後を継ぐことができるように、いろいろ教えていくつもりだ。佐吉も力になってくれるだろう。勝太は、それでいいとして、とくのことも考えねばならぬ」

「とくは、まだ十一でございますよ」

「今すぐに、どこかに嫁がせようというわけではない。しかし、わしの身に何かあってから考えるのでは遅い。それ故、とくの縁組みについてもきちんと考えておきたいのだ」

「平馬殿がそういう言い方をなさるということは、何かお考えがあるのですね？」

「香瑠に隠し事はできぬなあ」

　笑い声を上げると、実は、源次郎殿を婿に迎えたいと考えているのだ、と口にする。

「まあ、源次郎殿を」

「驚くのはわかる。何しろ、源次郎殿は人質の身の上なのだからな。しかし……」

実は、前々から、源次郎殿の人柄を見込み、彼になら大切な娘を託することができると考えていた、と平馬は言う。

しかし、心にためらいがあったのも事実だ。人質という不安定な立場にあり、実家の真田家が秀吉に反旗を翻すようなことになれば、見せしめとして処刑されることになる。たった一人の娘を、なぜ、わざわざ人質に与えなければならないのか。

その迷いを吹っ切ることができたのは、上杉景勝と直江兼続のおかげなのだと、平馬は言う。

出羽の一揆軍鎮圧、陸奥の九戸城攻撃などを通じて、平馬は二人と心を通わせ、強い信頼関係で結ばれるようになった。堅苦しい儀礼抜きで、車座になって酒を酌み交わす機会も多かったが、そういう席で、必ず、話題になるのが源次郎のことだった。

誰に対しても手厳しい評価をする兼続が源次郎だけは賞賛し、口の重い景勝ですら、

「源次郎を手放したのは惜しかった」

と無念そうに繰り返し、源次郎を人質と考えたことなどなく、自分の家臣として育て、いずれは兼続と共に上杉を支える柱石にするつもりだったと話した。思わず、平馬は、

「もし今でも源次郎殿が人質として上杉家に留まっており、真田家が上杉家に敵対したらどうなさるおつもりですか？」

と訊いた。人質である以上、源次郎は死ななければならないはずであった。

しかし、景勝は、

「真田家が何をしようと源次郎とは関わりのないこと。わしは源次郎を上杉の者と思うておりました」

と淡々と口にした。

「殿下のお許しがあれば、今でも源次郎を上杉に取り戻したいと殿は考えているのですよ」

と、兼続は笑った。

（それほどの男なのか……）

源次郎の優れた資質を理解しているつもりでいたが、源次郎に対する景勝と兼続の評価は、平馬の評価よりもずっと高かった。そのことに驚かされたのである。なぜなら、決して約束を違えぬ景勝の信義、武将としての兼続の非凡さ、謙信以来の上杉軍の比類なき強さというものを、横手城を一揆軍に包囲され、絶体絶命の危機に陥ったとき、平馬は、まざまざと思い知らされた。今では景勝と兼続に対して畏敬の念すら抱いている。その二人が口を揃えて源次郎を賞賛するのを聞き、

（源次郎殿を上杉に返すわけにはいかぬ。とくの婿に迎えるのだ。万が一、真田家が殿下の機嫌を損ねて、殿下が源次郎殿を斬れと命じたら、わしの命を身代わりに差し出せばよ

い。その覚悟さえあれば、源次郎殿を婿に迎えるのを迷う理由などない)

そう考えるようになったのだと平馬は香瑠に説明し、

「反対か?」

と訊くと、香瑠がころころと笑い声を発する。

「何を笑う?」

「だって、おかしいのですもの。とくを誰かに嫁がせるのなら、源次郎殿がよいのに、とずっと考えていたのですよ」

「そうなのか?」

「夫婦というのは同じことを考えるものですね」

香瑠が言うと、

「確かにな」

平馬も笑い出す。二人でいつまでも笑った。

十五

文禄《ぶんろく》元年(一五九二)一月五日、秀吉は配下の大名たちに朝鮮出兵の命令を下した。平馬も一千二百の兵を率いて京都を出発し、肥前名護屋《ひぜんなごや》に向かった。名護屋には、秀吉が本陣とする城があるのだ。平馬は船奉行に任じられた。兵員を朝鮮半島に渡海させるための船を調達したり、武器や食糧を輸送することを指揮するのが主な仕事だ。同役は増田長盛、石田佐吉ら十二人である。

動員された兵力は、およそ二十八万人で、第一陣として十六万人の渡海が予定されている。

朝鮮征伐は、当時「唐入り《からい》」と呼ばれた。唐とは中国のことで、その頃の支配王朝は明《ミン》である。秀吉の目的は朝鮮を征することではなく、朝鮮を経由して、明に攻め込むことだった。明を支配下においた後、遠く天竺《てんじく》（インド）にまで遠征軍を送る計画を思い描いていたとも言われる。

四月中旬、まず小西行長《こにしゆきなが》が二万の兵を率いて釜山《プサン》に上陸、釜山城を攻め落としたことで「文禄の役」が勃発した。小西軍は直ちに北上を開始した。

数日遅れて上陸した加藤虎之助は、後続部隊の上陸を待つはずだった小西行長がすでに進撃を始めていることを知ると、

「おのれ、弥九郎《やくろう》、約束を違えて先駆けするとは武士の風上にも置けぬ奴！」

と激怒し、小西軍に追いつき追い越すべく、他の道を通って猛烈な進軍を始めた。目指すは朝鮮王朝の首都・漢城《ハンソン》である。

朝鮮軍を蹴散らしながら、両軍は競い合うように漢城に殺到し、五月一日に小西軍が、

翌二日には加藤軍が漢城に入った。開戦から二十日足らずで首都を陥落させたのである。秀吉でさえ予想していなかったほどの圧倒的な戦果といってよかった。

「ひどいな……」

平馬がつぶやくが、佐吉は口を閉ざして黙りこくっている。その横にいる増田長盛は血の気の引いた真っ青な顔をしている。目に飛び込んでくるのは、それほど酷《むご》い光景ばかりなのである。

平馬、佐吉、増田長盛の三人が軍奉行として釜山に上陸したのは六月十二日である。名護屋にいる秀吉の代理として諸将の働きぶりと占領した土地の様子を具《つぶさ》に調べることが目的だった。

朝鮮に兵を送るにあたって、秀吉は「一銭切令《いっせんぎりれい》」を出している。これは、朝鮮における略奪や暴行を禁じる命令で、わずか一銭を盗んでも処刑するという厳しい命令だった。秀吉がこの命令を出したのは、朝鮮をできるだけ穏やかに征し、明に侵攻するときに朝鮮軍に道案内させようという腹積もりだったからである。朝鮮の民に憎まれぬように配慮したのだ。

秀吉が、この種の命令を発したのは一度だけではない。小西軍、加藤軍がめざましい戦果を挙げ、両軍に続いて上陸した黒田長政の軍勢も破竹の勢いで北上するのを知って、それを喜ぶどころか、かえって慎重になり、朝鮮の民をむやみに殺したり捕らえたりしてはならぬ、百姓から穀物を奪ってはならぬ、放火を行ってはならぬ、民が飢えていれば米を与えて救え……事細かに指示を送った。勝ち戦に驕《おご》った軍隊というものが、いかに凶暴で危険な存在かということを秀吉は熟知していたのだ。

それほど秀吉が配慮したにもかかわらず、三人の軍奉行の目に飛び込んできたのは、凄まじいばかりの破壊と略奪と殺戮《さつりく》の光景であった。由緒ある歴史建造物や寺院は破壊され、家屋も焼き払われ、どの町も無残な焼け野原と化している。その周辺には無数の死体が遺棄されたままになっており、飢えた民が泣き叫びながらさまよい歩いている。遠征軍が食糧を奪い尽くしたため、食べるものがないのだ。飢えた民を救うどころか、遠征軍が民を飢えさせていた。秀吉がくどいほどに繰り返して発した命令は何ひとつとして守られていなかった。

（この世に地獄があるとすれば、この朝鮮の土地こそが地獄に違いない……）

多くの戦を経験してきた平馬ですら、これほどひどい戦場を見たことがなかった。

どこを見回しても焼け野原と死体の山ばかりで、七月十六日に漢城に着いたときには、平馬も佐吉も増田長盛もすっかり無口になっていた。

特に佐吉は面変わりするほど痩せこけてしまい、口には出さないが、秀吉の命令を踏みにじって朝鮮を地獄にした武将たちへの怒りが胸のうちに渦巻いているのは明らかだった。

漢城に着くや、佐吉は、遠征軍の総大将・宇喜多秀家《ひでいえ》にねじ込み、

「なぜ、太閤殿下の命令に従わぬのか!」

と諸将の行為を手厳しく非難した。

その剣幕に圧倒され、秀家はひと言も抗弁できず、佐吉が怒鳴りまくっている間、姿勢を正してうなだれるしかなかった。

「この件、殿下に詳しく奉じなければならぬ」

秀家を詰問するだけでは飽き足らず、漢城にいる武将たちから聞き取り調査を始めた。聞き取りといっても、ほとんどの時間は佐吉が武将たちを悪し様《あざま》に罵るのである。そういうやり方に不満を口にしたり、逆らったりする者がいると、更に佐吉は腹を立て、

「名護屋を発つとき、太閤殿下は、こうおっしゃった。『わしの目となり、耳となって朝鮮がどうなっているか探ってこい。佐吉に逆らう者がいれば、それは秀吉に逆らうのも同じことだと申せ』とな。つまり、汝は殿下に口答えしているのと同じこと。汝が吐いた言葉をそのまま殿下に伝えてよいか」

誰に対しても厳しい態度を崩さなかったので、この漢城滞在中、佐吉の評判はひどく悪かった。その評判が耳に入らないはずはなかったが、

「軍奉行としての務めを果たすのみ」

と、佐吉は一向に気にする様子がなかった。

腹を立てたのは平馬も同じだが、あまりにも佐吉の態度が刺々《とげとげ》しいせいで、武将たちから憎悪されていることに気付いたので、それとなく諫《いさ》めたが、佐吉は耳を貸さなかった。

朝鮮の惨状も、漢城における味方同士の不和も平馬の心を暗くした。そんな中で、ただひとつ平馬の気持ちを明るくする材料があるとすれば、黒田官兵衛との再会だった。

倅の長政が第三軍を率いていることもあり、官兵衛自身は戦には出ていない。浅野長政と共に、秀吉から「上使」という立場を与えられ、言うなれば、軍事顧問のような形で遠征軍に関わっている。

「やあ、白頭殿、お元気か？」

宿舎を訪ねると、官兵衛は戸口まで平馬を迎えに出てくれた。誰に対しても手厳しく、しかも、物言いが辛辣で皮肉っぽいので、遠征軍の若い武将たちからは、口うるさい頑固親父として煙たがられているが、昔から平馬にだけは優しい。好々爺《こうこうや》のような柔和な笑みを浮かべている。

「又兵衛《またべえ》、白頭殿じゃ。ご挨拶せよ」

無骨な面構えの武者がのそりと現れ、後藤《ごとう》又兵衛にございまする、と頭を垂れる。

「わが家臣・栗山備後守《くりやまびんごのかみ》に仕えている者でござるが、暴れ牛のような荒くれ者で、備後も使いこなせないというので、わしが預かって、そば近くで召し使っております」

「なるほど、よい面構えをしておりますな。大谷刑部でござる」

平馬が軽く会釈しても、又兵衛はにこりともしない。官兵衛が酒肴を持て、と命ずると、奥に消えた。

「病は、如何《いかが》かな?」

床にあぐらをかくと、官兵衛が訊く。

「よくはありませぬな」

平馬が腰を下ろそうとするが、手足の関節が思うように動かないので一苦労だ。それを見て、官兵衛が、どうか楽になされよ、無礼講で構いませぬぞ、と口を出す。

「かたじけない」

遠慮する余裕もないので、平馬は両足を投げ出し、壁にもたれて坐る。

「それほど具合が悪いのに、海を越えて朝鮮にまで足を運ばねばならぬとは大変ですな」

「殿下のご命令とあれば、どこへでも喜んで参りまするよ」

「白頭殿を誰よりも信じておられるからのう。朝鮮の戦がどんな有様なのか、殿下も気になるのであろうて……。しかし、治部のやり方はよろしくない」

官兵衛が顔を顰める。

そこに又兵衛が酒肴を運んできた。官兵衛は、片隅に控えて給仕するように又兵衛に命じると、徳利を手にして、さあ、飲まれよ、と平馬に酒を勧める。

「佐吉のやり方が乱暴なのは確かですが、その気持ちがわからぬでもありません。なぜなら、殿下の命令がことごとく守られていないからです」

「焼くな、殺すな、奪うな……それでどうして戦ができるのかな？」

「やむを得ず命令に従うことができなかった、という言い訳が通用するくらいのひどさではありますまい。村や町を手当たり次第に焼き払い、出会った者たちをことごとく殺す……そんなやり方をしているように見えます」

「わかった、白頭殿」

官兵衛が片手を挙げて、平馬の発言を制する。

「そのことで言い争いはするまい。いずれ治部が殿下に報告して、何らかの沙汰が下るであろう。だが、初めて見る不慣れな土地で命懸けで戦っている者たちのために、ひとつだけ言わせてほしい。食糧を奪ったのは、そうしなければ食うものがないからだ。それは白頭殿もご存じであろう」

「……」

平馬にもわかっている。陸の戦いでは、遠征軍は圧倒的な勝利を積み重ね、短期間で首都・漢城を攻略するほどの大戦果を挙げたが、海では、そうはいかなかった。李舜臣《イスンシン》の指揮する朝鮮水軍は強く、日本の水軍はまったく歯が立たない。負け戦ばかりなので、物資の補給が円滑に進んでいないのだ。

皮肉なことに、あまりにも遠征軍の進撃が速すぎるために兵站《へいたん》線が延びきったことも補給がうまくいかない原因のひとつになっている。

「殺さなければならぬのは、敵がどのような姿で襲ってくるかわからぬせいだし、建物を焼き払うのは、そこに敵が潜んでいるかもしれないからだ。殿下の命令を破りたくて破っているわけではない。そんなことも治部にはわからないらしいが……」

「……」

二人は黙って酒を口に運ぶ。下手に口を開くと言い争いになりそうだった。官兵衛の話を聞けば、誰が正しくて、誰が間違っていると、一概に決めつけられない難しい問題なのだと平馬にもわかる。

「海の戦では、なかなか勝てないことは承知しておりますが……」

「これからは海だけでなく、陸の戦も難しくなる」

朝鮮軍だけでなく、明軍とも戦わなければならないからな、と官兵衛は言う。

これは事実であった。

七月末、明の将軍・祖承訓《ツチエンフン》の指揮する六千の明軍が小西行長の守る平壌《ピョンヤン》を攻撃した。小西軍が撃退したが、これが小手調べに過ぎないことは誰もが承知している。明の大軍が続々と朝鮮を目指して行軍中だからである。

しかも、朝鮮各地で「義軍」と呼ばれる民兵たちが蜂起を始めており、遠征軍は義軍との戦いにも手こずっている。

「これからが正念場だというのに、仲間同士で争うようなことをしていていいのかな？」

「……」

そう言われると、平馬も言葉に詰まった。

十六

宇喜多秀家は、朝鮮各地に駐留する武将たちに使者を送り、漢城に集まるように指示を出した。八月十日、李氏朝鮮の宮殿・昌徳宮《チャンドックン》で軍議が開かれた。

軍議は荒れた。

最前線で明軍と対峙する小西行長は強硬論を展開し、敵の来襲を待ち構えるのではなく、逆にこちらから積極的に明国に攻め込むべきだと主張した。

黒田官兵衛は、これに反対し、朝鮮各地に点在する遠征軍を漢城に呼び寄せて兵力を集中し、敵軍との決戦に備えるべきだと主張した。

そこに小早川隆景が、

「なぜ、それほど明軍を怖れるのか。遥か彼方からやって来るのだ。そんなに早く到着するはずがない。慌てることなく、今まで通りの戦を続ければよい」

と異論を唱える。

三人が持論を唱え、その主張をまったく譲らない。

他の武将たちが誰かの意見に賛同して、その意見が主流になれば、議論をまとめようもあるのだが、他の者たちが黙りこくっているので、なかなか、話がまとまらない。本来、遠征軍の総大将である宇喜多秀家がまとめ役になるべきだが、まだ二十歳の若者には荷が重すぎる役割であろう。

しかも、秀家は、秀吉の命令に従わなかったことを佐吉に厳しく責められてからというもの、何かにつけて佐吉の顔色を窺うようになり、今もまた三人の武将たちの顔ではなく、佐吉の顔を横目で窺っている始末だ。

島津義弘《よしひろ》は軍議が始まってから、目を瞑って腕組みしたまま一言も発していない。加藤虎之助も口を閉ざしているが、これは意見がないからではない。本心では、小西行長と同じ強硬論を唱えたいのだが、行長のことが大嫌いなので、誰が行長と同じ意見など口にするものかと意地になって黙り込んでいるのだ。

官兵衛と同じ考えであるにもかかわらず黒田長政が黙っているのは、それを口にすれば、

「ふんっ、父親の真似ばかりしおって」

と、行長あたりに嘲笑されるとわかっているからだ。それぞれに思惑があって、行長、官兵衛、隆景以外の武将たちが何も発言しないという異様な軍議になった。

(これは、いかん)

このままでは殴り合いでも始まりそうな険悪な雰囲気になってきたので、平馬も焦り出す。

「差し出がましいとは存じますが、少しばかり休息しては如何《いかが》でありましょうか」

平馬が秀家に勧めると、

「ああ、そうですな。そうしましょう」

秀家がホッとしたようにうなずく。他の者たちも反対しなかったのは、平馬が普通の体でないことを承知していたからである。官兵衛も、

「お疲れであろう。あちらでお休みになるがよい」

と優しい言葉をかけてくれた。

「かたじけない」

平馬は広間から退出した。外で待っていると、やがて、佐吉が現れた。

「おい、話がある。こっちに来い」

「何を興奮している？　休んだらどうだ。疲れているんだろう」

「いいから」

平馬は佐吉を別室に連れて行き、二人きりになると、

「どういうつもりだ！」

と怒声を発した。

「何のことだ？」

「なぜ、おまえは黙っているかと訊いている」

「当然だろう。おれは軍奉行だぞ。目付役だ。目付役は作戦には口出ししない。話し合いで決まった作戦がきちんと為されるかどうかを見極めるのが役目ではないか」

「何を言うか！」

平馬は拳を振り上げて怒りを露わにする。

「ならば、問う。軍奉行として訊くのではないぞ。子供の頃からの友達として訊くのだ。だから、ふざけた返答をするなよ。おまえは、どうすればいいと考えているのだ？」

「ふうむ、友としてか……。よかろう。他ならぬ平馬の頼みだから答えよう。おれの答えは決まっている。食糧を運ぶことができないのだから、明国に攻め込むことなどできぬし、今のまま朝鮮全土に味方が散っているのもよくない。黒田殿がおっしゃるように漢城に味方を呼び集めるべきだろう。できれば漢城も捨てて引き揚げるべきかもしれぬが、それは殿下がお許しになるまい」

「きさま……」

平馬の目がつり上がる。

「なぜ、それを言わぬ！」

「だから、それは軍奉行の役目ではない」

「宇喜多殿は、おまえの顔色ばかり窺っている。気付いているはずだぞ」

「まあ、気付かないではないが……」

「宇喜多殿に話してくる。軍議の席で、さっきの考えを言え。いいな？」

「それはできぬ」

佐吉が首を振る。

「おまえ……」

「おれは言わぬ。平馬が言えばよかろう」

「反対しないだろうな？」

「馬鹿め。誰がそんなことをするか。おまえを裏切るようなことはせぬわ」

佐吉が顔を顰める。

「わかった」

平馬は、そこから秀家の部屋に向かい、佐吉と話した内容を告げた。

「なるほど、軍奉行の考えを伺った上で、わたしが策を決めるということですね？」

平馬の提案を聞いて、秀家は嬉しそうな顔をした。どうやって軍議をまとめたらよいものかと悩み、途方に暮れていたのだ。

軍議が再開されると、

「お三方のお考えを伺いましたが、軍奉行の方たちのお考えも伺ってみましょうか」

と、秀家は言い、それに応えて、平馬が、どの考えが優れているとか劣っているとかいうのではなく、最も憂えるべきことは食糧の確保が難しいことであり、遠征軍が各地に点在していたのでは食糧を運ぶことができない、という現状を事細かに説明する。

平馬が話し終わると、秀家がぐいっと身を乗り出し、皆様方を差し置いて自分のような若輩者が策を決めるのは僭越《せんえつ》だとは存じますが、自分は太閤殿下から軍配を預かって海を渡ってきた身であれば、どうか、わたしの決定に従っていただきたい、わたしは黒田殿の策を取りたいと存ずるが如何……ぐるりと諸将の顔を見回す。

小西行長が口を開いて異論を唱えようとするが、

「よきお考えと存ずる」

ぼそりと佐吉がつぶやくと、行長は口を閉ざした。

佐吉が堺奉行を務めていた頃から行長と佐吉は親しく交わるようになっている。佐吉が秀家の意見に賛成したので行長は遠慮したのだ。小早川隆景が口をつぐんだのも同じ理由だ。秀吉政権下で毛利家が生き延びるに当たって、何かと佐吉を頼ったという経緯があるから面と向かって佐吉の考えに異を唱えるのは難しい。

この結果、遠征軍は戦線を縮小し、漢城を中心にいくつかの重要拠点の確保に務めることになった。

十七

年が明けて文禄二年（一五九三）一月七日、小西行長の守る平壌城に四万の明軍が奇襲攻撃を仕掛けてきた。食糧が欠乏し、兵力でも大きく劣っているので行長は撤退を決意し、漢城に向けて南下した。明軍は勝ちに乗じて追撃し、一気に漢城を奪い返そうとした。宇喜多秀家は漢城の死守を決断し、周辺に散らばっている遠征軍を急いで呼び集めて明軍との決戦に備えた。

一月二十六日、小早川隆景、立花宗茂《たちばなむねしげ》らの率いる二万の先鋒軍が漢城を出発、宇喜多秀家の本隊二万は漢城に留まって、敵の動きに対応することにした。

小西軍を追う明軍は隊列が長く伸びきってしまい、兵たちも疲労していたが、勝ち戦に慢心したのか、味方の集結を待たず、一気に遠征軍を叩こうとした。かくして両軍は漢城の北、碧蹄館《ビョグジェグァン》付近で激突した。遠征軍二万、明軍二万、合わせて四万の軍勢が山に囲まれた狭隘《きょうあい》な泥地で死闘を演じたのである。

世に言う「碧蹄館の戦い」である。

このとき、平馬は佐吉と共に秀家のそばにいた。

まさか本格的な戦闘が始まったとも知らず、先鋒軍から発せられる使者の口上を聞いて、初めて一大決戦が行われていることを知った。早朝に始まった戦いは昼過ぎには決着した。急いで出陣準備をしている漢城の本隊のもとに捷報《しょうほう》がもたらされた。遠征軍の圧勝であった。明軍は六千という途方もない数の死者を遺棄して敗走した。遠征軍の大勝利ではあったものの、兵は疲れ、食糧も底をついていたので敵を追う余力が残っておらず、明軍を追い詰めることはできなかった。

碧蹄館の戦い以来、双方共に積極的に動くことができなくなり、膠着状態に陥った。こうなると和平の機運が高まるのは自然の成り行きで、五月初め、佐吉、平馬、小西行長らは明の講和使節を伴って帰国した。秀吉は七箇条の講和条件を提示し、名護屋で講和交渉が始まった。

八月に秀頼《ひでより》が生まれ、秀吉は急いで大坂に戻ったが、このとき平馬も同行している。

「疲れた……」

屋敷に戻って香瑠の顔を見ると、平馬は溜息をついた。

(これは大変だ)

と、香瑠は心配した。

戦地から帰還した平馬がそんな言葉を洩らすのは初めてだったからだ。よほど体に堪えているのだろうと察した。頭巾と覆面を取ると、平馬の顔が真っ赤だ。香瑠が額に手を当てると、ひどい熱だ。

「少し休む」

平馬は倒れるように横になると、それから数日、高熱に魘され続けた。もがき苦しむ平馬を看病しながら、海の向こうの見知らぬ国で、どれほど辛い目に遭ったのかと想像し、香瑠は、そっと袖で涙を拭った。

ようやく熱が下がっても、すっかり体力が落ちてしまったので、一人では起き上がることもできず、何をするにも香瑠の手を借りなければならなかった。

「すまない」

平馬は何かというと香瑠に謝った。時には涙ぐむことすらある。そんな平馬の姿を見て、(気が弱くなっているようだ。病が進んで具合が悪いのかもしれない)

と、香瑠は表情を曇らせた。

そんなある日、

「なあ、香瑠」

「はい？」

「勝太を元服させ、家督を継がせることを考えねばならぬなあ。とくの婚儀も考えた方がよかろうと思う……」

そこで平馬は言葉を切ると、わしが生きているうちにな、と付け加えた。

「……」

香瑠は何も言えなかった。口を開けば嗚咽が洩れそうだったからだ。三十五歳という若さで、自分が死ぬことばかり考えなければならない夫が哀れでならなかった。

十八

世に言う文禄の役が終わり、名護屋で明との講和交渉が始まると、各地から動員された武将たちも次々と帰郷した。信濃の真田昌幸もその一人である。

昌幸は兵を率いて名護屋に出陣し、渡海命令が下るのを待ったものの、結局、朝鮮に渡ることはなかった。

この頃、秀吉は伏見城《ふしみじょう》の拡張工事をしていた。秀頼に立派な城を贈りたいと考えたからだ。この大規模な工事を進めるに当たって、朝鮮に渡らなかった武将たちに普請が割り当てられた。昌幸も普請役を命じられ、文禄三年（一五九四）二月、普請に従事する三百人ほどの農民を引き連れて上京した。これには長男の信幸《のぶゆき》と次男の信繁、すなわち、源次郎が同行している。源次郎は、大坂城で長きにわたって人質生活を送っていたが、昌幸が名護屋に出陣するのと入れ違いに信濃に戻っていたのである。

普請役は三月から九月までの半年で、扶持米《ふち》は支給されるものの、それ以外のものは自分で賄《まかな》わねばならない。滞在する屋敷の手配など、平馬が事細かに配慮したおかげで、昌幸たちは大いに助かった。

二月下旬、昌幸と源次郎の二人が平馬の屋敷を訪れたのは、そのお礼のためだった。昌幸と平馬は初対面ではない。名護屋で会っている。もっとも、そのときは陣中ということもあり、儀礼的な挨拶を交わしたに過ぎない。

源次郎の到着を知ると、屋敷の奥から勝太が走り出てきた。十六歳で、すでに元服して吉勝《よしかつ》と名乗っている。吉勝は源次郎のことが大好きで、兄のように慕っている。久し振りに源次郎に会うのを心待ちにしていたのだ。

「ほう、偉丈夫になられましたなあ。前に会ったときより、背丈も伸び、目方も増えたようだ」

源次郎も嬉しそうだ。

「とくは、どうした？」

平馬が香瑠に訊く。

「さっきまで、そのあたりにいたのですが……。ま、あんなところに」

香瑠が周囲を見回すと、とくが柱の陰から目だけ覗かせている。

とくも今では徳子《とくこ》と名乗るようになり、年頃の十五歳になっている。源次郎と顔を合わせるのが恥ずかしいようだ。

源次郎と吉勝は、庭で相撲を取ろう、剣術の稽古をしようなどと二人で盛り上がり、笑いながら廊下を渡っていく。平馬がうなずくと、香瑠も腰を上げる。香瑠が手引きしなければ、いつまでも徳子は隠れているだろうから、平馬が気を遣ったのだ。平馬にすれば、源次郎を徳子の婿に迎えたいという思惑があるから、源次郎と徳子が二人だけで話せる機会を作ってやりたかった。

「いくつになっても子供のような奴でして」

昌幸が、口許を歪めて皮肉めいた笑みを浮かべる。

「源次郎殿も立派になられました」

平馬が昌幸に顔を向ける。といっても、頭巾と覆面を付けたままだし、両足も投げ出して坐っている。もはや、普通の姿勢で客と会うこともできなくなっているので、事前に昌幸と源次郎には行儀の悪さを了解してもらっている。

「このたびは、いろいろと骨折りいただきまして、まことに忝《かたじけな》く存じます」

昌幸が姿勢を正して挨拶する。

「大したことはしておりません」

平馬も頭を下げる。

ひとしきり儀礼的な応酬を続けた後、

「堅苦しい挨拶はこれくらいで終わりにしませぬか」

と、昌幸が言い出した。

「そうですね」

「ならば」

昌幸があぐらをかき、胸元をくつろげる。

「若い頃から儀式張ったことが苦手でしてな。戦をしている方が、ずっと気楽でいい」

ははは、と昌幸が笑う。

「……」

平馬は、じっと昌幸を見つめる。

昌幸は五十歳である。この時代、平均寿命が短いから老人の部類である。中肉中背、表情は柔らかく、傍目《はため》には好々爺然として見える。

しかし、権謀術数の渦巻いた戦国時代においても、昌幸ほど腹黒い男はいないと言われるほど評判が悪い。数々の武勲を数えていけば、昌幸が稀代の戦名人であることは疑いの余地がないが、これほどの食わせ者もいないといっていい。

徳川家康など蛇蝎《だかつ》の如く昌幸を嫌っているし、源次郎への賞賛を惜しまない上杉景勝や直江兼続ですら、父親の昌幸をまったく信用していない。これほど毀誉褒貶《きよほうへん》が激しい男も珍しい。平馬の懸念もそこにある。源次郎の人柄はよくわかっているが、昌幸のことはわからない。源次郎と徳子を結婚させるのは、平馬と昌幸が縁戚になるということでもある。

縁談を進める前に、自分の目で昌幸という男の本質をしっかり見極めたいと思った。

素面《しらふ》では昌幸も自制して本音を口にしないだろうから、酒を飲めば緊張もほぐれるかと考え、平馬は酒肴を用意させた。平馬もあまり飲める方ではないが、昌幸も同じらしく、酒を口にするや、すぐさま顔が赤くなる。

「しかし、何ですな、唐入りは無駄働きでしたな」

「そうでしょうか」

「まあ、わしなど名護屋まで暇潰しに出かけたようなもので、海の向こうで戦をしたわけではない。刑部殿はご苦労なことでした」

昌幸がぺこりと頭を下げる。

「無駄というのは、海の向こうで異人相手に戦をする前に、他にやることがあるということです。徳川を討つなり、伊達《だて》を討つなり、他にやることがあるのではないでしょうかな」

「安房守殿……」

思わず平馬は周りを見回した。余人に聞かれていい話ではない。

「そのようなことを」

「言うべきではない、とおっしゃるか？　ふんっ、徳川や伊達だけではありませぬぞ。黒田とて腹の中では何を考えているかわからぬ。もちろん、殿下が生きておられる間はおとなしくしておるでしょう。しかしながら、お世継ぎは赤子に過ぎぬ。一人前になるまで殿下が長生きできるかどうか……。かくいう、わしにしても、せめて、五十万石ほどの身代があれば、一度は天下を狙いたいものと……」

「酔っておられるようですね」

「そう見えますかな？」

「そうでなければ困ります」

「刑部殿は、頭の固い御方よ。源次郎と似ておる」

わはははっ、と笑うと、昌幸は昔語りを始める。いかに武田信玄が優れた武将だったかという話で、それに比べれば家康など洟垂れ小僧に過ぎぬ、現に三方ヶ原では手も足も出ないほどの大敗を喫したではないか、と言う。その洟垂れ小僧に太閤殿下は小牧・長久手の戦で敗れているのだから、信玄公さえ生きておられれば、家康も殿下もこの世にはいなかったでありましょうな、とまたもや大笑いする。

平馬が何を言っても昌幸の饒舌《じょうぜつ》は止まらないので、最後には平馬も諦めて、昌幸がしゃべるに任せるしかなかった。信玄の武勲を我が事のように自慢し、上田合戦で徳川軍を敗退させた己の采配を誇らしげに語る昌幸の顔を眺めているうちに、

（案外、裏表のない、わかりやすい人なのかもしれぬな）

という気がしてきた。次々と主を替える変節漢と罵られているが、真田家が生き残るに

はそうするしかなかっただけのことで、武田家が滅びることがなければ、今でも武田に忠義を尽くしていたのではないかという気がする。

昌幸のツボの在処《ありか》がわかってしまうと、表情にもかかわいげが感じられ、語る内容も面白く、いつしか平馬は本心から昌幸との会話に引き込まれていた。

十九

「ふうむ……」

平馬の話を聞くと、佐吉は腕組みし、難しい顔のまま黙り込んだ。

「反対か？」

「そうは言わないが……。選《よ》りに選って真田の倅でなくてもよいのではないかと思ってな。大谷刑部の娘ならば、いくらでもよい婿を見付けられるではないか。おまえも今では敦賀城主、立派な大名だ。真田が相手では釣り合いが取れぬ。真田の嫡男と縁組みするのならわからぬでもないが、相手は二男だ」

「石高や官位など、どうでもよい。とくを幸せにしてくれる男のもとに嫁がせたいのだ。わしが人並みに長生きできるのなら、とくの行く末を見守ってやることもできようが……。源次郎殿であれば、安心して、とくを委ねることができる」

「おまえ……」

佐吉が驚いたような顔で両目を見開く。

「それほど悪いのか？」

「自分でもわからぬのだ。しかし、よくはないし、少しずつ悪くなっていることだけはわかる。何よりも心配なのは、病が頭の中に入り込み、何も考えられぬようになってしまうことだ。死ぬよりも辛い生き恥をさらすくらいなら、さっさと死んでしまいたい。幸い、まだ普通に考えることができる。だからこそ、今のうちに子供たちのことをしっかり考えてやりたい。できるだけ早く、勝太に家督を譲って隠居するつもりだ」

「……」

「どうかしたか？」

佐吉がうつむいたまま黙ってしまったので、平馬が訝《いぶか》しむ。

「いや……」

顔を上げた佐吉の目には涙が光っている。袖で目許をこすると、

「友が病で苦しんでいるのに何もできないことが悔しくてならないのだ」

「佐吉……」

「わかった。大谷家と真田家の縁組みについては何も心配するな。おれがうまくまとめる。源次郎殿の身分についても、どうすればいいか考える。任せておけ。決して悪いようには

せぬ」

「すまぬ」

平馬が頭を下げる。豊臣政権下でも大名同士の婚姻については、なかなか、やかましく、当事者同士が勝手に縁組みを進めることはできない。秀吉の許可をもらうことが必要だし、たとえ許可をもらえたとしても、その先には煩雑な手続きが待っている。それらの作業を円滑に進めるには、佐吉のように行政能力に長けた男の手を借りるのが手っ取り早いのだ。

十一月、伏見城の築城普請役を務めた報奨として、真田信幸が従五位下・伊豆守《いずのかみ》に、弟の源次郎が従五位下・左衛門佐《さえもんのすけ》に任じられ、両者に豊臣姓が与えられた。信幸は真田家の嫡男だから当然だとしても、二男の源次郎に対しては破格の報奨といっていい。左衛門佐と言えば、太政官ならば少納言に相当する身分であり、例えば、上杉景勝の弾正少弼と比べても、一段階劣っているだけだ。ただの部屋住みに過ぎない源次郎が大名並みに扱われたということなのである。これは、源次郎を大谷刑部の娘の結婚相手にふさわしい地位に引き上げようという佐吉の配慮であった。

この年の暮れ、徳子は源次郎のもとに嫁いだ。十五歳の花嫁である。

大谷家と真田家の縁組みが滞りなく順調に進んだのは、言うまでもなく、佐吉の骨折りのおかげだ。これは佐吉と平馬の友情の証といっていいが、裏返してみれば、佐吉の握っている権力がいかに大きいかという証でもあった。佐吉が前向きに積極的に動いたから縁組みはまとまったが、万が一、佐吉が難色を示せば、そうはならなかったはずである。それがわかっていたからこそ、平馬は真っ先に佐吉に相談して助力を仰いだのだ。

秀吉に絶対的に信頼され、その手に巨大な権力を握るようになれば、それを妬《ねた》む者も多く、佐吉に対する風当たりが強くなるのも当然であった。

もちろん、面と向かって佐吉を非難するような者はいない。陰口が囁《ささや》かれ、陰湿な噂が流されるだけである。

文禄四年（一五九五）二月七日、蒲生氏郷《がもううじさと》が京都で病死したが、

「石田治部が毒を盛ったのではないか」

と、まことしやかに囁かれた。

蒲生氏郷は小田原征伐の後、奥州の諸大名に睨みを利かせることを期待されて会津に封ぜられた。七十三万石を領していたが、少年の頃から織田信長に目をかけられて成長した氏郷は成り上がり者の秀吉を毛嫌いしており、酔うと、「猿めが、いい気になりおって……」と平然と言い放つような男だった。秀吉が氏郷を持て余していたのは事実だったから、佐吉が気を利かせて毒殺したのではないかと疑われたのである。

しかも、この毒殺には直江兼続が手を貸したことになっている。氏郷の死後、領地支配に関して不正が発覚したため、蒲生家の重臣たちが糾弾され、嫡男・秀行《ひでゆき》は宇都宮《うつのみや》十八万石に減封されたが、蒲生家が去った会津の地に封じられたのが上杉景勝だったのである。

この移封が実現したのは氏郷が死んで三年後だが、この移封によって上杉家は一躍、百三十一万石の大大名にのし上がった。これを妬まれ、佐吉と兼続が共謀して氏郷を毒殺したという悪意のある噂が流れた。根も葉もない噂に過ぎなかったが、かなり広く噂されたらしく、ついには佐吉の耳にも入ったが、

「ふんっ、馬鹿馬鹿しい」

と少しも気にする様子はなかった。

しかし、その年の夏に流れた噂には、さすがの佐吉も動揺を隠せなかった。

七月十五日、秀吉の後継者として関白・左大臣の地位にあった甥の秀次が高野山《こうやさん》に追放され、切腹を命じられた。秀次を養子とした二年後に実子・秀頼が生まれたため、いずれ秀次は廃嫡されるだろうと憶測されていたが、まさか、自害に追い込むほど秀吉が秀次を憎んでいるとは誰も想像していなかった。

その伏線となったのは、この年の春、秀次が謀叛を企んでいるという噂が流れたことである。これを重大視した秀吉は佐吉を始め、前田玄以、増田長盛らに秀次の取り調べを命じ、その結果、謀叛の計画が明らかになった。

蒲生氏郷の毒殺を噂されたとき、佐吉は直江兼続との共謀を疑われたが、今度は、淀殿《よど》との共謀を疑われた。淀殿の立場からすれば、秀次は邪魔な存在である。秀次がいなければ秀頼が豊臣家を継ぐことができるからだ。淀殿の意を汲んで、佐吉が秀次を陥れたとし

ても不思議はない……そんな噂が真実味を持って語られた。

秀次と親しかった大名たち、最上義光《もがみよしあき》、浅野幸長《よしなが》、伊達政宗《まさむね》、細川忠興らも謀叛との関わりを疑われて厳しい取り調べを受ける羽目になった。伊達政宗と細川忠興は何とか言い逃れたが、疑いを晴らすことができなかった最上義光は伏見で幽閉され、浅野幸長は能登に流罪となった。これらの大名たちの恨みと憎しみを佐吉は一身に浴びた。

淀殿の意を汲んで謀叛を捏造《ねつぞう》したという噂が耳に入らないはずはないが、佐吉は一言も言い訳しなかった。

友の身を平馬は案じたが、平馬にできることは何もない。平馬と佐吉の親しい関係は広く知られていたから、いくら佐吉を声高に擁護したとしても説得力がないのである。

その平馬が、

(これは、いかん)

と腰を上げたのは、秀次が切腹した翌月のことだ。

夕食を済ませた後、香瑠と二人で四方山話《よもやまばなし》をしているときに、

「治部殿は、本当にあんな酷いことに手を貸したのでしょうか。昔から知っている人ですから、とても信じられません」

と何気なく香瑠が口にしたのである。

「誰から聞いた？」

「みんながそう言ってますよ。治部殿の讒言《ざんげん》で、関白さまだけでなく、女たちまでが殺されたのだと」

数日前、秀次の妻妾三十数人が斬られた。牛車に引かれた木製の檻に閉じ込められて都大路を見世物のように引き回された揚げ句、三条河原に着くと、大きな穴の前に一人ずつ連れ出されて斬首された。死体は、そのまま穴に放り込まれた。皆、身分のある女たちである。大名や公家の娘もいた。それらが犬畜生のように無残に殺された。

さすがにこの処刑は都人にも嫌悪され、

「太閤さまもひどいことをなさる」

と評判が悪かった。

秀吉の悪評が立つくらいだから、秀次を陥れたと疑われた佐吉の評判は地に墜ちたといっていい。

「出かける」

平馬が腰を上げようとする。

「こんな時間に、どこに行かれるのですか？」

「佐吉に会いに行く。そんな噂がおまえの耳に入るくらいだ。石田の妻女の耳にも入っているだろう。世間では佐吉を鬼か魔物のように罵っているようだが、あいつは、そんな男ではない。正直なだけだ。馬鹿がつくほど正直だから、どんな小さな不正も見逃すことができぬのだし、殿下に忠実無比だから、命じられたことをきちんと最後までやり抜こうとするのだ。それが誤解されている。家族にまで誤解されていたら哀れだから、佐吉の様子を見てくる」


「おまえ、痩せたな」

佐吉に会うなり、平馬が口にした。元々、食が細く、ほっそりした体型だが、今は頬の肉が落ち、目の下に隈ができている。体の具合でも悪いのか、と訊くと、

「別に病というわけではない。心配するな」

佐吉が笑うが、何となく元気のない笑いだ。

「おれたちの仲だから、率直に訊こう。噂を聞いているか?」

「噂……どの噂だ?　いろいろありすぎて自分でもよくわからぬ」

佐吉が苦笑いする。

「とぼけるな。関白さまのことに決まっている。淀の御方さまの意を受けて、おまえが謀叛をでっち上げて関白さまを自害に追い込み、妻妾たちを皆殺しにしたという噂だ」

平馬が言うと、佐吉は驚いたように両目を大きく見開き、

「そんな噂を信じているのか?」

「馬鹿め!　誰が信じるものか。おまえがどういう人間か、おれほど知っている者はおら

ぬ。だが、噂は怖い。たとえ根も葉もない噂でも、それを放置しておくと、あたかも本当のことであるかのように思えてくるのだ。なぜ、口をつぐんでいる？　そんな噂など、でたらめだと、なぜ、大きな声で叫ばぬのだ？　なぜ、怒らぬのだ？　嘘や偽りを言い触らす者がいれば成敗してくれるぞ、と腹を立てればよいではないか。おまえが黙っているから、やはり、噂は本当なのだと勘繰られるのだ」

「それは、できぬのだ」

佐吉が溜息をつく。

「なぜだ？」

「殿下を悪く言うことになるからだ」

「何だと？」

「関白さまの一件に淀の御方さまは何の関わりもない。言うまでもないが、おれは謀叛をでっち上げてなどおらぬ」

「では、本当に謀反を企んでいたというのか？」

「関白さまが諸侯に宛てた手紙はある。自分に困ったことがあれば助力を願いたいという程度の内容だ。謀叛というほどのものではない」

「ならば、なぜ……？」

「謀叛の証拠を探すように命じられたが、何も見付からなかった。せいぜい、そんな手紙くらいのものだ。殿下にはありのままに報告した。関白さまが罪に問われることはないだろうと思っていたが、手紙を読んだ殿下はひどくお怒りになった」

「自害を命じたのか?」

「それだけではない。初めは妻妾だけでなく、子供たちや、そばに仕えた女房たちもすべて処刑せよと命じられたのだ。水仕《みずし》や料理人も許さぬとおっしゃった。その命令に従っていたら、あの数では済まなかった。百人以上が斬られていただろう」

「おまえが止めたのか?」

「うむ」

「そうだったのか……」

今度は平馬が溜息をつく。佐吉の言うことは本当に違いないと思う。今の話を聞いて、佐吉が悪意のある噂に反論しない理由もわかった。反論すれば、秀吉を責めることになるからだ。

「殿下は……殿下は、どんなご様子なのだ?」

座敷には二人しかいないが、思わず平馬は声を潜めた。平馬自身、秀吉とは近い関係だが、体調が思わしくないせいで出仕も少ないし、何より、秀吉が偉くなりすぎたせいで、平馬といえども、そう簡単には会えなくなっている。側近中の側近で、いつでも好きなときに秀吉に会うことのできる佐吉とは立場が違うのだ。

「何よりも若君の先行きを案じておられる。無理もないとは思わぬか。殿下は今年で六十になられる。若君は三つだ」

「それで関白さまを……そういうことか？」

「何も言わぬ。しかし、若君に天下を譲りたいと考えておられることは間違いない。それに……」

「何だ？」

「ここだけの話だぞ」

「疑うのなら何も話すな」

「そう怒るな。実はな……」

佐吉の声も自然と低くなる。

「殿下も体の具合が思わしくないことが多いのだ。そういう自分に苛立ちを感じるのか、以前に比べると、すっかり気が短くなった。おれですら、時として、殿下は人が変わってしまわれたのではないか、と恐ろしくなるときがある。この頃、口癖のようにおっしゃるのだ、わしには時間がない、まだ死にたくない、死ぬわけにはいかぬ、とな」

「殿下がそのようなことを……」

「気を悪くしないでほしいが、おまえには殿下のお気持ちがわかるのではないのか？」

「おれの人生も残されている時間は、さほど多くない。だからこそ、今のうちに勝太やとくの先行きをきちんと決めてやりたいと思う。殿下もそれと同じということか。いや、同じではないな。おれと殿下では背負っているものが違いすぎる。おれは大谷家と家族を背負っているだけだが、殿下は天下を背負っておられる」

「以前ならば、心配事や気になることがあっても慌てず焦らず、時間をかけてじっくり解きほぐそうとなされていたが、今は違う。時間をかけずに手っ取り早く片付けようとなさる。だから、どうしても荒っぽいやり方になってしまうのだ」

「困ったのう」

「うむ。わしも困っておるのだ」

佐吉がうなずく。

二十

文禄二年（一五九三）五月から明との講和交渉が断続的に続けられていたが、慶長《けいちょう》元年（一五九六）九月、秀吉は交渉の打ち切りを指示、朝鮮半島への再出兵を決意した。

翌年の正月には、早くも加藤清正、鍋島直茂《なべしまなおしげ》らが兵を率いて渡海した。その後も続々と諸大名が海を渡り、その総数は十四万を超えた。

世に言う「慶長の役」が勃発したのである。

だが、秀吉には前回ほどの意気込みはなく、名護屋に赴こうともしなかったし、軍事行動の目的も朝鮮半島南部の制圧に限定されていた。

平馬も船奉行として佐吉と共に名護屋への出陣を命じられたが、この頃、平馬の病はひどく悪化しており、とても長旅に耐えられる状態ではなかった。

見かねた佐吉が、

「その体で名護屋に行くのは無理だ。わしから殿下に話してやる」

と気を遣ってくれたが、

「そうはいかぬ。たとえ名護屋で死ぬことになろうとも、わしは行かねばならぬ」

平馬は承知しなかった。

「勝太のことならば心配するな。わしが面倒を見る」

平馬の長男・勝太は十九歳である。すでに元服も済ませ、吉勝と名乗っている。いつ家督を譲ってもいいように、平馬が勝太を熱心に教育していることを佐吉も知っている。平馬が名護屋行きにこだわるのは、勝太一人に敦賀兵を預けて名護屋に行かせることに一抹の不安を感じているせいだろうとも察している。

「体こそ思うように動かないが、まだ頭はしっかりしている。今のうちに勝太にいろいろ教えてやりたいのだ。やがて、頭も病に冒されて、何もわからなくなってしまうだろうから、そのときは、おまえに勝太の世話を頼みたい」

「そうか」

そこまで覚悟を決めて名護屋に赴こうというのなら、もはや、佐吉としても平馬を引き留めることはできなかった。

しかし、やはり、無理が祟《たた》った。兵を率いて名護屋に赴いたものの、夏を迎える頃には体調を崩して寝込むことが多くなった。

「これ以上、痩せ我慢するな。帰った方がいい」

佐吉は強く勧めた。どうせなら家族のそばで病の養生をする方がいいと考えたのだ。

「そうかもしれぬな」

素直にうなずいたのは、意地を張る元気もないほど具合が悪い証であった。上方に戻ることになった。


平馬は伏見の屋敷で療養した。香瑠が甲斐甲斐しく世話をしたこともあって、少しずつ元気を取り戻した。名護屋から戻った当初は、病床に横たわったまま自分の力では起き上がることもできず、食事もほとんど喉を通らない有様で、骸骨のように痩せていたが、今では血色もよくなり、気分のいい日には庭を散策できるほど回復した。

「差し出がましいことを申し上げるようですが……」

平馬と二人で庭を歩いているとき、香瑠が口を開いた。

「何だ？」

「もう隠居なさっては如何ですか。平馬殿の目から見れば、まだまだ勝太には物足りないところがあるでしょうが、誰でも最初はそんなものです」

「親の贔屓目だと笑われるかもしれぬが、勝太はよくやっている」

「ならば……」

「だからこそ、まだ隠居できぬのだ。わしが病身ということで殿下も気を遣って下さっている。名護屋まで出陣はしたものの、決して無理なことはおっしゃらず、向こうでも気ままに養生させてもらった。もちろん、佐吉が口添えしてくれたからだが……」

平馬がふーっと溜息をつく。

「もし勝太が家督を継いで大谷家の主ということになれば、再び名護屋に出陣しなければなるまいし、そうなれば、恐らく、兵を率いて朝鮮に渡ることになる」

「え」

香瑠の顔色が変わる。

「これは、なかなか難しい戦だ。敵も手強い。海の向こうの不慣れな土地で、勝太に戦を強いるのは親として忍びない」

「それを防ぐために、隠居を先延ばしにするとおっしゃるのですか？」

「家督を譲るのはいいが、それで勝太が戦に出て命を失うようなことになれば、わしは死んでも死にきれぬ。出陣せよと殿下に命じられれば、わしが出陣する。勝太を死なせるわけにはいかぬ」

「平馬殿……」

なぜ、平馬が勝太に家督を譲って隠居しないのか、ようやく香瑠にも納得できた。その理由がわかってみれば、確かに、平馬の言う通りだと思う。重い病だということは知れ渡っているから、秀吉も平馬を特別扱いしてくれるのだし、それを妬む者もいない。

しかし、勝太が家督を継げば、そうはいかない。特別扱いされることもなくなり、他の大名たちと同じように渡海を命じられてもおかしくないのだ。

（それは嫌だ……）

母としての素直な感情である。平馬の体も心配だが、勝太の身も心配だ。それが妻として、母としての香瑠の正直な気持ちである。

二十一

九月二十四日、早朝から平馬の屋敷は大騒ぎだった。秀吉が平馬の病気見舞いにやって来ることになっていたからである。これは数日前、突如として秀吉から知らされた。

「久し振りに平馬の顔を見たい。見舞いに行くと伝えておけ」

そう佐吉に命じた。せっかくだから賑やかな見舞いにしようと思いつき、たまたま、その場にいた大名たちに、どうじゃな、わしと一緒に大谷刑部の見舞いに付き合ってはくれぬか、と声をかけた。

「喜んで」

真っ先に頭を下げたのは徳川家康である。

それを見て、織田有楽斎《うらくさい》、富田左近《とみたさこん》らも、お供させていただきまする、と次々に頭を下げたので、思いがけず、大人数で平馬を見舞うことになった。

すぐに佐吉が平馬の屋敷に駆けつけ、殿下が見舞いに来ることになったと知らせたが、それからが大変だった。秀吉を迎えるとなれば、屋敷の周辺を掃き清めるのはもちろん、屋敷の庭に手を入れ、門や母屋など、秀吉が目にしそうなところは見苦しくないように修繕したり、塗装を施したりしなければならない。秀吉が外出するとなれば、その供も大人数だから、彼らが休憩できる場所も用意しなければならないし、食事を出すことになれば、その什器《じゅうき》も必要になる。

病気見舞いといっても、平馬自身は寝込んでいるわけではないから、秀吉を客として迎えることになる。この時代、大切な客を屋敷に迎えるとき、茶会は必須といっていい。午前中に茶会を催し、その後、ゆっくり昼食を食べるのだ。秀吉や家康を迎えるとなれば、茶道具ひとつにしても何でもいいというわけにはいかない。掛物、花入、香炉、茶杓《ちゃしゃく》、茶入、水指《みずさし》、杓立……せめて、人前に出して恥ずかしくないものを使わなければならないし、茶碗くらいは名物を使いたいというのが平馬の本音だ。

「心配するな。おれが力を貸す」

「すまぬ」

佐吉は堺奉行を務めていたことがあるので、堺の大商人たちと親しい。茶道に造詣の深い者たちである。佐吉が口を利いてくれれば、彼らから茶道具を借りることも難しくない。

それから二十四日まで、大谷家は朝から晩まで大変な騒ぎだった。普段、質素な暮らしをしており、贅沢とは無縁だったので、平馬にはかなりの蓄えがある。その蓄えを惜しげもなく散財した。

その日が来た。

大勢の供回りを引き連れてやって来た秀吉は、輿が大谷家の門前に停まると、ずらりと居並んだ出迎えの者たちに、

「うむ、大儀、大儀であるぞ」

にこやかに挨拶しながら、屋敷に入っていく。

香瑠に支えられた平馬の姿に目を留めると、

「おお、平馬ではないか。無理をしなくてもよい。具合が悪いのならば、横になっていて構わぬぞ」

「これでも、今日はだいぶ具合がよい方なのです。一人で歩くのは辛いので、こうして妻の手を借りております」

「夫婦が助け合う、よい光景じゃ。それにしても、香瑠は、いつ見ても美しいのう。まるで年を取らぬようではないか」

「とんでもございませぬ」

香瑠が恥ずかしそうにうつむいてしまう。

「どうじゃな、内府、夫婦になって二十年経っても、生娘のように頰を赤らめる美しい妻を持つなど、男の夢ではあるまいか」

秀吉が肩越しに振り返って、家康に訊く。内府というのは内大臣のことである。家康の官名だ。

「羨ましいことでございまする」

家康がにこりともせず、生真面目な表情でうなずく。

「佐吉の話では、わしらに茶を馳走してくれるそうだが、その体で大丈夫なのか?」

「殿下に茶を馳走することなど、これから先、二度とないかもしれませぬ故、よろしければ、ぜひ、一服差し上げたいと存じまする」

「うむ。喜んで馳走になろう」

秀吉がさりげなく人差し指で目許を拭う。平馬の言葉を聞いて、目に涙が滲んだのだ。

四畳半以下の茶室を小間といい、それより広ければ広間という。この日は客が多いので、広間が使われた。招かれた客は、広間の床正面に坐って、壁の掛物を拝見するのが習わしだ。掛物を吟味した後、床に並べられている花や花入、香合《こうごう》を拝見するという流れになる。広間に入ったときから、茶会は始まっているのだ。茶会は茶を飲むだけの儀式ではない。

「ほう、趙昌《ちょうしょう》の『菓子絵』か。見事なものよのう」

掛物を誉めながら、秀吉がちらりと佐吉を見る。これほどの名物を平馬が所有しているはずがない。佐吉が口を利いて、堺の豪商から借り受けたのであろうと見抜いたのだ。

香瑠の手を借りても、平馬の足取りはおぼつかない。よろよろしながら、客たちを点前《てまえ》座《ざ》に案内し、亭主の座につこうとする。この屋敷の主は平馬なのだから、それは当たり前のことだ。客たちの席も身分によって決められる習わしだから、正客が秀吉、次客が家康というのは動かしようがない。三客、四客、五客と坐り、末客は織田有楽斎が務める。末客には茶道に通じた者が坐り、茶会を円滑に進めるという役回りを負うからだ。

「佐吉」

秀吉は佐吉をそばに呼び、何事かを耳打ちする。

えっと、怪訝な顔になるが、すぐに表情を消し、佐吉は平馬に歩み寄る。

「殿下が亭主を務めたいとおっしゃっている。構わぬか？」

「……」

　頭巾を被り、覆面を着けているから平馬の表情はわかりづらいが、それでも目を見れば、大変な驚きを感じていることがわかる。平馬が亭主を務めた後に、趣向を変えて秀吉が亭主を務めるのならわからないでもないが、最初から秀吉が亭主を務めるのは普通ではない。それでは、平馬が秀吉の茶会に招かれたかのようだ。

「作法に反しているのは承知の上じゃ。わがままを許してくれぬか」

　平馬の困惑を察したのか、秀吉が笑いながら平馬を拝む真似をする。ここまで頼まれては、平馬としても否応はない。黙って承知するのみである。

（よかった）

　香瑠は、内心、ほっとしていた。平馬が無事に亭主を務められるかどうか心配だったからだ。秀吉を出迎えたり、廊下を渡ったりするときに平馬を支えるのは、さほど不自然ではないが、さすがに亭主役の介添えまではできない。

　しかし、今の平馬の状態では、点前座に普通に坐るだけでも苦痛であろうし、釜で煮立っている湯を震える手で扱えようとも思えない。体勢を崩して釜に倒れ込むかもしれないし、茶を淹れるときに見苦しいしくじりを犯すかもしれない。平馬の誇り高さを知っているだけに、そんなみじめな姿を想像すると胸が潰れそうになる。たとえ不作法だとしても、秀吉が亭主役を買って出たのは、香瑠にとってはありがたかった。

（あ……）

香瑠は、ハッとした。もしや、秀吉は、今の平馬には亭主を務めるのは無理だと見抜き、平馬に恥をかかさないように、自ら亭主役を買って出たのではないか、と気が付いたのだ。

その秀吉は軽い足取りで釜に近付くと、亭主の席に腰を下ろす。

平馬は秀吉が坐るはずだった正客の席を家康に譲ろうとするが、

「遠慮なさることはない。刑部殿が坐られよ。殿下に亭主役を譲られたのだから当然のこと」

家康は、さっさと次客の席に腰を下ろす。

「早く坐らぬか、平馬。もう茶を淹れるぞ」

秀吉が平馬を叱る。

「は」

平馬が正客の席に坐る。正座するのも楽ではないが、亭主役に比べれば、その負担はずっと軽い。

茶を喫するとき、薄茶と濃茶では作法が違っている。薄茶の場合には、客の人数分だけ茶を点じ、客が茶を飲んだら茶碗を亭主に戻すという作業を繰り返すが、濃茶の場合には、客の人数分の茶が最初から茶碗に入れられている。客たちは順繰りに茶を飲み、末客が最後の茶を飲み干して、空になった茶碗を亭主に戻す。

「どうぞ」

茶碗が平馬の前に置かれる。

平馬は畳に手を付き、秀吉に向かって礼をする。

それに合わせて、他の客たちも礼をする。

「……」

平馬が覆面を外す。外さなければ、茶を喫することができない。平馬の素顔を目にして、客たちの口から驚きの声が洩れる。平然としているのは秀吉と家康の二人くらいのものだ。佐吉ですら表情が変わった。それほどに凄まじい容貌であった。

平馬は右手で茶碗を持ち上げる。茶碗を左の掌に載せ、右手前に二回回して、一啜《いっせつ》する。腕が微かに震えているが、必死に堪えてやり遂げる。

「加減はいかがでございましょうか」

亭主の秀吉が訊く。これも作法である。

「結構な加減でございます」

茶碗を左の掌に載せたまま、畳に右の指をついて一礼しなければならないが、これが平馬には辛かった。唇を噛み、表情を歪めて、少しずつ体を動かす。かなり時間はかかったものの、何とか、一礼する。あとは更に二口半いただき、飲み口を茶巾で拭って家康に茶碗を回せばいい。

事件は、このときに起こった。

歴史に残るような大事件ではない。

しかし、平馬にとっては忘れることのできぬ記憶となって残り、ついには平馬の生涯を左右することになる出来事であった。

平馬が茶碗に口を付けたとき、鼻汁が垂れたのである。平馬の鼻は崩れているから、それが鼻汁なのか、患部から垂れた膿なのか、傍目には判断できなかった。その瞬間、場の空気が露骨に変わった。平馬の病は伝染ると信じられているから、茶席を共にするだけでも勇気がいる。平馬が口を付けた茶碗で茶を喫するとなれば、かなりの覚悟が必要だ。秀吉の命令でなければ、この場にいたいと思う者はいないであろう。

誰もが及び腰になっているときに、平馬の鼻汁が、いや、もしかすると平馬の膿が茶碗に垂れた。皆が、それを見た。一瞬にして広間の空気は凍り付いたといっていい。

「平馬！」

秀吉が大きな声を出す。厳しく叱責されるものと覚悟した平馬は、その場に平伏して詫びようとした。

「申し訳……」

「その茶碗を貸せ」

「は」

平馬が茶碗を押しやると、秀吉は茶碗を手に取り、ごくごくと喉を鳴らして濃茶を飲み干した。

「いやあ、すまぬ、すまぬ。平馬があまりにもうまそうに茶を飲むものだから、どれほどうまいのか自分で確かめたくなったのだ。さすがに、これは不作法だったのう。許せ、許せ！」

秀吉が、わはははっ、と豪快に笑う。

「……」

平馬は呆然とした。

もし平馬が茶碗を家康に回し、病の伝染を嫌った家康が茶碗の受け取りを拒否するような事態になれば、平馬にとっては、二度と人前に出られぬほどの屈辱といっていい。そんな仕打ちをされても家康を恨むことなどできず、己の不調法を恨むしかない。

その窮地から秀吉が救ってくれた。客が順繰りに飲んでいく濃茶を亭主が手許に取り戻して、それを飲み干してしまうというのは、不作法どころの騒ぎではないが、もちろん、広間にいる誰もが秀吉の意図を察している。平馬のために、敢えて秀吉は道化を演じたのだ。大真面目に対応したのでは、座の空気を更に重くすることになったであろう。

しかも、病が伝染るかもしれないという危険を冒してくれたのだ。

「佐吉、平馬は具合があまりよくないらしい。この一服、汝が正客を務めよ」

秀吉が言うと、佐吉が平馬ににじり寄り、

「さあ、少し休んでいろ」

と耳許で囁く。平馬は黙ってうなずくと、覆面を着けて、後ろに退く。わずかの時間、正客の座にいたに過ぎないが、それでも平馬はかなり疲労し、じっとしていると体が崩れてしまいそうになる。

「平馬殿」

香瑠がそっと後ろから平馬を支える。

平馬の代役を佐吉が無難に務め、茶会は滞りなく進んだ。茶が終わると食事になる。茶会では豪勢な食事が振る舞われるのが習わしで、これも客たちの楽しみであった。

食事に関しては、金に糸目を付けずに様々な高級食材を集め、この日のために名のある料理人を雇い入れたので、香瑠も何も心配していなかった。

客たちが席を立って移動を始めると、

「さあ、平馬殿」

香瑠が手を貸して、平馬を立たせようとする。

しかし、平馬は動こうとしない。

どうしたのかと怪訝な顔になるが、よく見ると、平馬の肩が小さく震えている。

「平馬殿……」

覆面をしているから目しか見えないが、真っ赤な目から涙が滂沱と溢れている。声を押し殺して泣いているのだ。

「香瑠、わしは殿下に命を救われたのだ。あのような粗相をしてしまい、世間の笑いものになれば、もはや、生きていくことなどできぬ。わしは死ぬしかなかった。それを……それを殿下が救って下さったのだ」

「よき主に仕えることができて、平馬殿は幸せでございますなあ」

香瑠も涙ぐみながらうなずく。

二十二

秀吉の体調が急激に悪化したのは、翌慶長三年（一五九八）五月五日以降のことだ。

この日、伏見城で秀頼のために端午の節句の祝い事を盛大に執り行い、普段は控え目にしている酒を飲みすぎた。顔が真っ赤になって動悸が激しくなり、胸に痛みを感じて早めに寝所に引き揚げようとしたとき、突然、意識を失って昏倒した。

翌朝、意識は戻ったが、体から疲労が抜けず、そのまま寝たきりになった。それでも自分で食事をしたり、小姓の肩を借りて厠に行くくらいのことはしていたが、六月二日になると、体を起こすこともできなくなり、粥《かゆ》を口にしても飲み込むことができないほど衰弱した。

佐吉を始めとする側近たちは、

（もう駄目かもしれぬ……）

と覚悟を決めたが、十四日になって持ち直し、十六日には諸大名を引見するほどに回復した。六歳の秀頼を膝に抱き、

「せめて、この子が十五歳になるまで生きていたかったが、わしの寿命は、もはや尽きようとしている。こればかりは神仏の為せる業で、人間がどうこうできることではないからのう……」

と溜息をつき、大粒の涙をぽろぽろこぼした。列席した大名たちも貰い泣きし、特に佐吉は周囲の目も憚らずに号泣し、他の者たちが驚くほどだった。

一時の小康を得た秀吉だが、自分の健康状態を楽観せず、自分の死後、秀頼が成長して天下を治められるようになるまで政が円滑に進むような仕組みを構築しようと考えた。側近たちの知恵を借り、古今の様々な事例を調べ上げて捻り出されたのが、いわゆる、五大老・五奉行の制である。

五大老に任じられたのは徳川家康、前田利家、宇喜多秀家、毛利輝元、上杉景勝で、この五人の石高を合わせると、優に七百万石を超える。豊臣家にとって外様である五人を大老に据えることで、お互いを牽制・監視させて勝手な振る舞いを防ぎ、豊臣に逆らう者が

いれば、この五人の武力を以て討伐させようとしたのである。秀吉最後の深謀遠慮といっていい。

五奉行に任じられたのは浅野長政、前田玄以、長束正家、増田長盛、それに佐吉の五人だ。所領の石高は小さいが、豊臣家に忠誠心の篤い実務官僚が揃っている。

七月十五日、秀吉は五大老・五奉行を病床に呼び集め、十一ヶ条にわたる遺言を自ら読み上げげた。その内容は、突き詰めれば、みんなで力を合わせて秀頼を守り立ててほしい、ということにある。この遺言に背かないことを神仏に誓わされ、花押《かおう》を書いて血判を押すことを強要された。

それでも心配だったのか、五大老・五奉行以外の大名たちからも、決して秀頼に背かないという誓紙を取り、忠誠を誓わせた。

八月五日、やや気分がよく、布団の上に起き上がることができた。すぐに筆と紙を持ってこさせ、五大老宛てに手紙を書いた。

返々、秀頼こと、たのみ申し候。
五人の衆、たのみ申しあげ候。

短い手紙の中で何度も「たのむ、たのむ」と繰り返し、書きながら感情が昂ぶってきたのか、手紙に涙をこぼした。
秀吉が亡くなったのは八月十八日である。
次の辞世がある。

つゆとおち　つゆときへにし　わがみかな
難波のことも　夢のまた夢

第三部　関ヶ原

一

秀吉の死後、豊臣政権が何よりも優先させなければならなかったのは朝鮮半島に遠征している武将たちを無事に帰還させることだった。彼らが帰還するまで秀吉の死は秘密にされることになっていた。

秀吉の死が敵に知られれば、ここぞとばかりに敵は襲いかかってくるであろうし、遠征軍は動揺して異国で壊滅する怖れがある。遠征軍の帰国は、秀吉が死んで半月も経たないうちに始まった。

文禄の役に続く、この慶長の役は不毛な戦いであった。苦しいことばかりが多く、何ら得るところがなかった。

言うまでもなく、その苦しみを味わったのは朝鮮に送られた武将たちと、その配下の兵だ。武将たちは腹に不平不満を募らせて帰国した。その筆頭が加藤清正であり、福島正則であり、黒田長政たちで、彼らは俗に「武将派」と呼ばれる。

武将派の不平不満は、本来、秀吉に向けられるはずのものだが、当の秀吉はすでに亡くなっており、後継者である秀頼は幼児である。怒りの矛先は、秀吉の手足となって様々な命令を執行した官僚たちに向けられた。これが石田佐吉、増田長盛、前田玄以らで「奉行派」と呼ばれる。

武将派とすれば、

「われらが敵地で苦労しているときに、奴らは、戦もせずに、ぬくぬくと楽をしていた」

という僻《ひが》みがある。

朝鮮に遠征した武将の中で、小西行長だけが武将派に与《くみ》せず、奉行派の肩を持ったが、その理由は、加藤清正が大嫌いだったからである。清正が白と言えば自分は黒、清正が黒と言えば自分は白……それくらい行長の清正嫌いは徹底しており、

「虎之助が石田治部を嫌うのなら自分は治部に味方する」

という子供染みた理由で奉行派に肩入れした。

本来、秀吉亡き後の豊臣政権を支えなければならない武将と官僚たちが反目するのを冷ややかに見つめている者がいた。徳川家康である。

家康にとって最も望ましくないのは、平穏に時間が過ぎることだ。自分は老いていき、

秀頼は成長する。それが何よりも困る。家康は混乱を欲した。

(わしは十分に待った。これ以上は待てぬ)

家康にとって、生涯の痛恨事は天正十年(一五八二)六月二日早暁に起こった本能寺の変に端を発している。

その日、家康の盟友であり、兄と慕った織田信長が明智光秀の謀叛で横死した。堺にいた家康は何とか三河に帰り着き、直ちに兵を集めて、京都に向かおうとした。光秀を討つためである。その弔い合戦が何を意味するか、家康は理解していた。信長は七割方、天下統一を成し遂げていたが、まだ西にも東にも強敵が残っている。光秀を討った者が、信長の天下統一事業を継承する資格を得る。その事業が完成したとき、その者が天下人となるのだ。

それまでの家康の人生を一言で表せば「忍耐」という言葉が最もふさわしい。この男ほど艱難辛苦《かんなんしんく》を味わった者も滅多にいない。幼い頃から自分の感情を押し殺すことに努め、およそ歓喜や興奮という感情には無縁であった。その家康が、

(天下を取れるかもしれぬ)

と胸を躍らせたのが、三河兵を率いて京都に向かった瞬間である。

が、その興奮は、呆気なく消えた。

秀吉が「中国大返し」という魔法のようなやり方で上方に戻り、山崎の合戦で光秀を破

ったのである。家康の出番はなくなり、信長の後継者の地位を獲得した秀吉が着々と天下統一事業を進めるのを指をくわえて眺めるしかなかった。

信長が生きているときも、秀吉が生きているときも、家康は、どんなときにも感情を表すことなく、ひたすら堪え忍んだ。自ら行動して天下を奪い取ろうなどと画策したことは一度もない。

しかし、秀吉の死後、もうすぐ六十に手が届こうとするときになって、初めて家康は自ら動いた。

二

慶長四年（一五九九）一月二十一日、四大老と五奉行が家康に詰問状を送りつけた。伊達政宗、福島正則、加藤清正らと家康が縁組みしたのは秀吉の遺言に背く行為である、と厳しく批判する内容であった。家康が詰問状を無視したため、両者の間に緊張感が生じ、大坂と伏見に不穏な空気が流れた。大坂方が戦支度をしているという噂が流れ、伏見にある家康の屋敷では大坂方の来襲に備えて防備が固められ、武器が運び込まれた。まさに一触即発であった。この有様を見て、

「何ということだ。太閤殿下がお隠れになって、まだ半年も経っておらぬというのに、秀

頼さまのお膝元で、秀頼さまをお守りしなければならぬ大老や奉行衆が戦を始めようとしている。戦になったら、わしは冥土で殿下に合わせる顔がない。内府と腹を割って話し合う故、わしが戻るまで決して戦などしてはならぬぞ。万が一、わしが伏見で徳川方に討ち取られたと聞いたら、そのときこそ戦をするがいい」

血気に逸る宇喜多秀家や佐吉らを抑えて、大坂から伏見に向かったのは前田利家だ。

なるほど、秀吉亡き後、家康と対等に話し合いができる者といえば、広い天下を見渡しても利家以外にはいないであろう。信長が吉法師《きっぽうし》と呼ばれていた少年時代から信長に仕え、秀吉が木下藤吉郎と名乗って長屋住まいだった頃から秀吉とは親友であり、天下平定のために信長と秀吉が行ったほとんどすべての戦いに出陣している。戦歴の古さといい、筋目のよさといい、武勲の輝かしさといい、家康も利家に対しては敬意を払わざるを得ない。

二月二十九日、利家は伏見に赴き、家康は丁重に利家を迎えた。初めのうちこそ、利家は家康を疑って、少しも気を許さなかったが、家康が真摯な態度で利家の言葉に耳を傾け、時折、袖で目許を拭うのを見て、

「どうなされた？」

「情けないことだと思いましてな。ちょっとした行き違いが、このような大きな騒ぎになってしまった。亡くなった右大臣さま（信長）は厳しい御方でしたが、幼い頃より、わたしを弟のようにかわいがって下さり、それが嬉しくて、兄のように慕って、兄上が天下人

となられる日を夢見て忠勤を励みました。右大臣さまが生きておられるときは、太閤殿下とも力を合わせて出陣した仲ですし、本能寺の後には、小牧で干戈を交えたこともありましたが、それは、そうせざるを得ない理由があったからで、蟠《わだかま》りが解けてしまえば、何の遺恨も残りませんでした。だからこそ、殿下は、亡くなる間際にわたしの手を取って、若君のことを頼むと涙を流されたのだと思います。わたしを信じて下さったからこそ……」

家康は指で涙を拭うと、

「殿下が亡くなって日も浅いというのに、あらぬ疑いをかけられるとは、これまでの己の行いが悪かったのか、右大臣さまも太閤殿下も亡くなったというのに自分だけがおめおめと老残の姿を見苦しくさらしているから、このような辱めを受けるのではないか……。ずっと、そんなことを考えておりました。昔話などしても、今の若い者には年寄りの愚痴にしか聞こえないのでしょうな。又左《またざ》殿が伏見に来られると聞き、又左殿にまで疑われるようでは、もはや、生きていても仕方がない。いっそ又左殿の手で討たれたい……そんなことまで考えました」

「徳川殿……」

利家は、畳に手をつくと、肩を震わせて、ぽろぽろと涙をこぼした。すまぬ、すまぬ、と繰り返しながら嗚咽を洩らす。

「若い者たちの話を鵜呑みにして、徳川殿はけしからぬ、真意を探らねばならぬ……腹を立てて、ここまでやって来た自分が恥ずかしい。徳川殿がどんな御方なのか、誰に教わらずとも、わしにはわかっていたはずなのだ。右大臣さまがどれほど徳川殿を信じ、太閤殿下がどれほど徳川殿を頼りにしていたか、それを目の当たりにしてきたわしが徳川殿を疑うとは……。老いぼれて目が曇ってしまったらしい。どうか許して下され。この通りじゃ」

ついに利家は、畳に頭をこすりつけて号泣する。

「何をなさるのか。謝らねばならぬのは、わたしの方ですぞ」

利家の痩せた体にすがりついて、家康も激しく泣く。その場に同席していた徳川の家臣、前田の家臣、それに大坂から利家に同行してきた加藤清正、細川忠興、浅野幸長らも貰い泣きする。

ひとしきり泣くと、家康と利家は、酒を酌み交わしながら昔語りに花を咲かせた。

屋敷を後にするとき、利家の心からは家康への疑念が消え去っていた。家康は満面の笑みを浮かべて利家を見送り、別れ際に、しっかり手を握り合って、

「共に力を合わせて豊臣家を守り立てていきましょう。そのためにも早く元気になってもらわねば困りますぞ」

「うむ、うむ」

利家は泣きながら何度もうなずいた。

伏見に家康を訪ねてから、ひと月ほど後、閏《うるう》三月三日、利家は大坂の屋敷で病死した。

利家の死は、家康にとっては、勿怪《もっけ》の幸いであった。目の上のたんこぶが消えたのだ。

利家亡き後、家康が最大の実力者であることは誰の目にも明らかで、家康が何をしようと、それを止められる者はいなかった。

いや、そうではない。まだ一人残っている。

淀殿と秀頼に異様なほどの忠誠心を示し、公然と家康を非難する男がいる。佐吉である。

（老いぼれの前田又左は死んでくれた。あとは石田治部を片付けてしまえば、わしに逆らう者はおるまい。さてさて、治部めを、どのように料理してやろうか……）

そんなことを家康が考え始めたとき、思いがけない出来事が起こって、佐吉は大坂から消えることになった。

三

「佐吉、どうするつもりだ？」

平馬が声を振り絞る。このところ具合が悪く、臥せりがちだが、嫌な噂を耳にして、居ても立ってもいられずに佐吉を訪ねてきたのだ。閏三月二日の夜のことで、すでに利家は危篤状態に陥っており、今日明日にも亡くなるだろうと見られていた。

平馬が耳にしたのは、

「前田さまがお亡くなりになれば、石田治部は殺される」

という物騒な噂だった。ただの噂として聞き流すことができなかったのは、あまりにも内容が具体的だったからだ。

秀吉が亡くなった後、武将派と奉行派の対立は深まり、いつ武力衝突が起こっても不思議ではないほど両者の関係は険悪になっているが、かろうじて均衡を保っていたのは、利家が武将派を抑えていたからである。利家とすれば、佐吉を始めとする奉行派を庇ったというのではなく、秀吉が亡くなって間もないというのに大坂で流血騒ぎなど起こしたのでは秀吉に申し訳ないという思いのせいだった。武将派も利家には逆らえないので、胸中に不満を募らせながらも、じっと我慢した。

しかし、利家が死ねば話は違う。

誰に遠慮することもなく奉行派を攻撃できる。特に武将派から憎まれたのは佐吉である。武将派の七人が、利家が死去すると同時に佐吉の屋敷を攻めるという噂が流れた。実際、加藤清正、福島正則、細川忠興、蜂須賀家政《いえまさ》、藤堂高虎《とうどうたかとら》、黒田長政、浅野幸長の七人は人目も憚らずに合戦支度を始めているから、もはや噂という段階ではない。

「おい、佐吉、聞いているのか！」

佐吉がぼんやりしているので平馬が声を荒らげる。

「虎之助たちがおまえの命を狙っているんだぞ。前田さまが亡くなったら、この屋敷を攻めるらしい。まさか知らないのではあるまいな？」

「その噂ならば、さっき佐竹《さたけ》殿が知らせてくれた」

佐吉と親しい佐竹義宣《よしのぶ》が訪ねてきて、妙な噂が流れているから用心されよ、と忠告してくれたという。

「知っているのなら、なぜ、何もしない？　なぜ、そのように落ち着いているのだ。噂を信じていないのか？　虎之助たちは本当に攻めてくるぞ」

「信じていないわけではない。愚かな連中だから、豊臣の家臣同士が争うのは、それが徳川を喜ばせるだけだということにも気が付かない」

「それなら何か手を打ってはどうだ」

「できぬ」

「なぜだ？」

「それは……」

佐吉は大真面目な顔で、まだ前田さまが生きておられるからだ、虎之助たちは前田さまが亡くなったら攻めて来るというが、前田さまが亡くなるのを見越して手を打つのは前田さまに失礼だ、と言う。

「おまえ……」

何と杓子定規で石頭なのだろう、と平馬は呆然とした。

しかし、感動もした。百戦錬磨の荒大名たちが今にも襲いかかってくるかもしれないというのに、たとえ痩せ我慢にしろ、これほど平然としていられるというのは尋常ではない気の強さだ。わが身はどうなっても構わないと達観しているとしても、屋敷が襲われれば、家族もただではすまないのだから、家族だけでも避難させようと右往左往するのが普通ではないか、自分ならば、そうするだろう、と平馬は思うのだ。

「虎之助や市松は、すでに戦支度を終えているという。前田さまが亡くなってから、奴らを迎え撃つ支度をするのでは、とても間に合わぬぞ」

「わしの考えは変わらぬ」

佐吉が首を振る。

「ならば、せめて、他に移れ。おまえがいないとわかれば、まさか虎之助たちも、この屋敷を攻めたりはするまい……」

そうすれば、少なくとも家族の身を守ることはできよう、と平馬が言う。

ところが、またもや佐吉は平馬を愕然とさせる言葉を口にした。

「わしは武士である。いやしくも武士である以上、敵に背を向けて逃げるような真似はできぬ」

「……」

平馬は瞬きすら忘れて、佐吉の顔をじっと見つめる。見た目は色白の優男に過ぎない。その優男がどうして、これほど肝が据わった言葉を口にすることができるのか、それが不思議だった。

(佐吉も英雄なのかもしれぬ)

これまでに平馬が出会った無数の男たちの中で、英雄と呼ぶにふさわしいと平馬が思ったのは、織田信長、豊臣秀吉、上杉景勝くらいのものである。彼らに共通しているのは、自らが危機に陥ったときにこそ本領を発揮したことだ。常に冷静さを保ち、己の力量と運を信じて、どれほど絶望的な状況に追い込まれようとも最後まで諦めなかった。佐吉も、そういう英雄の一人なのだ、と今にして平馬は思い至った。少年時代から、すぐそばで親しく接してきたために佐吉の器の大きさがわからなかったのだ。

「死ぬつもりなのか?」

「死を怖れぬ、と言っているだけだ。無駄死にしたくはないが、武士として、おれは名を惜しむ。虎之助や市松如きを怖れて逃げ出したと思われるのは御免だ」

このままでは佐吉は、みすみす虎之助たちの餌食になってしまう、どうしたものか……平馬は必死に思案する。ふと、

（もう佐吉は命を捨ててかかっている。そんな男に命を大切にしろと言っても、耳など貸さぬだろう。ここで死んではならぬ理由、佐吉が生き続けなければならぬ理由を見付けなければならぬ……）

平馬は必死に思案したが、やがて、

「それは不忠ではないか」

と言った。不忠、という言葉に佐吉が敏感に反応する。どういう意味だ、と険しい表情で平馬を睨む。

「よもや太閤殿下のお言葉を忘れたわけではあるまい。幼い若君を皆で守り立ててくれ、とおっしゃって涙を流された。おまえは若君をお守りすることより、自分の名前の方が大切だというのか？」

「おのれ、平馬。たとえ心を許しあった友でも、口にしていいことと悪いことがあるぞ。おれは若君のためならば、どんなことでもする覚悟だ。殿下がお亡くなりになった後も、いかにして若君をお守りしていくか、いかにして豊臣の天下を平穏に保っていくか、そのことばかりに心を砕いてきたのだ。そのおれに向かって……」

「おまえが一途な忠義者だということはわかっている。ならば、こんなところで死んでいいはずがあるまい。虎之助や市松の手にかかって死ぬことになれば、おまえは冥土で殿下に何と言うつもりだ？　自分の名を惜しむあまり、まだ七つの若君を見捨ててきましたと殿下に言えるのか」

「そ、それは……」

佐吉の顔から血の気が引く。

「おまえが死んだら、誰が若君を守るのだ？　前田さまも、もはや頼りにはできぬのだぞ。毛利や上杉を頼るのか？　若い宇喜多殿に任せるのか。言うまでもなかろうが、奉行衆では何の頼りにもならぬぞ。それとも……」

平馬がふーっと息を吐く。これを口にすれば、必ずや佐吉が激怒するとわかっているのだ。

「虎之助や市松に任せれば心配ないとでも言うのか？　おまえが死ねば、あいつらが若君のそば近くに仕えることになるぞ」

「血の気が多いばかりで、考えの足りぬ阿呆どもではないか。あんな奴らに若君を任せられるものか」

「そうだ。おまえしかおらぬのだ。そのおまえがこんなところで死んでいいはずがない。違うか？」

「その通りだ」

佐吉は袖で涙を拭いながら大きくうなずき、おれが間違っていた、若君をお守りすると殿下に約束したのだから、ここで死ぬわけにはいかぬ、たとえ臆病者と嘲笑《あざわら》われようと、おれは生き延びて豊臣家に尽くさねばならぬ、と言う。物事を理詰めに考える男だけに、自分が生き長らえることが豊臣家と秀頼のためになるという論理に納得すれば、前言を撤回することをためらったりはしない。さっきまで、この屋敷から動かぬと意地を張っていたのに、今は、どうすれば、この窮地を脱することができるか、と頭を捻っている。

「前田さまがいつまでもつかわからぬ故、これから戦支度などしても、とても間に合わぬ。それに城下で戦騒ぎなど起こしては、淀の御方さまや若君が心配なさるであろう」

「逃げろというのか？」

「亡くなられた右大臣さま（信長）にしても、太閤殿下にしても、百戦百勝だったわけではない。時には敵との衝突を避けて兵を退いた。敵に怖れをなして逃げるわけではない。次に敵と戦うときのために力を溜めるのだ」

「わかった。佐和山《さわやま》に帰る」

佐吉が腰を上げる。

「これから帰るのか？」

「そうと決めたら、もたもたしている理由などあるまい？」

佐吉が不思議そうな顔で平馬を見る。

（なるほど、英雄とはこういうものか……）

平馬は感心した。

佐吉は、家臣たちに佐和山に帰ることを告げ、自分が先に帰るから、他の者たちは荷物を整理して、ゆっくり引き揚げればよい、廊下に塵《ちり》ひとつ落ちていないほどきれいに掃除するように、と命じた。

「何かあれば、すぐに知らせる。あまり気を揉まず、佐和山でのんびりしていろ」

平馬は佐吉と門前で別れた。

「心配をかけてすまなかった。おまえも養生しろ」

佐吉は、わずか数人の供を従えて馬を走らせる。

その後ろ姿を見送りながら、

（これで騒ぎも収まるだろう）

平馬は安堵の吐息をついた。

しかし、事は、そう単純ではなかった。

佐吉が大急ぎで佐和山に帰ることを決めたのは、のんびりするためではなかった。

「敵に怖れをなして逃げるわけではない。次に敵と戦うときのために力を溜めるのだ」

という平馬の言葉に天啓を得た思いがしたからだ。

平馬が口にした「敵」というのは加藤清正を始めとする七人の武将たちを指していたが、佐吉が頭の中に思い描いた「敵」は、そうではない。

（家康を討たねばならぬ）

豊臣家の安泰を第一に考える佐吉の目には、家康こそが豊臣家から天下を奪い取ろうとする「敵」に見える。

しかしながら、家康は強大である。たかだか佐和山十九万四千石の領主に過ぎない佐吉が太刀打ちできる相手ではない。

（わし一人では無理だ。味方を増やさねばならぬ）

家康打倒の計画を練るには、忙しい奉行職から身を退く方がいい……そこまで考えた上での佐和山退去だったのである。平馬に会うまで、佐和山に引き揚げることなど露ほども考えていなかったのに、平馬の言葉から手がかりを得た途端、胸の底から家康打倒の策が黒雲が湧き上がるように溢れ出してきた。このあたり天性の謀略家と呼ぶしかない。

平馬と別れると、佐吉は上杉家の屋敷に向かった。直江兼続に会うためであった。上杉家を動かすには、主の景勝と話すよりも、兼続と話す方がいいということを佐吉は知っている。家康が秀吉の遺言に背いたことを攻める詰問状を作成するとき、佐吉と兼続は何度となく相談し、その話し合いを通じて、「家康嫌い」という一点で二人は意気投合した。

佐和山に帰る、という佐吉の言葉を聞いても兼続は、さして驚かず、

「で、これから、どうなさる？」

「古狸《ふるだぬき》を討たねばなりませぬ」

佐吉が言っても、兼続は顔色も変えず、しばしお待ち下され、と席を立った。小脇に丸

めた地図を抱えて戻ってくると、それを畳の上に広げ、

「佐和山に戻ったならば、治部殿は毛利、宇喜多と手を組んで兵を挙げられよ。家康は驚いて三河に戻り、徳川の兵を率いて、治部殿と決戦するべく上方に向かうはず。わが上杉は……」

兼続は手に持った扇子で会津を指し、会津から江戸に向かって、ゆっくり扇子を動かす。

「恐らく、江戸には嫡子・秀忠《ひでただ》か結城秀康《ゆうきひでやす》あたりを残すであろうが、それを上杉が討ち、そのまま家康を追って東海道を攻め上る」

「挟み撃ちにするわけですな?」

「さよう」

兼続が大きくうなずく。

「恐らく、尾張か美濃で決戦することになる。兵の数は家康が多いかもしれませぬな。加藤や福島、黒田などの馬鹿者が家康に味方するでしょうから」

「勝てますかな?」

「決戦の前に、若君にご出馬願う。太閤殿下から受け継がれた金瓢箪《きんびょうたん》の旗を見れば、加藤、福島らは、その場に平伏《ひれふ》すに違いない。家康は三河に逃げ帰ろうとするであろう。そこを上杉が討つ。われらの勝利は間違いなし」

兼続が自信満々に言う。

「そうか、われらが勝つか」

佐吉の表情も緩み、兼続と顔を見合わせて笑う。

四

秀吉の死後、四大老・五奉行と家康の対立が先鋭化し、反家康派の中心に佐吉がいることは平馬も承知していたが、平馬自身は、その対立には加わらず、両者と適度に距離を置いていた。佐吉と平馬が竹馬の友であることは周知の事実だから、平馬が中立を守るのは、そう簡単ではないはずだが、それが可能だったのは病のせいである。重い病を患っていることは世間には広く知られており、倅に家督を譲って隠居するのは時間の問題で、政争などに関わる体力も気力もないだろうと見られていた。

それは半分は事実だが、半分は事実ではない。

確かに病は重くなっていたが、寝たきりというわけではないし、頭の働きもしっかりしている。その気になれば、佐吉に力を貸すこともできないことではない。そうしなかったのは、

（徳川殿は、それほどの悪人だろうか……）

という疑問を拭いきれないせいだ。

平馬が家康と初めて胸襟を開いて語り合ったのは、秀吉が小田原攻めをするに当たり、北条家に味方しないように家康を説得するために浜松に赴いたときだから、かれこれ十年ほども昔のことになる。

それ以来、家康と顔を合わせる機会も増えたが、平馬に対しては常に礼儀正しく親切だった。平馬の病が伝染ることを怖れて、平馬と同席することを嫌ったり、話をすることすら避けようとする者が少なくないのに、家康は、そんな素振りを見せたことがない。

佐吉など、秀吉が生きている頃から、

「将来、豊臣家に害をなすのは徳川である」

と決めつけ、何かと家康を目の敵にしていたが、平馬はそうは思わず、むしろ、家康に好意を抱いていたといっていい。

秀吉の死後、家康が遺言に背いて他の大名と縁組みしたことは許されないが、家康も反省して、あれは悪かった、もう二度としないと約束したのだから、そこで穏便に事を収めればよかったのに、ここまでこじれたのは、

(佐吉が騒ぎすぎたのだ)

という気がしないでもない。

前々から佐吉は家康を排除する機会を狙っていたが、家康が大物すぎるので、とても自分一人では太刀打ちできない。それで縁組み問題を利用して、前田、毛利、宇喜多、上杉

といった大老たちを味方にして家康に対抗しようとしたのではないか、と思われるのだ。心を許しあった自分ですら佐吉の強引なやり方を不快に感じることがあるのだから、佐吉嫌いの加藤清正、福島正則、黒田長政などははらわたが煮えくり返る思いであろう。それが武将派七人の石田屋敷襲撃未遂事件の伏線になっている。

佐吉が活発に家康排除の動きをすればするほど、佐吉嫌いの大名たちを家康に走らせる結果になっている……そう平馬には見えるのである。

七将との衝突を避けて佐和山に籠もった佐吉が、各地に盛んに使者を発して、何事かを策しているという噂は耳に入ってきたが、平馬は気にかけないようにしていた。家康と佐吉が顔を合わせることがなくなれば、二人が対立することもなくなり、いずれ豊臣の天下は平穏さを取り戻すであろう、と期待した。

その見方がいかに甘いものであったかを強烈に思い知らされ、平馬が家康の腹の底を垣間見たのは、慶長五年（一六〇〇）正月のことだ。いわゆる「宇喜多騒動」が起こったのである。

備前岡山の国元家老と大坂在番の家老が争って、ついには合戦騒ぎにまで発展した宇喜多騒動が厄介だったのは、単に家老たちの争いが問題なのではなく、そこに当主・秀家の金遣いの荒さや、秀家の妻・豪姫《ごうひめ》のキリシタン改宗が絡んでいたからである。

秀家の父・直家《なおいえ》は、権謀術数が渦巻く戦国時代においてもひときわ異彩を放つ謀略家であり、直家の口から出る言葉には真実がひとつもないと言われたほどに騙し討ちや陰謀を好んだが、その息子である秀家は、よく言えば天真爛漫、悪く言えば世間知らずのお坊ちゃんであった。勇敢で戦も下手ではなかったが政治力は皆無といってよく、家老同士の争いを丸く収めるどころか、かえって火に油を注ぐようなことばかりして騒ぎを大きくした。

「何とかしてもらえませぬか」

自分の力では手に負えぬと悟った秀家は平馬に泣きついた。

（おれなどの出る幕ではない）

と、平馬にはわかっていた。

宇喜多家といえば、備前岡山五十七万四千石の大大名である。そのお家騒動に口を挟むなど平馬には荷が重すぎる。

しかし、秀家は五大老の一人であり、秀吉との縁の深さを考えれば、豊臣家を支える柱石といっていい存在である。その秀家の苦境から目を背けることはできなかった。

（佐吉がいれば……）

そう思わずにいられなかった。この種の問題を処理することにかけて佐吉の右に出る者はいない。

だが、佐吉は七将に命を狙われて佐和山に逃亡しており、宇喜多騒動の調停などできる立場ではない。佐吉に代わって自分が調停するしかない、と腹を括り、

「やってみましょう」

と引き受けた。

しかし、体力面に不安もあるし、宇喜多ほどの大名家の内紛を自分一人で調停できるものかどうか心配でもあったので、

(榊原殿の手も借りよう)

と思いついた。徳川の重臣で、館林十万石の大名・榊原康政とは旧知の間柄である。武将としても名高いが、誠実で生真面目で有能な官僚でもある。康政を訪ねて事情を説明すると、

「それは放っておけませぬな」

と調停の労をとることを快諾してくれた。

早速、平馬と康政は、争っている家老たちから事情を聞き、双方の面目が立つような解決策を探り始めた。

ところが、数日して康政が平馬を訪ねてきて、江戸に戻ることになったので調停から手を引かせてほしいと詫びた。康政の伏見在番の任が明け、近々、江戸に戻ることは平馬も承知していたが、最初に平馬が康政に頼んだとき、

「江戸に戻っても、すぐに何かの役に就くわけでもないので、そう急いで帰ることもないのです。何とか、お力添えしましょう」

と引き受けてくれたのである。

今になって、突然、康政が前言を翻すようなことを言い出したので不審に思い、いろいろ問い質すと、どうやら主の家康が、

「伏見在番が明けたのに、いつまでも小平太が大坂に残って他家の揉め事に首を突っ込んでいるのは、それがうまくいけば、よほどたくさんの礼金をもらえるのであろう」

と嫌味を口にしたせいだとわかった。

「刑部殿には申し訳ないが、金に汚い男だと主に疑われているのに、このまま調停を続けることはできぬ」

と丁重に詫びて、康政は江戸に発ってしまった。

困ったのは平馬である。

康政が調停を途中で投げ出したため、平馬までが宇喜多の家老たちから疑いの目を向けられることになり、調停を続けることができなくなった。

その事情を説明しに秀家を訪ねると、

「刑部殿にも苦労をかけたが、内府が何とかしてくれるそうなのです」

と明るい表情をしている。

康政が江戸に発ち、平馬が家老たちから不審の目を向けられて四苦八苦している隙に、家康自身が調停に乗り出して、一気に問題を解決してしまったのである。貫禄の違いとい

うしかないが、平馬が、

（おかしいのではないか）

と首を捻ったのは、その決着の付け方である。秀家に批判的だった国元の家老たちの言い分を通し、秀家の指示で動いていた大坂在番の家老たちに厳しい処分を下したのである。平馬と康政は、双方痛み分けという決着を目指していたが、家康は問答無用で国元派に味方した。在番の家老たちは不満を抱いたが、家康ほどの大物が裁いた結果に文句を言うことはできない。彼らの憎しみは国元派の家老たちに向けられ、表面上は宇喜多騒動は収まったように見えたが、実際には、宇喜多家内部の亀裂は更に深まったといっていい。

（最初から、これが内府の狙いだったのではないか……）

豊臣家に忠実な秀家は、家康にとって邪魔な存在である。内紛を煽《あお》ることによって宇喜多の力を削ぐことができれば、それは家康にとって悪い話ではない。しかも、途方に暮れていた秀家に手を差し伸べるという形で、つまり、秀家に恩を売りながら、その実、宇喜多の結束を弱めることができたのだから笑いが止まらないであろう。

この一件で、平馬は家康の老獪《ろうかい》さを思い知らされ、

（佐吉の言うことは正しいのかもしれぬ。今のうちに何とかしなければ、いずれ豊臣の天下は徳川に奪われるのではないか）

と危惧するようになった。

宇喜多騒動が家康の仲裁で決着した直後、今度は会津問題が浮上してきた。

前年の八月、上杉景勝は大坂から会津に帰ると、既存の城を修築し、軍道を整備し、鉄砲や弾薬を大量に買い入れ始めた。露骨な戦争準備であった。

年が明けても景勝は上洛せず、代わりに家老を派遣した。

「弾正少弼殿ご自身が上洛して、秀頼さまに新年の祝辞を申し上げるべきではないか」

と、家康は苦言を呈したが、景勝は無視した。

それどころか二月になると、若松城の西に新たに城を造り始めた。周辺国の大名からも、

「上杉は謀叛するつもりではないか」

という報告が届くようになった。

家康は大老や奉行たちを集め、景勝自身の口から釈明させるために上洛を促す使者を送ることを提案した。五大老・五奉行といっても、前田利家は亡くなり、上杉景勝は自分自身が疑われている立場だから、残っているのは、家康のおかげでお家騒動を収めたばかりの宇喜多秀家、何事も家臣任せで自分では何もできない凡庸な毛利輝元、それに家康の三人だけである。五奉行にしても、佐吉がいなくなってからは、家康の決めたことに口答えできるほどに気骨のある者などいない。つまり、何事も家康の思うがままであった。それに城の修築や、新城の造営を許可なく行ってはならぬというのは秀吉の遺訓でもあったから、家康の提案は道理にかなっていた。

再三の上洛要請を景勝は無視し続けた。

四月中旬、家康は改めて使者を送り、景勝の動きを詰問する手紙を持たせた。

この手紙に対して、直江兼続が返書を認めた。これを世に「直江状」と呼ぶ。

「わが主・弾正少弼に逆心などあるはずがありませぬ。裏表のない人間で、それくらいしか取り柄のない田舎者なのです。内府さまのように裏表のある御方にはわからぬかもしれませぬが……」

という人を食ったような内容が書き連ねてあり、これを読んだ家康が顔を真っ赤にして激怒し、

「こんな無礼な手紙を持ち帰るとは何事か」

と使者を怒鳴りつけ、会津征伐を決断したと言われている。

五月になると、家康は公に会津征伐を口にするようになり、宇喜多秀家と毛利輝元の了解も取り付けた。もちろん、奉行たちも賛成した。

六月になると、会津征伐を話し合う軍議が開かれることになったが、事前に家康は大坂にいる諸大名に対して、会津征伐は五大老として豊臣の天下を平穏に保つために行うことだとはいえ、中には上杉と昵懇《じっこん》の者もいるであろうし、上杉を討つことに二の足を踏む者もいるであろう、そういう者は、このたびの会津征伐には参加するには及ばぬ、どうか遠慮なさらぬように、という内容の書を送った。

平馬のもとにも届いた。それを読んで、正直なところ、平馬はホッとした。上杉景勝と直江兼続には、出羽の百姓一揆で窮地に陥ったときに救われたという大きな恩義がある。とても会津征伐になど参加できないと思っていた。この際、家康の言葉に甘えようか……そんな思案をしているとき、思いがけない客が訪ねてきた。

黒田官兵衛であった。今は出家して如水《じょすい》と号している。長政に家督を譲って隠居してからは、領地である九州の中津《なかつ》で暮らすことが多く、上方には滅多に上ってこない。平馬も何年も会っていなかった。

「喉が渇いたな。茶を所望したい」

如水が言う。

それを聞いて、

(内密の話か)

ピンときた。この時代、茶室というのは政治的な密談のために用いられることが多いのだ。茶室に案内し、二人で向かい合うと、

「白頭殿、もちろん、会津には行くのであろうな？」

いきなり官兵衛が切り出す。

「いや、それは……」

言葉に詰まる。

「やはり、な」

ふんっ、と官兵衛は鼻で笑う。

「会津に行かなければ徳川を敵に回すことになる。それは承知か？」

「そんなつもりはありませんが……」

「家康は、そのつもりだ」

官兵衛が吐き捨てるように言う。その顔を見れば、よほど家康を嫌っていることがわかる。

「あの古狸の腹の底が透けて見えるだけに虫酸が走る。しかし、今の家康には誰も逆らえぬよ。かといって尻尾を振るのも癪《しゃく》に障るから、家康におべっかを使うのは倅に任せてある。これといって優れたところのない凡庸な倅だが、世辞を言うのは、わしよりうまいのでな」

「徳川殿の腹の底とは何のことですか？」

「知れたこと。豊臣の天下を奪い取ることよ。このまま何事もなく十年経てば、自然と天下の権は家康の手に入るであろうが、家康は十年も待てぬのだ。来年には六十に手が届く。十年先まで生きていられるかどうかわからぬし、その間にも秀頼さまは大きくなられる。今は家康に手懐けられている大名たちも、家康が老いていくのを見れば、徳川を見限って秀頼さまに忠義を尽くすようになる。わしの倅と同じように、家康の倅も阿呆よ。阿呆では豊臣家に太刀打ちできぬ。それ故、家康は自分が元気なうちに豊臣を滅ぼしたいのだ。それが、この猿芝居よ」

「猿芝居ですと？」

「会津征伐という大義名分を掲げて家康は東に往く。それに従う者は味方、従わずに大坂に残る者は敵……そう白黒をつけるつもりなのだ」

「本気で会津を討つつもりなどないということですか？」

「当たり前ではないか。家康が大坂を離れれば、石田治部が兵を挙げると見越しているのだ。家康は大坂に取って返して石田を討つ。石田だけでなく、豊臣に味方する邪魔者たちを一掃して、天下の権を握るつもりなのだ」

「そううまくいくでしょうか。徳川殿の背後から上杉が襲いかかったら……」

「そのようなことは夢物語に過ぎぬ」

如水がぴしゃりと言う。

なるほど、佐和山に引っ込んだ石田治部と会津の直江あたりが家康を挟み撃ちにしようという密謀を企んでいるかもしれないが、うまくいくはずがない。

なぜなら、上杉軍が会津を出れば、すぐに仙台の伊達政宗が大軍を率いて南下するからだ。家康は江戸を守るために結城秀康に五万くらいの兵を預けて関東に残していくであろう。上杉軍と結城軍が戦っているところに伊達軍が到着すれば、とても上杉軍には勝ち目がない。家康を挟み撃ちにするどころか、挟み撃ちにされるのは上杉軍の方で、石田治部は強大な家康軍に一人で立ち向かうことになる。戦の下手な頭でっかちが百戦錬磨の家康に勝てるはずがない……官兵衛は淡々とした口調で話し続ける。

「このたびの会津征伐には、宇喜多殿や毛利殿も加わらぬと聞いておりますが……」

「だからといって、宇喜多と毛利が石田治部に合力するとは限らぬぞ。宇喜多は家中が乱れている故、大軍を東に送る余裕などないのであろうし、毛利は大坂で留守を守ることになっている。家康に刃向かおうとしているわけではない。しかし、白頭殿が会津攻めに加わらねば、家康は白頭殿を敵と見なすぞ。白頭殿と治部の親しい仲を知らぬ者はおらぬしのう」

「会津に往けと忠告するためにいらして下さったのですか？」

「わしは、この世で三人の化け物を見た。織田の右大臣さま、太閤殿下、そして、家康よ。右大臣さまのことは好きではなかったし、家康のことも大嫌いだが、人の力を好き嫌いで見誤るほど、わしは愚かではないつもりだ。力だけでなく、家康には運がある。だからこそ、今でも生きているのだ。大谷家を守るには家康に頭を垂れるしかない。治部に不義理をするのが申し訳ないと思うのなら、さっさと倅に家督を譲って隠居すればよい。わしのように、な」

「なぜ、黒田さまは、そのように親切にして下さるのですか？　今度のことだけではありません。思い起こせば、いつも親切にして下さいました」

「わしはな、白頭殿に感謝しているのだ。それこそ昔から、ずっとだ。その恩返しがしたい」

「それは、どういう意味でしょうか？　黒田さまに感謝されるようなことをした覚えはありませんが」

平馬が怪訝そうに小首を傾げる。

「身の程をわきまえることを、わしは白頭殿から学んだ。昔は己の才に自惚《うぬぼ》れていたから、あと少しばかりの運に恵まれれば自分も天下を取れると信じていた。戦の駆け引きならば、右大臣さまにも太閤殿下にも劣らぬという自負があったし、政も下手ではないと思っていた。運がないばかりに中津のような田舎に追いやられ、わずか十万石の領主に甘んじなければならなかった。天を憎み、世をはかなんで涙したことも一度や二度ではない。いっそ謀叛でも起こして自分の力を試してみたいと考えたこともある」

「黒田さま……」

「だが、重い病に苦しみながら、与えられた仕事を懸命にこなす白頭殿の姿を見ているうちに、なぜ、自分を不幸だと哀れまなければならないのかわからなくなってきた。高みばかりを眺めて欲深いことを考えず、戦国の世に生まれながら、この年齢まで生き長らえることができたことに感謝し、心静かに自分の足許を見つめてみれば、自分と家族が生きていくのに何の不満もない。人間など、所詮、畳一枚あれば、その上で生きていけるのだ。それを悟ったとき、わしは『如水』と号して、出家することを決めた。人生など、水が流れるように生きていけばよく、自分の手で無理に流れを変える必要などない、とわかったからだ。つまりは、白頭殿のように生きたいと思ったわけでな……」

官兵衛は溢れてきた涙を指先で拭うと、

「せめてもの恩返しに、お節介と知りつつ忠告に来た。もはや世の流れは豊臣から徳川へと向かっている。流れに逆らえば身を滅ぼすことになる」

「ご忠告、真摯に承りました」

平馬は深々と頭を下げる。


六月六日、家康は大坂城に諸大名を集めて会津攻めの軍議を開いた。官兵衛の説得で考えが変わった平馬も出席した。軍議といっても、参集した諸大名に対して家康が一方的に軍役を命じただけのことだ。会津征伐軍は、ざっと五万五千である。

軍議が終わると、大名たちは国元に帰った。戦支度を調えて東に向かうためだ。平馬も敦賀に帰った。

家康は十六日に大坂城を出て伏見城に入り、十八日に江戸に向けて出発した。東海道を下って江戸に入ったのは七月二日である。

奇《く》しくも同日、平馬の運命を変えることが起こった。

六月末、平馬は一千五百の敦賀兵を率いて敦賀を発し、七月二日に美濃の垂井《たるい》に到着した。宿営の準備をさせているところに、佐和山から佐吉の手紙を携えた使者がやって来た。至急、話し合いたいことがあるから、東に向かう前に佐和山城に来てもらいたい、という内容だ。使者を待たせて、平馬は考え込んだ。手紙を見つめながら、何度も重苦しい溜息をついた。

（やはり……）

官兵衛の言ったように、佐吉は上杉と結託して、家康を挟み撃ちにするつもりに違いなかった。家康が東に去ったのを見て、いよいよ動き出したのであろう。本当であれば手紙を無視して東に向かうべきであった。佐吉の企ては成功するはずがないのだ。

それがわかっていながら、

（行かねばならぬ……）

と、平馬は決めた。佐吉は家康相手に乾坤一擲の大勝負をしようとしている。無謀な企てである。誰かが佐吉を諫《いさ》め、思い留まらせなければならない。それができるのは平馬の他にいないはずであった。

五

「よく来てくれた」

佐和山城の奥座敷で向かい合うと、佐吉は目に涙まで浮かべて感謝の言葉を口にした。平馬が来てくれるかどうか、半信半疑だったのであろう。

佐吉の話は、平馬の予想した通りだった。上杉と組んで東西で兵を挙げ、家康を討つというのである。

「わしと上杉が兵を挙げれば、太閤殿下に恩を受けた大名たちがこぞって味方に馳せ参じるに違いない。戦わずして、わしらの勝ちは決まったようなもの」

佐吉は熱に浮かされているかのように、事細かに計画を語った。計画の失敗など露ほども疑っていない様子だった。

（馬鹿な……）

平馬は泣きたくなる。佐吉の目論見《もくろみ》など、とうの昔に家康に見透かされている。罠にかけられたのは佐吉の方なのだ。それは官兵衛も知っているし、倅の長政も知っているであろう。長政の仲間である武将派も承知しているであろう。それを知りながら、家康に従って東に向かったことの意味を佐吉は考えるべきであった。

「うまくいかぬ。考え直せ……」

平馬は言葉を尽くして佐吉を翻意させようとした。

しかし、そう簡単に佐吉が納得するはずもなく、おまえこそ考え直せ、と平馬を説得しようとする。

深夜まで二人きりで話し合ったものの、双方が納得せず、ついに夜が明けてきた。さすがに二人とも疲れ切っている。声も嗄《か》れてきた。しばらく二人は黙り込んだ。やがて、佐吉が、

「わしはな、この企てが失敗してもいいと思っているのだ。それが本音だ」

と、つぶやいた。

「何だと?」

「家康は強い。まともにぶつかっても勝てぬかもしれぬ。だが、誰かがやらねばならぬ」

「どういうことだ?」

「わしは殿下に引き立てられて大名にまでなった。大きな恩義を感じている。殿下を尊敬していたし、殿下のことが好きでたまらなかった。誰も彼もが家康に尻尾を振ったのでは草葉の陰で殿下が泣く。誰かが意地を見せねばなるまいよ。他の誰もやらぬから、わしがやるのだ。勝てるという見込みがあるからやるのではない。やらねばならぬことだから、やるのだ」

「……」

怜悧《れいり》で計算高いと言われる佐吉の口から出た言葉だけに重みがあり、平馬は衝撃を受けた。そのとき平馬の脳裏に甦《よみがえ》ったのは、秀吉が病気見舞いに大谷家を訪ねたときの茶会での出来事だった。

平馬は鼻汁を茶碗に垂らすという粗相をしでかした。座が凍り付いたとき、秀吉が救いの手を差し伸べてくれた。茶碗の濃茶を飲み干して大笑いしたのである。

（殿下……）

あのときの秀吉の優しさを思い出すだけで涙が滲んでくる。秀吉の恩義に報いるために佐吉が兵を挙げるというのならば、平馬とて知らん顔などできない。

「よかろう。おまえと共に、わしも家康に意地を見せてやろう」

平馬がうなずいた。

佐吉に味方するに当たって、平馬はひとつだけ条件をつけた。

「おまえは表に出るな」

ということであった。

佐吉は切れ者だ。秀吉の側近として辣腕を振るった。その行政能力は卓越しているといっていい。

だが、敵も多い。

秀吉が生きている頃は、誰も佐吉には逆らえなかったが、今はそうではない。加藤清正を始めとする武将派の七人は佐吉を憎悪するあまり、大坂で佐吉を殺そうとした。この七人ほどではないにしろ、佐吉を憎み、嫌っている者は少なくない。

家康とて誰からも好かれているわけではない。秀吉が亡くなってからの家康の強引なやり方に眉を顰《ひそ》める者も多い。

しかし、嫌われ者の佐吉が反家康の旗頭として挙兵すれば、家康よりも佐吉が嫌いだという理由で家康に味方する者がいるはずであった。それを平馬は危惧した。それ故、

「この戦いは、あくまでも秀頼さまをお守りするための戦いであり、おまえと家康の私闘ではない。そうだとすれば、こちらの旗頭は五大老の誰かでなければならぬ」

と、佐吉に説諭した。

面と向かって、

「おまえは嫌われ者だ」

と言われて、さすがに佐吉もムッとしたが、元々が理屈っぽい男だけに、平馬に理詰めで説得されると意外とあっさり承知した。二人で相談して、広島にいる毛利輝元を総大将として担ぎ出すことを決め、その説得は佐吉の盟友・安国寺恵瓊に頼むことにした。五奉行のうち、前田玄以、増田長盛、長束正家の三人も味方に誘い、快諾を得た。これまで家康の横暴とわがままに悩まされてきた者たちである。

佐吉と平馬は、

（やれる）

という手応えを感じた。豊臣家を守るために、徳川家康という強大な敵を相手に乾坤一擲の大勝負をする。恐らく、日本の歴史を左右するほどの決戦になるはずであった。

が……。

二人の思惑とは裏腹に、挙兵を決めたその瞬間から、「喜劇」としか言いようのない見苦しい人間模様が演じられることになる。関《せき》ヶ原《はら》の戦いというのは、この壮大な喜劇の大団円に過ぎない。

六

七月十二日、佐吉を中心に平馬、安国寺恵瓊、増田長盛らが家康打倒の作戦を協議したが、その話し合いが終わった直後、増田長盛は家康に手紙を書き、どんな話し合いがなされ、どんな作戦を立てたのか、細大漏らさずに知らせた。これが佐吉たち西軍にとって、最初の裏切りであり、これ以降、関ヶ原の戦い当日まで裏切りと寝返りが続出することになる。

十七日には、前田玄以、増田長盛、長束正家の三奉行連署による家康の弾劾《だんがい》書が公表され、諸大名に家康打倒の兵を挙げるように促した。同時に毛利輝元に手紙を送って、急いで上洛するように依頼した。

このとき、

「家康を倒すことに成功した暁には、幼い秀頼さまの後見役として毛利殿に天下の仕置きを任せたい」

と約束したとも言われ、これに心を動かされた輝元が腰を上げたという。

もっとも、毛利を支える柱石の一人である吉川広家《ひろいえ》は輝元の凡庸さを熟知しており、とても家康に対抗できる器量などないと見切りをつけ、佐吉らの挙兵計画について家康に知らせている。

「否応なしに西軍の盟主に祭り上げられてしまったが、毛利家は徳川殿に弓を向けるつもりはない」

というのだ。増田長盛に続く裏切りである。西軍の総大将が寝返ろうというのだから滑《こっ》稽《けい》と言うしかない。

佐吉は直江兼続に、いよいよ挙兵を決めたから、そちらも存分に兵を動かしてもらいたい、旧領の越後に攻め込むのなら、秀頼さまは上杉の領地として認めて下さるでありましょう、と手紙を書いた。これを受けて、早速、兼続は越後攻略を開始し、越後にいる上杉の旧臣を誘ったり、各地で土一揆を起こさせたりした。

平馬は佐和山から敦賀に帰って、兵を集め始めた。家康の会津征伐に従軍するために率いた兵は、さして多くはない。体裁を取り繕うことだけが目的だったからだ。

しかし、今度は、そうではない。本気で戦うつもりでいる。病状を考えれば、これが自分にとって最後の戦いであることはわかっている。手を動かすのも苦痛を伴うから、もう自力では歩くこともできず、視力もほとんど失われている。食事すら誰かに食べさせてもらわなければならない。そんな体に鞭打って兵を集め、越前や加賀《かが》への諸大名への勧誘工作を続けた。

この時期における平馬の最大の功績は、信濃の真田昌幸・源次郎父子を味方にしたことであろう。

佐吉は、昌幸は家康嫌いで知られているから、その鼻先に、

「家康を滅ぼした後は、真田殿に信濃一国を差し上げる」

といううまいエサをぶら下げれば喜んで食いつくだろうと高を括ったが、実際には、そう簡単ではなかった。武田家滅亡以来、真田家が生き残るために恥も外聞もなく何度も主を替えたほど鋭い政治的嗅覚を持った男だけに、

「これは勝てぬ」

と匙を投げた。

自分が大坂城にいて西軍の指揮を執るのなら徳川などに負けることはないが、凡庸な毛

利輝元や戦下手の石田佐吉が指揮を執れば、勝てる戦も負けてしまう。泥船に乗り込むのは阿呆よ、と平馬の手紙を放り投げた。

傍らに源次郎がいなければ、真田は西軍に味方しなかったであろう。

源次郎は西軍に味方しようとは言わず、どうすれば西軍が勝てるか、という話題に昌幸を引き込んだ。三度の飯よりも戦が好きだという昌幸の性分を知っていたからである。

「西軍は、すでに大坂城に十万の兵を集めたといいます。このまま味方が増えれば、十五万くらいにはなりましょう」

「ふんっ、戦は数だけでは決まらぬし、同じ数なら戦上手が勝つに決まっている。家康も十万以上の兵を率いていくだろうから西軍は勝てぬよ」

「東軍が十万だとして、家康は十万の兵を率いて東海道を西に向かうでしょうか」

「馬鹿な。十万人を縦に長く伸ばしてどうする。まともな頭を持っていれば、中山道と東海道の二手に分けて、美濃のどこかで合流して大坂に向かうであろうよ」

「五万の東軍が中山道を通るとなれば、上田を横切ることになりますな。黙っていかせるのですか？」

「何だと？」

「その五万を上田に足止めすれば、家康は五万の兵で西軍と戦うことになりましょう。いかに毛利殿や治部殿が戦下手だとしても十五万の兵があれば、家康の五万に勝てぬということはありますまい。それに……」

「何だ？」

「西軍には刑部殿がおられます。そう簡単に負け戦をするとは思えませぬ」

「大谷刑部がどれほどの戦上手なのかわしにはわからぬし、買い被りすぎのような気もするが、東軍を上田で足止めするのは面白いな。上田を素通りさせるなど、想像するだけで胸くそ悪くなる」

　源次郎の説得の甲斐があって、昌幸は西軍への荷担を決めた。返書を送ったのが七月二十七日である。

　その二日前の二十五日には、世に言う小山《おやま》評定が行われ、会津征伐に従軍した諸大名が家康に忠誠を誓った。翌日には、東軍の先鋒として福島正則と池田輝政《てるまさ》が西上を開始した。

　結果から見れば、東西両軍の決戦は、わずか一日で終わるが、それはあくまでも結果に過ぎず、佐吉にしても家康にしても、そう簡単に決着が付くとは思っていなかった。

　だからこそ家康は数多くの手紙を諸大名宛に書き、自分に味方してくれるように頼み、少しでも有利な状況を作り出そうと努力した。

　佐吉も、戦いが長期戦になることを覚悟し、じわりじわりと家康を追い詰める作戦を練った。挙兵した後、佐吉が定めた方針は五つあり、それに平馬も同意した。

一 細川幽斎《ゆうさい》の田辺城を攻めること。
一 伏見城を攻めること。
一 大津城《おおつじょう》を攻めること。
一 伊勢・美濃に進出するのを邪魔する者を除くこと。
一 北陸を押さえること。

細川幽斎は、会津征伐に従軍している細川忠興の父であり、佐吉は幽斎の政治的な影響力、特に朝廷に対する影響力の大きさを怖れていた。

伏見城は上方における家康の最前線基地であり、京都と大坂を結ぶ要衝に位置している。近江の大津城は東軍に属する京極高次《たかつぐ》の居城で、琵琶湖の水運を押さえる重要拠点だ。伊勢・美濃を押さえるというのは西軍の支配地を広げるだけでなく、東軍との決戦地を美濃か尾張と想定していたので、自軍に優位な立場を築くために敵対勢力を事前に取り除こうと図ったのである。

北陸に関しては、東軍に味方する加賀の前田家の京阪進出を押さえる必要があった。家康の西上に備えるだけでも大変なのに、万が一、前田の大軍が南下してきたら手に負えなくなるからだ。何としても前田家を加賀に閉じ込めておかねばならない。

七

佐吉に味方すると決めてから関ヶ原の戦いまでの二ヶ月半ほどの間に、平馬は、それまであまり知られていなかったふたつの才能を示すことになる。

ひとつは、謀略家としての才能であり、もうひとつは勇猛な武将という顔である。

平馬の謀略の才が遺憾なく発揮されたのが前田軍封じ込め作戦だった。

まず手を着けたのが越前・加賀の諸大名への懐柔工作である。この二国には、前田家を除くと、五万石前後の小大名が数多く配されている。それらの小大名たちをアメとムチを使い分けて味方にした。越前の大名たちを、府中《ふちゅう》の堀尾吉晴《ほりおよしはる》を除いて、すべて西軍に取り込むことに成功したのである。堀尾吉晴にしても本来は浜松城の城主で、府中城は預かっているに過ぎず、城を管理する少数の兵を置いているだけだったから、越前全域が西軍一色になったといっても過言ではない。

加賀も小松城《こまつじょう》の丹羽長重《ながしげ》や大聖寺城《だいしょうじじょう》の山口宗永《やまぐちむねなが》・修弘《ながひろ》父子らを味方に引き入れたので西半分は西軍と考えていい。

(金沢でおとなしくしていろ)

前田軍が南下するには西軍の支配地域を突破する必要がある。小大名ばかりとはいえ、四方八方から攻めかかれば、前田軍とて苦戦を強いられるのは必定だ。それを警戒して出陣を自重してくれれば……それが平馬にとっては最もありがたい。

だが、その期待は裏切られた。

八月一日、前田利長《としなが》は二万五千の大軍を率いて金沢を出た。堅固なことで知られている小松城には手を付けず、一路、南下して越前との国境に近い大聖寺城を囲んだ。前田利長の率いる本隊は大聖寺城攻略の準備を始め、その間に先鋒部隊は国境を越えて越前に侵入し、金津城《かなづじょう》付近に出没した。

八月三日、前田軍が大聖寺城への総攻撃を開始した。守備兵も少なく、それほど堅牢とも言えない大聖寺城は前田軍に飲み込まれ、その日のうちに落ちた。山口宗永・修弘父子は戦死した。

これを見て、越前の小大名たちは震え上がり、丸岡城《まるおかじょう》の青山忠元《あおやまただもと》、北庄城《きたのしょうじょう》の青木一矩《あおきかずのり》らが次々と前田軍に寝返った。前田軍にとっては、東軍の支配する府中城まで敵対勢力が存在しないという有利な状況になったわけで、一気に今庄城《いまじょうじょう》の赤座吉家《あかざよしいえ》、敦賀城の平馬を攻撃する態勢が整ったことになる。

だが、平馬は少しも慌てなかった。前田軍を加賀に封じ込めるために二の矢、三の矢を用意してある。落ち着いて次の手を打った。

ふたつの噂を流した。

ひとつは越後を平定した上杉景勝が越中から加賀に攻め込むという噂である。直江兼続が越後に手を入れているのは事実だったし、上杉家は謙信以来、何度となく越中・加賀に攻め込んでいるから、これはいかにもありそうな話であった。

もうひとつは、平馬が大軍を率いて北上するという噂だ。五万の西軍を平馬が預かり、そのうち三万を敦賀から加賀まで船で運んで金沢を襲い、残りの二万を平馬自身が率いて北上し、前田軍に決戦を挑むというのである。

あまりにも途方もない話だから、

「馬鹿馬鹿しい」

と相手にされなくても不思議はなかった。

しかし、前田利長は、この噂を深刻に受け止めた。

たかだか敦賀五万石の小大名に過ぎない平馬がどうして五万という大軍を預かることができるのか……普通に考えれば、あり得ないが、佐吉と平馬の深い絆を誰知らぬ者はいないから、

「なるほど、石田治部ならば大谷刑部のために五万の兵を送るかもしれぬ」

と受け止められたのである。

三万もの兵を海上輸送するために必要な船を短期間に用意できるのか……それもまた普通ではあり得ないが、平馬には文禄・慶長の役で戦奉行・船奉行を務め、大軍を渡海させ

たという実績がある。それを考えれば、三万の兵を敦賀から加賀に海上輸送するくらい朝飯前であろう。

しかも、現実に平馬は兵を率いて敦賀城を出た。

その知らせを受けた前田利長は即座に撤退を決意した。平馬の率いる二万の軍勢と決戦すれば、自軍は二万五千なのだから、そう簡単に負けるはずがない。うまくいけば勝てるであろう。

だが、その隙に別働隊に金沢を落とされてしまえば、前田軍は敵地で孤立することになる。

(それは、まずい……)

という常識的な判断が働いた。

前田軍が撤退を始めたという報告を受けた平馬は、数百の騎馬部隊を猛烈な勢いで北上させた。平馬の率いる大軍が前田軍の背後に迫っていると思わせて、焦りを誘うためである。前田軍の前方には、もうひとつの罠が仕掛けてある。後ろにばかり気を取られていれば、前方に仕掛けられている罠に気付かないであろう、と平馬は考えた。

軍隊というのは、嵩《かさ》に懸かって攻めているときは無類の強さを発揮するが、何かの弾みで弱気になってしまうと、何の役にも立たない、ただの烏合の衆になってしまう。

このときの前田軍がそうだった。大聖寺城を攻め落としたときは、一気に敦賀まで攻め込もうと意気盛んだったのに、三万の大軍が海から加賀に攻め込もうとしており、しかも、背後から二万の軍勢が迫っていると思い込んだ途端、人が変わったように兵が弱気になった。二万五千の強兵が二万五千の臆病者に変わったと思えばいい。

八月八日の夜、背後にばかり気を取られていた前田軍は、まさか前方で敵が待ち構えているとは想像もしておらず、まったく無警戒だった。縦に長く伸びた状態で、金沢を目指して退却する前田軍の横っ腹に小松城の丹羽長重軍が奇襲攻撃を仕掛けた。隊列が分断され、前田軍は大混乱に陥った。丹羽軍は一千にも足りない数だったにもかかわらず、夜の闇を味方にしたことで、さんざん前田軍を翻弄した。西軍に追いつかれたのだと前田軍が勘違いしてくれたことも幸いした。

結局、前田軍は丹羽軍に一方的に攻め立てられて、這々《ほうほう》の体《てい》で金沢に逃げ帰った。平馬の仕掛けた罠にまんまとはまったのである。

態勢を立て直した前田軍が再び南下を始めるのは九月十一日で、前田利長が大津で家康に会うのは二十二日である。つまり、前田軍は十五日の関ヶ原の戦いに間に合わなかったのだ。これは平馬の功績といっていい。

だが、前田軍封じ込め作戦の成功を喜んでいる暇はなかった。東軍の先鋒部隊三万五千が織田秀信《ひでのぶ》の岐阜城を攻め落としたのである。

このとき、佐吉は美濃の大垣城にいて、

（次は、ここに攻め寄せてくるに違いない）

と防備を固めた。

ところが、東軍は大垣城を無視して関ヶ原方面に進出しようとした。それを見て、

（佐和山を攻める気か）

と、佐吉は慌てた。自分の本拠地を攻められては一大事と、大慌てで佐和山に帰って敵を迎え撃つ支度を始め、同時に平馬に、

「急ぎ敦賀から関ヶ原まで出てきてほしい」

と要請した。

実際には東軍が大垣城を攻めなかったのは佐和山城を攻めるためではない。家康の到着を待つためである。岐阜城が落ちたことを知った家康は、九月一日、ようやく江戸を発ったのだ。家康が着くまで大規模な戦闘を控えることになっていたが、何もしないでいると兵がだれるので垂井や関ヶ原に放火させたのだ。戦慣れしていない佐吉には、そういう戦の機微がわかっていなかった。だから、ちょっとしたことに過敏に反応して佐和山に飛んで帰ったのだ。結果的に見れば、佐吉の落ち着きのなさと、戦術眼の曇りが西軍の行動を不自由にし、家康を利することになった。

九月三日、平馬は関ヶ原西南の山中村に布陣した。西軍諸将の中で最も早い布陣であった。

ここに腰を落ち着け、様々な情報を集めると、すぐには東軍は攻めて来ないと平馬にはわかった。

（また佐吉が早とちりしたな……）

平馬が苦笑いする。

この期に及んで佐吉を責めるつもりはない。佐吉の戦下手は最初からわかっていた。それを承知で味方すると決めたのだ。

むしろ、この機会を自分のために利用しようとした。すぐに戦にならないのならば、今のうちに大阪にいる香瑠に会いたいと考えた。今生《こんじょう》の別れになるはずであった。

八

「平馬殿……」

玄関先まで出迎えた香瑠は平馬を見て、息を呑んだ。顔を覆面で隠しているとはいえ、目や口の周りまでは隠していない。そのわずかな隙間から覗いている皮膚を見れば、どれほど平馬が疲労しているか香瑠にはわかった。皮膚がかさついて土気色に変わっている。目にも疲れが滲んでいる。

「お休みになられては如何ですか？」

「いや……」

夜には関ヶ原に戻らなければならないから休んでいる暇はないのだ、と平馬は首を振り、二人で話したい、と言った。香瑠は平馬の手を引いて奥座敷に連れて行き、人払いをした。

二人きりになると、

「頼みがある」

「何なりと」

「膝を貸してくれぬか」

平馬はごろりと横になると、香瑠の膝に頭を載せる。

「香瑠の膝は柔らかいのう……」

平馬の口から寝息が洩れ始める。休む暇はないと言いながら、横になるや否や睡魔に引き込まれてしまうほど疲れが溜まっていたのだ。香瑠は平馬の眠りを妨げぬよう、身じろぎもせず、じっと正座した。

どれほど時間が経ったものか……。

「もうすぐ戦が始まる」

平馬がつぶやく。

「はい」

「戻ってくることはできぬと思う」

「平馬殿……」

「香瑠に会うのは、これが最後かもしれぬな」

「……」

「随分長く一緒にいたのう。気が付いたときには、いつも香瑠がそばにいた」

「そうでした」

「当たり前すぎて、どれほどありがたいことだったか、わかっていなかった気がする。四十二年の人生で、いいこともあれば悪いこともあったが、香瑠を妻に迎えられたことを思えば、そう悪い人生ではなかったな。いや、そんなことを言っては罰が当たるかな。よい人生だったと言わねばならぬか」

平馬が、ふふふっと小さく笑う。

「それは、わたしも同じでございます。平馬殿の妻になれたことが香瑠にとっての幸せでしたから」

「こんな化け物のような姿になってしまったがな」

「そんなことは、どうでもいいことです。見た目がどうであろうと、本当に大切なのは中身だと思います。平馬殿は、良き夫であり、良き父であり、良き主ではありませんか」

「誉めすぎだな。そんなことを言うのは香瑠だけだぞ」

「誰も誉めなくても香瑠が誉めて差し上げます」

「同じ言葉を返そう。香瑠は良き妻であり、良き母であった。礼を言うぞ。わしが今まで生きてこられたのは香瑠のおかげだ。病が苦しくて自ら命を絶とうとしたこともあったが、今になってみれば、そんなことをしなくてよかった。香瑠や子供たちと過ごすことができて幸せだった」

「わたしは……」

「何だ？」

「たとえ、これが今生の別れだとしても……それで平馬殿との絆が切れるわけではないと信じています。極楽であれ、地獄であれ、あの世で平馬殿に会うことができれば……また妻にしていただきたいと思います。この世に生まれ変わる日が来れば、そのときも妻にして下さいませ。七度生まれ変わったなら……七度妻にしていただきたいと存じます……」

香瑠の声はかすれて途切れ途切れになってしまう。

「同じことを思っていた。たとえ死んでも、あの世から香瑠を見守り、いつの日か香瑠の寿命が尽きてあの世で巡り会うことができたら、また香瑠を妻に迎えたいと願っていた」

「平馬殿……」

「バカめ。泣く奴があるか。冷たいではないか」

香瑠の目から大粒の涙がぽとりぽとりと滴り落ちて、平馬の覆面を濡らしている。

しかし、そう言う平馬自身、目から涙が滂沱と溢れ、その涙が畳に流れ落ちている。

平馬と香瑠は指を絡めながら、いつまでも静かに泣き続けた。

九

九月一日、家康は三万二千の軍勢を率いて江戸を発ち、東海道をゆるゆると西に向かった。これに歩調を合わせ、嫡男の秀忠も宇都宮の陣を払い、三万八千の軍勢を率いて中山道を西に向かった。秀忠軍の中核は徳川家の譜代で固められており、家康軍より数が多いだけではなく、その中身も精鋭揃いだった。秀忠軍こそが大坂を目指す徳川軍の主力であり、豊臣恩顧の諸大名の軍勢が半分を占める家康軍は、本来、秀忠軍の後詰め程度の役割を担っているに過ぎなかった。

秀忠軍が中山道を辿った理由のひとつは真田昌幸・源次郎父子の拠る上田城を攻略することだった。

上田城など放置しておいても上方情勢には何の影響もないのに、昌幸嫌いの家康が、

「この際、踏み潰してしまえ」

と、秀忠に命じた。

昌幸には何度も煮え湯を飲まされている。この機会に、その恨みを晴らそうとしたのだ。

九月二日に小諸《こもろ》に着陣した秀忠は、慣例に従って上田城に降伏勧告を行った。これに対

して昌幸は、

「そっちが降伏しろ。家康の小倅に屁を食らわせてやる」

と使者の前で音高く放屁《ほうひ》した。

これを聞いた秀忠は激怒し、直ちに全軍で上田城を包囲し、五日から総攻撃を開始した。昌幸は舌なめずりしながら、これを待っていた。幾重にも罠を仕掛けて、徳川軍を誘い込んだのだ。

十五年前、世に言う第一次上田合戦で、昌幸は一千の兵で七千の徳川軍をさんざんに翻弄して敗走させた。この勝利は昌幸の名を天下に知らしめたが、裏返せば、徳川にとっては大きな汚点であった。

だからこそ、家康も秀忠に真田攻めを命じたのだし、三万八千という大軍で攻めれば、わずか三千の真田軍が立て籠もっている上田城など簡単に攻め潰せると高を括ったのである。

ところが、徳川軍はまったく昌幸に歯が立たなかった。連日、猛攻撃を加えたが、そのたびに撃退され百人単位で兵を失った。死者が一千人を超えたとき、さすがに秀忠も、

（これは、まずい）

と慌て、たまたま家康の使者がやって来て、急いで上洛するようにという命令を伝えたため、秀忠軍は上田城を放置して西に向かった。後には徳川兵の死体だけが残され、上田

城は無傷だった。第二次上田合戦も真田軍の勝利に終わった。

秀忠軍が美濃に着いたのは十七日で、とうに関ヶ原の戦いは終わっていた。

徳川軍の主力部隊が到着しないうちに家康は西軍との決戦に臨まざるを得なかったわけであり、その意味では、昌幸と源次郎は佐吉や平馬の期待に十分すぎるほどに応えたといっていい。

にもかかわらず、西軍がさして有利になったわけでもないというところに関ヶ原の奇怪さがある。なぜ、そんなことになったかといえば、西軍に味方している諸大名の大半が家康に内通していたせいであった。

九月十五日の朝、東西両軍が関ヶ原で睨み合ったとき、東軍は七万五千、西軍は八万二千、しかも、西軍は有利な場所に布陣していたから、常識的に考えれば西軍が負けるはずのない戦いであった。

だが、八万二千の西軍部隊のうち、長宗我部、毛利、小早川など四万近くが家康に裏切りを約束していた。この戦いが滑稽なのは、西軍の総大将である毛利が内通していたことで、平たく言ってしまえば、八百長試合のような戦であった。勝敗は最初から決まっていたのだ。

十

十四日早朝、家康は岐阜を発った。昼過ぎに赤坂に到着すると、杭瀬川《くいせがわ》を挟んで大垣城と向かい合う位置にある岡山の東軍本陣に入った。

このとき大垣城には佐吉を始め、宇喜多秀家、小西行長、島津義弘などがいた。平馬は山中村に布陣していた。

家康が出席した東軍の軍議で、佐和山城攻撃と大坂進出が決定された。その情報が西軍に洩れた。東軍の意図を挫《くじ》くため、機先を制する格好で、十四日の夜、西軍の主力部隊が密かに大垣城を出た。石田軍、小西軍、宇喜多軍、島津軍という順に関ヶ原に向かって行軍する。

この夜は、土砂降りの大雨である。

「西軍が動いた」

この報告を受けたとき、家康はすでに寝所に入っていたが、

「よしっ!」

と叫んで跳び起きると、直ちに全軍に出陣を命じた。

家康は城攻めが大の苦手である。

若い頃から城攻めが成功した例《ため》しがない。

得意なのは野戦で、小牧・長久手の戦いでは秀吉にすら勝っている。

それ故、家康は西軍を大垣城から引っ張り出したかった。城攻めに手こずることになれば、今は家康に味方している豊臣恩顧の大名たちが寝返るかもしれないと恐れた。野外決戦で一気に勝敗を決したいというのが家康の狙いだった。だからこそ、わざと軍議の内容を洩らした。

（しめしめ、治部め、引っ掛かりおった）

家康はほくそ笑んだことであろう。

十一

西軍が大垣城を出ると、佐吉は単騎で先行し、すでに関ヶ原に布陣している諸大名と打ち合わせをしようとした。長束正家、安国寺恵瓊と会った後、松尾山《まつおやま》の麓で小早川秀秋《ひであき》の家老・平岡頼勝《ひらおかよりかつ》と会った。

「明日の決戦で、ここぞというときに合図の狼煙を上げるから、それを見たら松尾山を下って敵の背後を攻めてもらいたい」

と依頼し、

「承知つかまつった。殿に伝えまする」

「よろしく頼む」

佐吉は平岡の手を握って頭を下げた。

その足で佐吉は山中村に布陣する平馬を訪ねた。

平馬は寝所にいたが、まだ眠っていなかった。明日は決戦だと思うと、さすがに血が昂ぶって目が冴えてしまい、一向に眠ることができなかったのだ。

「佐吉が来ただと？」

平馬は驚いた。西軍の総大将は大坂城にいる毛利輝元であり、副将は宇喜多秀家ということになっているが、本当の総大将が佐吉であることは誰でも知っている。石高が少なく、官位も低いから一歩引いているだけだ。その佐吉が決戦前夜、たった一人で何をうろうろしているのか……それが疑問だった。

「平馬、起きていたか」

佐吉が寝所に入ってくる。

大坂で香瑠と会って山中村に戻ってから、蓄積された疲労のせいなのか、めっきり足腰が弱くなり、厠にすら一人では行けなくなっている。誰かに手助けしてもらわなければ立ち上がることすらできないのだ。畏まって佐吉を迎えることなどできるはずもないので寝所に来てもらった。

「こんな夜更けに何をしている？」

「戦で齟齬《そご》が起きぬよう、念には念を入れて策を確かめてきた」

「馬鹿な！」

そのようなことくらい誰か他の者にやらせればよいではないか、なぜ、西軍を率いる者が雨夜に、しかも、決戦の前夜にたった一人で走り回っているのか、と平馬は舌打ちした。

佐吉の腰の軽さは時として長所でもあるが、時として短所でもある。戦においては間違いなく短所に違いない、と思うのである。佐吉の身に何かあれば、その瞬間、西軍の負けなのだ。

「平岡殿は合図と共に松尾山を下ると約束してくれた。これで安心だな」

「おまえは人がいい」

平馬が溜息をつく。

実は、かなり早い段階から、小早川秀秋が裏切るのではないかという噂が流れている。

秀秋は北政所の甥で、秀吉の養子だったこともある。その後、秀頼が生まれたので秀吉に疎まれ、毛利一族の小早川隆景の養嗣子となった。

当然ながら、秀秋は秀頼を嫌い、秀頼の母・淀殿を憎んでいる。秀頼と淀殿に肩入れする佐吉とは昔から不仲であった。その秀秋が西軍についたのは、小早川の本家筋である毛利輝元が西軍の総大将に祭り上げられたからで、秀秋本人の意向ではない。

平馬は、

（金吾《きんご》は、きっと裏切る）

と確信し、秀秋が裏切るという前提で策を練っている。具体的には、松尾山の麓に平馬、平塚為広《ひらつかためひろ》、戸田重政《とだしげまさ》、赤座直保《なおやす》、小川祐忠《おがわすけただ》、朽木元綱《くつきもとつな》、脇坂安治《わきさかやすはる》らの軍勢を配し、秀秋が裏切っても自分たちの手で食い止める覚悟だった。

もっとも、正面から襲いかかってくる東軍と戦いながら背後の秀秋軍を警戒しなければならないわけだから、並大抵の難しさではない。

「人を疑ってばかりいても仕方がない。金吾とて、太閤殿下のご恩を思えば、よもや徳川に味方しようとは考えぬはず」

佐吉が小さく笑う。

「そうか」

平馬が小さな溜息をつく。

この期に及んで小言を並べても仕方がないと思ったのだ。決戦は迫っている。ここまで来たら運を天に任せるしかない。

そそくさと帰ろうとする佐吉を引き留め、

「ちょっと付き合え」

と酒肴を用意させる。

「おいおい、呑気に酒など飲んでいるときではあるまい」

「別れの盃だと思ってくれればいい」

「戦の前に縁起でもないことを言うな」

「明日の戦に勝つか負けるかという話ではない。どちらにしろ、もう体が持たぬ」

「そんなに悪いのか？」

「自分の力では歩くこともできぬ。それに……」

誰にも言っていないことだが、と前置きして、

「実は、もう目が見えぬのだ」

「目が……」

さすがに佐吉も驚いた。

「それで戦ができるのか？」

「目は見えぬが耳は聞こえるし、こうして話もできる。頭もしっかりしている。刀や槍を手にして戦うことはできぬが、兵を動かすことはできる。しかし、戦が終わる頃、わしは、この世におるまい。これがおまえとの今生の別れということになる」

「そうか……」

佐吉が小さな溜息をつく。

「隠居して養生すれば、こんなに急に悪くなることはなかったであろうに、わしのために

無理をさせてしまった。すまぬ」

「自分で決めたことだ。何も後悔などしていない。人というのは、いつか必ず死ぬと決まっている。早いか遅いかの違いがあるだけだ。わしは死ぬことを怖れておらぬ。あの世で太閤殿下にお目にかかるのが楽しみなほどだ。それに……ようやく、この病からも逃れられる」

「平馬……」

「おれはよき妻や子を持ち、よき友に恵まれた。何も思い残すことなどない」

「そんなことを言うな。この戦に勝ってからが忙しくなる。まだまだ手を貸してもらわねばならぬぞ」

「それは無理のようだ。まあ、先のことなど考えずに飲もうではないか」

「そうだな」

佐吉は酒を口に含んでから、そっと指先を目許に当てる。どうにも涙が止まらなかった。

十二

九月十五日。

降り続いていた雨は夜明けには上がった。

しかし、関ヶ原一帯には白い霧が立ち籠め、少し離れると味方の顔さえ見分けがつかないほどだった。

すでに両軍は布陣を終えていたが、この霧のために動くことができなかった。

西軍陣地の最左翼、笹尾山《ささおやま》に佐吉の率いる石田軍が布陣している。正面には東軍の黒田長政軍と細川忠興軍がいる。石田軍の右側には島津軍が、その右の北天満山《てんまやま》の麓には小西行長軍が、南天満山の麓には宇喜多秀家軍がいる。宇喜多軍の後方に平塚為広軍、戸田重政軍、それに平馬の嫡男・吉勝の率いる軍勢が控えている。更に、その右翼、松尾山の麓に平馬が布陣している。小早川秀秋軍は松尾山の上にいる。

家康は桃配山《ももくばりやま》の麓に本陣を構えており、東軍はほぼ全軍が関ヶ原に配置されている。桃配山の背後にある南宮山《なんぐうさん》に毛利秀元《ひでもと》軍、吉川広家軍、安国寺恵瓊軍がおり、少しでも戦術眼のある者がこの配置と地形を見れば、西軍圧勝を疑わないはずであった。用兵さえ誤らなければ、西軍が東軍を包囲殲滅《せんめつ》することは、さほど難しいことではないからだ。

もっとも、小早川、毛利、吉川という大部隊が、主戦場から遠い山の上に布陣していることや、家康がわざわざ敵軍主力の近くにいることが異様と言えば異様であった。この異様さこそが、日本史を変えた関ヶ原合戦の本質だといっていい。

朝五つ（午前八時）になって、ようやく霧が薄くなってきた。それから半刻（一時間）ほどして霧が消えた。

戦いは福島正則軍と宇喜多秀家軍の衝突によって火蓋が切られ、それをきっかけに各所で鬨の声が起こり、東西両軍が合戦を始めた。

十三

「あの声は……？」

竹の輿に腰を下ろした平馬が小首を傾げる。もはや自力で歩くことができないので輿に乗って指揮するしかないのだ。

「宇喜多さまの兵が押し進んでいるようでございまする」

湯浅《ゆあさ》五助《ごすけ》が答える。木下勝頼が亡くなってから、平馬の身の回りの世話をしている側近だ。五助の他に諸角《もろずみ》余市《よいち》、土屋《つちや》守四郎《しゅしろう》、三浦《みうら》喜大夫《きだゆう》が輿のそばに控えている。この四人が平馬の目となり、必要に応じて輿を担いで平馬の足となる。

「始まったか。皆に支度を命じよ。すぐに敵がやって来るぞ」

実際、その直後、藤堂高虎軍、京極高知《たかとも》軍、寺沢《てらざわ》広高《ひろたか》軍が来襲し、これを戸田重政軍、平塚為広軍が迎え撃った。これに大谷吉勝軍も加わって激しい戦いが繰り広げられる。

平馬自身は手許に六百の兵を温存したまま動かない。肩越しに振り返り、目を閉じたま
ま、じっと耳を澄ませる。関ヶ原では戦いが始まったが、松尾山は静まり返ったままだ。

（金吾は、まだ動かぬか……）

平馬は小早川秀秋の裏切りを確信している。そのときの備えに兵を温存しているのだ。

もちろん、わずか六百で一万六千もの小早川軍に勝てるとは思っていない。

しかし、決死の覚悟で戦えば、ここで足止めすることはできる。時間稼ぎをしているうちに何とか西軍が家康を打ち負かすことができれば……というのが平馬の狙いである。

十四

一刻（二時間）経っても、一進一退の攻防が続いた。

いや、どちらかと言えば西軍が優勢といっていい。

小西行長軍、宇喜多秀家軍が奮闘し、東軍をしばしば後退させた。平馬の大谷軍も兵力では劣っているにもかかわらず、東軍と互角以上に戦った。

佐吉の石田軍だけが劣勢だったが、これは石田軍が弱かったのではなく、東軍が、

「治部を討ち取れば、この戦は終わる」

と考え、次々に精鋭部隊を繰り出して来たからだ。

それでも家老・島左近が必死に東軍を押し返していたが、左近が討ち死にしてから、みるみる旗色が悪くなった。佐吉自身が前線で指揮を執らざるを得なくなったが、元々、戦

は得意ではない。何度となく、すぐ近くに布陣している島津軍に加勢を求めたが、島津軍は一向に動く気配がない。

両軍合わせて十八万ほどの軍勢が関ヶ原に集結しながら、実際に戦っているのは半数ほどに過ぎない。

東軍には動かない理由がある。

家康の本隊三万は、最後の切り札である。自軍が有利になったとき、西軍に止めを刺すために温存している。

また、池田輝政、浅野幸長、山内一豊《やまうちかつとよ》ら二万六千の軍勢は南宮山の毛利勢に対する抑えである。

東軍の五万六千が動かないのには明確な軍事上の理由があり、家康が決断すれば、すぐにでも動かすことができる。

しかし、西軍は、そうではない。

長宗我部盛親《もりちか》軍六千六百、毛利秀元・吉川広家軍一万六千、小早川秀秋軍一万六千、長束正家軍一千五百、安国寺恵瓊軍一千八百、島津義弘・豊久《とよひさ》軍一千七百ら、西軍の半分以上にあたる四万数千の軍勢が静まり返っている。

なぜ、彼らが動かないのか、佐吉を始めとする西軍諸将にすら謎であった。西軍の半分以上が眼下で演じられる合戦を傍観していたことになる。小早川秀秋の裏切りを平馬は確信していたし、宇喜多秀家や小西行長なども秀秋に不信感を抱いていた。

しかし、まさか毛利や長宗我部までが家康に内通しているとは想像もできなかった。

ならば、家康は余裕綽々《しゃくしゃく》で戦況を眺めていたかといえば、まったく、そんなことはない。

床几に腰を下ろして、激しく貧乏揺すりをしながら爪を嚙んでいた。心配事があるときの家康の癖であった。

事前に様々な工作を行い、多くの西軍諸将から裏切りの確約を得ているとはいえ、若い頃から無数の修羅場を潜《くぐ》ってきた家康は、戦など所詮は水物で、どう転ぶかわからないことを身に沁みて知っている。裏切りを約束した多くの者たちが、現実にはまだ裏切りをしていない。日和見《ひよりみ》しているのだと家康にはわかる。もし西軍が勝ちそうになれば、裏切りの約束など忘れ、何食わぬ顔をして東軍を追撃するに決まっていた。

（金吾め、何をしている！）

何度となく家康は床几から腰を浮かせて松尾山を望見した。なぜ、秀秋が動かずにいるのか理解できなかった。宇喜多軍や小西軍は朝から戦い詰めで、もう疲れ切っている。ここで小早川軍が松尾山を下って、彼らの背後を衝けば、それで合戦にケリがつくのだ。

（もしや騙されたのか？）

恐ろしい想像だった。

一万六千の小早川軍が小西軍や宇喜多軍と共に東軍に襲いかかってくれば、今でさえ押され気味の東軍はひとたまりもなく崩壊し、家康自身が陣頭指揮を執る羽目になる。そうなれば乱戦である。乱戦では何が起こるかわからない。家康が流れ弾にでも当たれば、その瞬間に東軍の負けだ。

家康だけでなく、旗本たちも戦況が芳しくないことを感じるのか、

「殿、本陣をもう少し下げられては如何」

と勧める。

万が一の場合、家康自身が敵の標的にされてしまうことを危惧したのだ。

「そうだな、こんなところに本陣を置いていても仕方がない」

このとき家康が本陣を後方に下げていたら、恐らく、家康は負けていたであろう。それが勝負の綾《あや》というものだ。

この頃、南宮山の毛利本陣では毛利秀元と吉川広家が激論を続けており、秀元は、

「わが殿が西軍の総大将ではないか。裏切りなどできるか。家康を討つべし！」

と声高に主張し、一方の広家は、

「毛利家を守るには徳川殿に味方しなければならぬのだ」

と一歩も譲らなかった。

激論しながら、二人の目は眼下の合戦を眺めている。互角の形勢だということもわかっ

ている。

だからこそ、秀元は、

「一気に山を下って家康の本陣を衝けば、われらの勝利は疑いなし」

と叫ぶ。

こんなときに、家康が本陣を後退させるのを見れば、

「見よ！　家康も逃げ支度を始めたではないか」

と、秀元は言い、広家は言葉を失ったであろう。

関ヶ原の最大の山場というのは、実は、この瞬間だったといっていい。もし毛利軍が家康に攻めかかれば、小早川秀秋を始めとする西軍諸将の裏切りはなかったであろう。家康が危惧した通りに推移したに違いない。

が……。

家康の凄味がここで表れた。

何と、家康は本陣を前進させ、敢えて西軍の主力部隊に近付いたのだ。

（必ず勝つ）

という執念の為せる業でもあったし、歴戦の武将としての本能が、

（ここで引けば負ける）

と教えてくれたせいでもあった。

正午過ぎ、家康の苛立ちは頂点に達した。

誤解されがちだが、家康は非常に短気で怒りっぽい男である。それを自覚していたから、まだ少年の頃から、本来の性質を押し殺す術を身に付けた。そうしなければ、信長や秀吉といった権力者のそば近くで生き長らえることはできなかったであろう。

家康にとっても命懸けの大勝負の場で、ついに本来の短気な性質が顔を覗かせた。

(金吾などに鼻面を引きずり回されてたまるか)

一向に松尾山から動こうとしない小早川秀秋に腹を立て、数百の兵を松尾山に送り、

「金吾の本陣に向けて鉄砲を撃て」

と命じたのだ。

その銃撃に怒って、秀秋が西軍として参戦するというのなら、

(わしが相手をしてやる)

小早川勢を粉砕し、そのまま石田陣に雪崩れ込んで佐吉を討ち取ってやろうと腹を括った。このままずるずると戦を続けていたのでは、勝敗がどっちに転ぶかわからない。自分の手で勝機をつかみ取ろうと覚悟を決めたのだ。

家康の命を受けた一軍が松尾山を登っていき、小早川の旗が翻る本陣に向けて一斉に鉄砲を放った。

もちろん、かなりの距離があるから本陣に損害を与えられるわけではないが、数百挺の

鉄砲から発せられた轟音は松尾山を震わせた。床几に腰掛けてうとうとしていた秀秋が跳び上がり、

「何事じゃ！」

と叫んだ。

「徳川勢が鉄砲を撃ちかけて参ったようにございまする」

家老の平岡頼勝が答える。

「な、なぜ、徳川がわしを攻める？　約束があるではないか、それなのに……」

「われらがいつまでも動かぬので内府さまがお怒りなのではないでしょうか」

「内府が怒っている……」

秀秋はごくりと生唾を飲み込むと、

「山を下るぞ！」

「して敵は？」

「決まっておるわ。内府に味方して、石田治部を討つのだ」

十五

東西両軍が激突した関ヶ原の戦いは、結果だけを見れば東軍の圧勝に終わったが、それ

はあくまでも結果論に過ぎず、実際には、どちらが勝つかわからない押し合いがずっと続いた。家康自身、

（負けるかもしれぬ……）

と焦り、背筋を冷や汗が伝い、だからこそ、本陣を前進させたのだし、腹を括って松尾山の小早川陣に鉄砲を撃ち込ませたのだ。

勝敗が決したのは、小早川軍一万六千が松尾山を下った正午過ぎである。西軍を裏切り、家康に味方すると秀秋が心を決めたのだ。

すでに視力を失っている平馬は、聴覚だけを頼りに戦を指揮している。突如として背後の松尾山から地鳴りのような響きが聞こえてきたときも、少しも慌てなかった。秀秋が裏切ると確信していたからで、その備えもしてあった。

「わしを松尾山に向けよ」

平馬は、小早川軍が雪崩の如くに下ってくる松尾山に輿を進ませた。自分は決して退かぬという覚悟を皆に示すためであった。それを見て、大谷軍は奮い立ち、死に物狂いで小早川軍に襲いかかる。大谷軍は一千にも足りない数だったが、松尾山の麓で小早川軍を食い止めると、これを押し返すほどの強さを見せた。

十六

「よし、金吾が裏切ったぞ」

家康は床几から立ち上がると、右手に持った軍配を大きく振り回し、

「行け！　行け！　行け！」

と叫ぶ。ここが勝敗の分かれ目だと判断し、手許に温存していた三万の軍勢を一斉に西軍に向かわせた。小早川軍と挟み撃ちにして、一気に西軍を壊滅させようとしたのだ。

大谷軍の左側面にいた戸田重政軍と平塚為広軍も、小早川軍を松尾山から下ろしたら負けだと見極め、大谷軍の加勢に駆けつけた。小早川軍は浮き足立ち、大谷軍に押し返される者と山頂から下ってくる者が押し合う形になり、大混乱に陥った。

このまま小早川軍が松尾山の上に追い返されることになれば、すでに虎の子の三万を前線に送った家康は生きた心地がしなかったであろう。

実際、このとき家康は激しく爪を嚙みながら、

「何をしているのだ、金吾の阿呆めが！」

と顔を真っ赤にして怒鳴りまくった。

が……。

ここで平馬が予想していないことが起こった。大谷軍の右側面にいて京極高知軍、藤堂高虎軍、寺沢広高軍と戦っていた脇坂安治軍、朽木元綱軍、小川祐忠軍、赤座直保軍が槍の矛先を転じて大谷軍の横っ腹に突撃してきたのである。

実は、この四人も小早川秀秋と同じように東軍に内通していた。その窓口となったのは藤堂高虎で、高虎から合図があり次第、裏切る手筈になっていたのである。

「何事か?」

平馬が訊くと、

「裏切りでございまする」

湯浅五助が答える。仲間と信じていた四人が裏切ったことを知ると、そうか、と小さく返事をして平馬は黙り込んだ。心の中で、

(終わったな……)

と覚悟を決めた。一千にも足りない数で一万六千の小早川軍を必死に追い返しているところに、味方だったはずの四千以上の軍勢が襲いかかってきたのである。かなうはずがなかった。

矢継ぎ早に平塚為広、戸田重政の戦死が伝えられる。息子の吉勝と木下勝頼の遺児・木下頼継が必死に戦い続けているが、次々と兵が倒れていく。このままでは、二人が戦死するのも時間の問題だ。平馬を守っている兵もどんどん減っていく。

「五助、ふたつのことを命ずる。しかと聞け」

「は」

「まず、ひとつ、わしを介錯せよ。首を落としたならば、どこかに隠せ。こんな見苦しい顔を晒されて、死んだ後まで辱めを受けたくはない」

「……」

「もうひとつ。わしの首を隠したならば、勝太と頼継のもとに行き、戦をやめて落ち延びるように伝えよ。ここで死んではならぬ、生き延びて再起を図れと伝えるのだ」

「殿……」

「何も言うな。素直に従え。わしらは精一杯、戦った。それでよいではないか。やれるだけのことはやった。もうできることはない。太閤殿下がお迎えに来て下さった。早う、こちらに来いと手招きしておられるわ……」

　輿を地面に下ろさせると、平馬は地面に正座して腹をくつろげる。

「奥方さまに申し伝えることはございませぬか？」

「香瑠か……」

　平馬が小首を傾げて思案する。

「いや、別にないようだ。香瑠とは、あの世でまた夫婦になると約束した。あの世で会ったら自分で話をする」

「さようでございまするか」

湯浅五助が袖で涙を拭う。その傍らで諸角余市、土屋守四郎、三浦喜大夫も泣いている。

平馬は一人一人の名前を呼び、

「よく尽くしてくれた。礼を申す」

と頭を下げる。

「五助、頼むぞ」

と言うや、平馬は短刀を逆手に持って腹に突き立てる。その瞬間、

びゅっ

五助が太刀を振るう。

平馬は死んだ。享年四十二。

「若殿のもとに行かねばならぬ。後のことを頼む」

陣羽織に平馬の首を包んで小脇に抱えると、平馬の遺骸を埋めることを三人に頼んで五助は走り出した。馬に乗った方が早いとわかっているが、流れ弾に当たることを怖れた。平馬に命じられたことをきちんとやり遂げるために、どんな危険を冒すこともできないからだ。

五助は森林に駆け込み、あたりに人気がないのを確かめてから地面に穴を掘り、平馬の首を埋めた。

「殿……」

その場に蹲《うずくま》って、ひとしきり五助は泣いた。

「何者だ？」

背後から声をかけられて、五助はハッとした。

慌てて立ち上がって振り返ると敵の武者である。

「おのれ、大谷刑部の手の者だな」

敵が斬りかかってくる。何とか刀を受け止めたものの、平馬の死に気落ちしている五助の劣勢は否めず、ついに深手を負って膝をついた。

「わしは大谷刑部の家臣・湯浅五助と申す。この首を取って手柄とするがよい。ひとつだけ頼みを聞いてくれまいか？　この世での最後の頼みだ」

「何なりと申すがよい」

「ここに主の首を埋めた。どうか御身の胸だけに納めておいてもらいたい」

「心得た。約束は守る」

そううなずいたのは藤堂高虎の家臣・藤堂仁右衛門《にえもん》であった。

後に論功行賞の際、仁右衛門は家康に直々に呼び出され、

「刑部の首が見付からぬ。湯浅五助は片時も主のそばを離れなかったはず。汝が湯浅を討ち取ったとき、刑部の首を持っていたのではないのか？」

もし大谷刑部の首を見付けてくれれば、おまえを大名にしてやろう、とまで家康は言ったが、

「残念ながら存じませぬ」

と、仁右衛門は平馬の首の在処《ありか》を口にしなかった。

それから何年か経って、関ヶ原における合戦の記憶も薄らいできた頃、仁右衛門は五助を討ち取った場所に平馬の墓として五輪塔を建立し、その横に五助の墓も作ってやった。

戦場から落ち延びて再起を図れ、という平馬の遺言を湯浅五助は嫡男の吉勝と木下頼継に伝えることができなかった。

この二人は、西軍が総崩れとなっても戦い続けていたが、家臣たちに勧められて、最後の最後になって戦場を離脱した。

二人は越前に落ち延び、木下頼継は越前で病死した。吉勝はしばらく越前に身を潜めていたが、探索の手が迫ってきたのを察知して越前を脱出し、諸国を放浪した。この放浪生活は十四年にも及んだ。吉勝が再び歴史に現れてくるのは、家康が豊臣家を滅ぼすために兵を起こした、世に言う大坂冬の陣・夏の陣のときである。大坂方の有力武将として戦い、

最後には義弟・真田源次郎幸村と共に天王寺口の合戦で死んだ。享年三十七。

十七

関ヶ原の戦いにおける勝敗の分かれ目は小早川秀秋の裏切りだというのが定説だが、実際には、そうではない。秀秋の裏切りは、平馬だけでなく、宇喜多秀家なども予想していた。

だから、平馬は秀秋の裏切りに備えた手配りをしていた。実際、松尾山を下ってきた秀秋の軍勢を何度も大谷軍は押し返している。

西軍敗北の最大の要因は、平馬も予期していなかった脇坂安治ら四将の裏切りであった。これによって大谷軍は壊滅し、平馬も死ぬことになった。

戦場から大谷の旗が消え、代わりに小早川の旗が翻るのを見て、西軍の士気は落ちた。早朝から戦い続けていた小西行長軍、宇喜多秀家軍が崩れると、もはや、歯止めが利かなくなり、西軍の兵士たちは勝手に逃げ出し始めた。

小西行長は伊吹山に逃れ、九月十九日に捕らえられた。

宇喜多秀家も伊吹山に身を隠し、その後、北近江に半年、堺に一年、潜伏した。

しかし、探索の手が厳しくなり、ついには薩摩に逃れて三年あまりを過ごした。そこで捕らえられて駿府《すんぷ》に送られた。島津家と前田家の嘆願のおかげで死を免じられて流罪となり、八十四歳で亡くなるまで五十年近くの長きにわたって八丈島《はちじょうじま》で過ごした。

西軍の事実上の総大将といっていい佐吉は北国街道方面に逃れ、伊吹山に潜伏した。捕縛されたのは九月二十一日で、十月一日に小西行長、安国寺恵瓊と共に京都の六条河原で斬首処刑された。


本来、東軍の主力部隊として西軍と戦うはずだった徳川秀忠軍を破り、関ヶ原の合戦に間に合わないように足止めしたのは真田昌幸・源次郎父子である。西軍が勝利していれば、最大の功労者といっていいほどの働きをしたわけだが、家康の目から見れば、これほど憎い相手もいない。所領没収の上、死罪というのが当然の流れである。昌幸にもそれはわかっていたから、降伏するつもりなど毛頭なく、

「冥土の土産にもう一度、家康を苦しめてやろう」

と籠城戦を覚悟して、支度をしていた。

しかし、東軍に味方した嫡男・信幸の嘆願が功を奏し、昌幸と源次郎は死罪を減じられ高野山に配流と決まった。所領についても、一旦は没収するが、改めて信幸に与えられることになった。それを知った昌幸は、

「それならばよかろう」

と矛《ほこ》を収めた。

昌幸と源次郎は高野山の麓、紀《き》ノ川《かわ》に近い九度山《くどやま》に屋敷を構えて流人生活を送ることになった。昌幸が亡くなったのは十一年後である。享年六十五。

源次郎は嫡男・大助《だいすけ》と共に夏の陣で戦死した。享年四十九。

大助は源次郎の言い付けに従って、最後まで豊臣秀頼のそばを離れず、秀頼と共に自害した。大助は平馬の孫である。享年十五。


「東と西から家康を挟み撃ちにして滅ぼしてしまおうではないか」

そんな密約を佐吉と交わし、会津で兵を挙げたのは上杉景勝の家臣・直江兼続である。最初、家康は上杉の領地をすべて没収し、景勝を流罪に処すという厳しい態度で臨むつもりだった。

しかし、佐吉と密約を交わしたという証拠はないし、景勝も家康に従う姿勢を見せたため、いくらか感情を和らげた。

景勝と兼続は、関ヶ原合戦の翌年七月に上洛して家康に謁見した。景勝は家康に謝罪し、これを受け入れた家康は、会津百二十万石を没収し、代わりに出羽米沢三十万石を与えるという処置を下した。景勝はこれを受け入れ、十一月末には米沢に入った。

十八

平馬の死を知った香瑠は髪を下ろし、出家して尼になった。京都・大原に小さな庵《いおり》を結んで仏道修行に励んだ。共に暮らすのは、香瑠に従って髪を下ろした老女一人だけである。

淋しく質素な暮らしを強いられたが、それでも香瑠は恵まれていたといっていい。関ヶ原の戦いの後、西軍に味方した大名の家族は捕らえられて処罰された。処刑された者も少なくない。かろうじて命が助かっても身分を剝奪され、所領を召し上げられ、財産もすべて奪われたので路頭に迷う者もいた。香瑠がそんな目に遭わずに済んだのは北政所の口添えがあったからだ。庵を結ぶに当たっても援助してくれたし、季節ごとに米や衣類を送ってくれた。

もちろん、北政所がそこまで気配りしてくれるのは、平馬の母・東殿が北政所に仕えているからだと香瑠にはわかっている。東殿も七十近い高齢で、平馬の死に衝撃を受けたせいなのか、病で伏せていると耳にしている。何とか見舞いに行きたいが、敗将の妻である香瑠が大坂城に登るわけにはいかなかった。関ヶ原の合戦において福島正則や加藤清正らが家康に味方したのは北政所の意向が大きく影響したと言われている。北政所が東軍寄りだったことは周知の事実だ。当然、北政所に仕える東殿も東軍側の人間なのである。

大原で香瑠は規則正しい生活を送っている。

日の出と共に起床すると、洗面し、平馬の冥福を祈って読経する。源次郎と共に九度山で不自由な生活を強いられている徳子のためにも祈る。徳子が産んだ二人の娘、お菊《きく》とお市《いち》のためにも、関ヶ原の翌年に生まれた嫡男・大助のためにも祈る。孫たちには会ったことがなく、名前しか知らない。この世で会うことはないだろうと諦めているが、それでもかわいい孫である。孫たちの幸せを願わずにいられなかった。

行方のわからない吉勝のためにも祈る。越前方面に潜伏しているという噂を耳にしているが、安否はわからず、連絡の取りようもない。この庵も常に監視されているから、万が一、吉勝が訪ねてくれれば、直ちに捕らえられてしまう。会いたいのは山々だが、捕らえられてほしくないので、どうかここには来ないでくれと本心とは別のことを念じなければならないのが悲しい。

読経が終わると一汁一菜だけの簡素な食事を済ませ、庵の裏にある畑で野良仕事をする。北政所からの援助はあるにしても、それだけでは足りないからだ。昼食には朝の残りの冷や飯を茶漬けにして食べる。その後は、また野良仕事をするし、雨の日には写経をする。夕食が済むと、夏は日が長いので暗くなるまで読経するが、日暮れの早い冬は、さっさと寝てしまう。油を惜しまねばならない生活だということもあるし、日中の野良仕事で疲れてしまうせいでもある。

関ヶ原の戦いから三年後、慶長八年（一六〇三）の秋、この庵を一人の老人が訪ねて来た。白い焙烙《ほうろく》頭巾を被り、薩摩絣《かすり》の上等な着物を着ている。顔中に水膨れのような瘡蓋がある。どこか具合でも悪いのか、ひどく顔色が悪い。付き添いの武士に支えられて庵の前まで歩いてきたが、駕籠《かご》を下りてから庵まで、わずかな距離を歩いただけで息が上がっている。

黒田官兵衛だ。今は如水と号している。

先触れがあったので、香瑠は外に出て如水を待った。心の中では、

（いったい、何の用だろう？）

と訝しく思っている。

秀吉が生きている頃、平馬が如水と親しくしていたことは香瑠も知っている。関ヶ原の合戦の数ヶ月前には大坂の屋敷を訪ねてきて、家康の会津征伐に随行するように平馬に忠告した。わざわざ如水が訪ねて来てくれたことに感激し、

「世間からは偏屈者などと悪く言われているが、とんでもない話だ。あれほど思いやり深くて優しい御方はおらぬ」

と、平馬は香瑠に話した。

二人の交情を知らないわけではなかったが、いったい、如水は何の用があって、わざわざ大原までやって来たのか、香瑠には見当がつかなかった。

「如水でござる」

香瑠の前で如水は頭を下げ、突然伺って申し訳ない、と詫びた。

「狭いところでございますが……」

どうぞ、と香瑠は如水を仏間に招じ入れる。その狭い部屋で仏道修行に励み、食事をし、夜になれば眠るのだ。

向かい合って坐ると、顔色が悪いだけでなく額に脂汗まで浮かべていることがわかった。激しい痛みを歯を食い縛って堪えているという感じだ。

「お加減が悪そうですが、よかったら横になられますか？」

「お心遣い痛み入ります。屋敷を出るときは、今日は加減がよさそうだと安堵していましたが、駕籠に揺られているうちに、しくしくと痛み出しました。よほど引き返そうかと思いましたが、いやいや、そんなことをしたら二度と大原を訪ねることができぬかもしれぬ、自分には時間がないことを忘れるな……そう言い聞かせて、ここまで来ました」

「時間がない？」

「もうすぐ、わたしは死にます。たぶん、来年までは生きられぬでしょう」

「……」

「驚かせてしまいましたな。申し訳ないことを言いました。しかし、わたしは、死ぬことを怖れてはいないのです。むしろ、この痛みや苦しみから逃れられるのだと思うと、早く、あの世に逝きたいくらいの気持ちです」

ははは っ、と如水が笑う。

その笑顔を消し、ふーっと溜息をつくと、

「白頭殿に最後に会ったのは、かれこれ三年以上も前です。年齢《とし》はわたしの方が上でしたが、白頭殿からは多くのことを教わりました。いや、教わったつもりでいました。だから、最後に会ったとき、なぜ、如水という法号を名乗ることになったのか自慢気に話したりもしたのです……」

身の程をわきまえ、欲深いことを考えず、自分と家族が無事に生き長らえていることに感謝し、水が流れるが如くに生きていけばよい、無理に水の流れを変える必要などない……そんなことを話したと如水は言う。

「ところが、口ではそう言っても、身に付いた垢はなかなか落ちぬものらしく、石田治部と徳川殿が大戦をすると知ってよからぬ虫が騒ぎ出したのです」

諸国の大名が東西に分かれて争うとなれば、古《いにしえ》の応仁の乱の再現になるに違いない、この戦は少なくとも一年は続く……そう如水は考え、隠棲していた豊前《ぶぜん》中津で兵を募り、わずかひと月ほどで豊後《ぶんご》・豊前全域を支配下に置くことに成功した。

中央で東西両軍が争っている隙に九州を制圧し、九州の軍勢を率いて上洛する。東西両軍のどちらか勝ち残った方に決戦を挑み、その決戦に勝利して天下を手に入れる……それが如水の思い描いた壮大な計画だった。

しかし、東西両軍の戦いは、わずか半日でケリがつき、如水の計画も水泡に帰した。

「罰が当たったのか、兵を退いてから体の具合がすぐれぬようになりました。今年になって、いよいよ駄目だ、もう助からぬと悟り、今のうちに世話になった人たちにご挨拶しようと考えて福岡から出てきたのです。先日は高台院さま（北政所）を訪ねて、亡くなられた太閤殿下の昔語りをしてきました」

「そうでしたか」

うなずきながらも、香瑠はまだ如水が訪ねて来た理由をはかりかねている。

「苦しみから逃れられるから死が恐ろしくない、と申しましたが、それだけでなく、あの世には太閤殿下もおられるし、白頭殿もいる。二人に会うのが楽しみでもあるのです。今日、ここに伺ったのは、何か白頭殿に伝えることがあれば、それを言付かっていこうと考えたからです」

「え」

如水の言葉に香瑠は驚いた。冥土にいる平馬に香瑠の言葉を伝えてやろうというのだから驚くなと言う方が無理であろう。

が……。

如水が大真面目だということはわかる。苦しげに呼吸し、額に脂汗を浮かべて、じっと香瑠を見つめている。冗談半分でできることではない。

(平馬殿に伝えたいこと……)

香瑠も真剣に考え始める。

この三年、そんなことは一度も考えなかった。

理由がある。

平馬がどんな最期を遂げたか、香瑠は聞き知っている。平馬に付き従っていた土屋守四郎と三浦喜大夫が生還し、香瑠に教えてくれたからだ。切腹する前、湯浅五助に、

「奥方さまに申し伝えることはございませぬか?」

と訊かれて、

「いや、別にないようだ。香瑠とは、あの世でまた夫婦になると約束した。あの世で会ったら自分で話をする」

と答えたのだという。

(わたしも同じ気持ちだ)

そう思ったので、あの世にいる平馬に何かを伝えたいと考えたことはない。いずれ自分の口から伝えればいいと思っていたからだ。

「あの世では……」

香瑠が口を開く。

「どのような姿で過ごしているのでしょうか?」

「さて、どのような姿と言われても……」

如水は小首を傾げながら、恐らく、死んだときの姿でいるのではありますまいか、と言う。

「ああ、それならば、よかった。夫には叱られるかもしれませんが、あの崩れた顔のままでいてくれる方が、わたしは嬉しいのです」

「なぜですか?」

「夫は長い間、病に苦しめられましたが、自分が苦しめば苦しむほど他の人間に優しくなりました。あれほど優しくて思いやり深い人は他にいません。そんな夫が大好きだったので、そのまま変わってほしくないと思うのです。もっとも……」

きっと、わたしは皺だらけのおばあさんになっているでしょうから、そんな姿を見ても笑わないでほしいと伝えて下さいませ……にっこり微笑みながら、香瑠が言う。

翌年三月、如水は伏見の屋敷で亡くなった。享年五十九。

香瑠が亡くなったのは慶長十七年（一六一二）九月である。享年五十二。平馬よりも、ちょうど十年長く生きたことになる。死に顔は穏やかで、実際の年齢よりもずっと若やいで見えたという。

単行本『白頭の人』二〇一五年二月　潮出版社刊
文庫化に際し、『白頭の人　大谷刑部吉継の生涯』としました。

中公文庫

白頭《はくとう》の人《ひと》
——大谷《おおたに》刑部《ぎょうぶ》吉継《よしつぐ》の生涯《しょうがい》

2018年8月25日　初版発行

著　者　富樫倫太郎《とがしりんたろう》

発行者　松田陽三

発行所　中央公論新社
〒100-8152　東京都千代田区大手町1-7-1
電話　販売 03-5299-1730　編集 03-5299-1890
URL http://www.chuko.co.jp/

DTP　柳田麻里
印　刷　三晃印刷
製　本　小泉製本

Published by CHUOKORON-SHINSHA, INC.
Printed in Japan　ISBN978-4-12-206627-4 C1193